Oh, du Tödliche
(Highland-Krimi)

Lara Steel

Kontakt: lara.steel.mail@gmail.com
Twitter: steel_lara
www.larasteel.de

ISBN-13:1519773986

ISBN-10:9781519773982

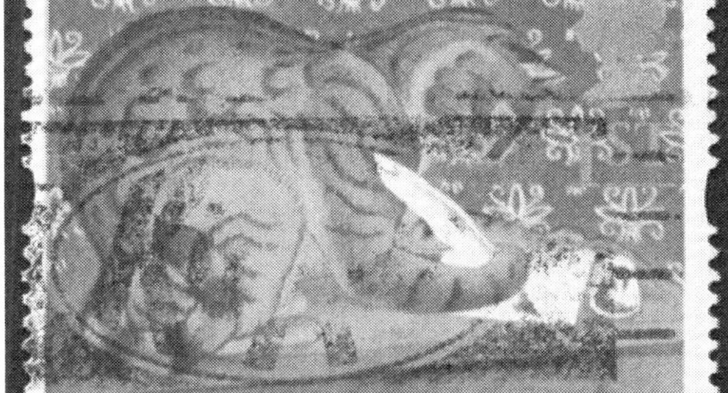

Highland-Krimi

I

Megan wischte zum hundertsten Mal mit dem Ärmel über die beschlagene Windschutzscheibe.

Es gab gute und weniger gute Momente, in denen eine Heizung den Geist aufgeben konnte. Und dann gab es noch den schottischen Winter, in den sie geraten war, als sie nur eine Woche vor Weihnachten zurück nach Fort Augustus gefahren war, um dort früher als geplant ihre neue Stelle als Grundschullehrerin anzutreten.

Der Sturm peitschte die dicken Flocken gegen ihren Wagen, die Straße war von Schneeböen bedeckt, so vollständig, dass sie sogar mit den roten Holzstöcken, die die Fahrbahn markierten, mehr als einmal beinah in den Graben gefahren wäre.

Natürlich erinnerte sie sich an Fort Augustus; erinnerte sich an den Mord, der dort geschehen, an die Mörderin, die sie hier im Sommer überführt hatte. Ganz im speziellen war ihr natürlich auch Inspektor Grant im Gedächtnis geblieben, mit dem zusammen sie ermittelt hatte und der zugegebenermaßen Eindruck auf sie gemacht hatte; wenn auch auf eine recht widersprüchliche Art und Weise.

Aber jetzt, im arktischen Schneesturm und in Dunkelheit, erkannte Megan rein gar nichts. Zumal die Schule offenbar ein wenig außerhalb des Ortes lag, wenn man ihrem ansonsten recht zuverlässigen Navigationssystem glauben durfte.

„*In fünfzig Metern rechts abbiegen. Ihr Ziel befindet sich auf der linken Seite*“, verkündete die blecherne Frauenstimme.

Megan kniff die Augen zusammen und linste durch den freigerubbelten Fleck auf der Windschutzscheibe.

Zwischen den schneebedeckten Hügeln und der halb verwehten Straße ließ sich beileibe nichts ausmachen, dass als Ziel durchgehen konnte. Schon gar kein Schulgebäude, in dem angeblich auch ihre Wohnung lag.

Megan wurde plötzlich hart durchgeschüttelt, als sie über irgendetwas fuhr, dann bekam der Wagen Schlagseite und glitt seitlich weg.

Panisch lenkte Megan gegen, schrie auf. Doch anstelle eines dramatischen Überschlags rutschte sie nur zur Seite und dank meterhohen Schnees überraschend sanft in einen Graben und blieb schräg darin hängen.

Na bravo!

Das hatte ihr noch gefehlt!

Irgendwo am schottischen Arsch der Welt in einem Jahrhundertschneesturm mit dem Wagen im Graben zu hängen. Und wenn sie Glück hatte, war auch noch der Handy-Akku leer.

Sie kämpfte sich aus dem schrägen Auto, angelte nach ihrer Handtasche und schlug fröstelnd den Jackenkragen bis über die Ohren.

Bis sie hier von irgendjemandem abgeholt, oder vielmehr gefunden würde, wäre sie vermutlich längst erfroren.

„Da sind Sie ja!"

Megan fuhr herum zu der Frauenstimme, die durch den tosenden Schneesturm gellte. Sie kniff suchend die Lider zusammen. Mit viel Fantasie konnte man in den beinah waagerecht dahinbrausenden Flocken eine Gestalt erkennen, die auf sie zukam.

„Sie sind doch Miss Fairchild, nicht wahr?", fragte die junge Frau mit dem offenen Lächeln und den strahlenden Augen, die so gar nicht zum Wetter passen wollten. Sie war allerdings auch deutlich passender angezogen, trug einen knielangen Mantel über gefütterten Stiefeln und dazu einen Schal, den sie sich so gekonnt um Kopf und Hals gewickelt hatte, dass sie augenscheinlich nicht fror.

Sie zog sich einen der dicken Fäustlinge ab und streckte Megan die Hand entgegen, die noch immer reichlich starr, vielleicht sogar eingefroren in einer Schneewehe stand.

„Ähm, ja, ich …“ Ihr Gesicht fühlte sich schockgefrostet an. „Ich bin Megan Fairchild. Genau.“ Sie schüttelte die ihr entgegengestreckte Hand.

„Schön, Sie kennenzulernen. Ich bin Chrissi Hold.“

Megan musste sich erst wieder an den schottischen Akzent mit seinen groben Vokalen und Wortverschleifungen gewöhnen. Zumal er so gar nicht zum feinen Gesicht ihres Gegenübers passte.

„Sie sind meine Vorgängerin?“

„Ja, genau. Ich bin so froh, dass Sie schon etwas früher anfangen können. Die Geburt hätte ja eigentlich erst nach Weihnachten stattfinden sollen, aber … naja. Die kleine Dame macht jetzt schon, was sie will.“ Sie lachte so herzlich, wie es nur eine glückliche Mutter konnte. Es war ansteckend und wärmte Megan spürbar.

„Wo ist die Kleine denn?“

„Zu Hause bei ihrem Daddy, der sie versucht aus der Flasche zu füttern.“ Sie zeigte hinter sich in die gräuliche Dunkelheit. „Kommen Sie, lassen Sie uns reingehen. Sonst frieren wir uns noch die Zehen ab.“

„Oh …“ *Reingehen?* „Gerne.“

Chrissi Hold vollführte eine 180° - Drehung und stapfte durch den tiefen Schnee auf etwas zu, das sich nur langsam aus dem Einheitsgrau des Sturmes löste. Es war tatsächlich ein Haus.

„Prima, dass Sie die Schule gleich gefunden haben“, erzählte Chrissi weiter und zog einen klappernden Schlüsselbund aus ihrer Tasche.

Megan vermochte das Ausmaß des Zufalls, der sie tatsächlich zum Schulgebäude geführt hatte, nicht in Worte zu fassen. Dementsprechend schwieg sie.

Chrissi Hold kämpfte sich zu einer dunklen Holztür vor, wischte mit dem Stiefel den Schnee von der obersten Stufe und schloss auf.

Neugierig linste Megan hinein und folgte der auffordernden Geste ihrer Vorgängerin. Sie trat sich möglichst viel des klebrigen Schnees ab und ging hinein.

Schon der erste Blick machte ihr klar, dass sie ihre romantische Vorstellung von poliertem Dielenboden, flauschigen Teppichen vor dem großzügigen Kamin und weiß verputzten Wänden begraben musste.

Stattdessen …

„Die Wohnung ist leider nicht im besten Zustand“, untertrieb Miss Hold stirnrunzelnd. „Da ich mit meinem Mann unten im Ort lebe, habe ich die Wohnung nicht genutzt und deswegen steht sie seit acht Jahren leer.“

„Ist sie denn … ich meine …“ Megan suchte nach einer diplomatischen Formulierung.

„Gibt es fließendes Wasser?“

Chrissi Hold lachte. „Natürlich! Die Wohnung ist gut in Schuss, auch wenn sie im Augenblick zugegebenermaßen nicht so aussieht. Die Schule bezuschusst die Renovierung, soweit ich weiß. Morgen suche ich Ihnen das entsprechende Schreiben raus.“

„Vielen Dank.“

Ihre Vorgängerin nickte. „Oben ist das Schlafzimmer. Das habe ich Ihnen schon frisch gemacht. Das Bett bezogen und auch der Kühlschrank ist soweit aufgefüllt, dass Sie morgen nicht verhungern."

Megan lächelte dankbar.

Also kein Schlafsack im ewigen Eis und Unterricht nach Wasser und Brot.

„Das ist lieb von Ihnen."

„Ach was! Sie übernehmen meine Stelle und meine Kinder, darüber bin ich sehr glücklich. Außerdem …" Sie zögerte kurz, bevor sie weitersprach. „… wir erinnern uns ja alle an den vorigen Sommer und wie Sie den Satin-Mord mit Finley aufgeklärt haben."

Bei der Erwähnung von Inspektor Grants Namen machte Megans Magen eine komische Verrenkung.

„Ich habe nur ein wenig geholfen."

„Stellen Sie Ihr Licht nicht unter den Scheffel, Miss Fairchild. Finley hat allen gesagt, dass Ihnen der Hauptdank gilt."

„Allen? Hat er eine Pressekonferenz anberaumt?", witzelte Megan.

„Nun, da er ja nicht nur der Polizist des Ortes, sondern auch der Bäcker und der Betreiber des Postamts ist, kommt das so ziemlich auf das Gleiche raus."

Plötzlich war ein grässlich schriller Klingelton zu hören.

„Oh, das ist mein Baby. – Also mein Mann. Na, Sie wissen schon. Ich muss nach Hause." Sie zeigte an Megan vorbei in die Küche. „Ich habe Ihnen etwas ins Gefrierfach gelegt für heute Abend. - Und die Schule beginnt um 8.10 Uhr." Sie kramte hastig in ihren Taschen. „Hier ist der Schlüssel."

Megan starrte auf den Schlüsselbund in ihrer Hand. „Und welches Klassenzimmer ist meines?"

„Das einzige", rief Chrissi, schon halb aus der Tür. „Hier

werden nur noch die ersten beiden Klassen unterrichtet. Die wurden zusammengelegt. Die älteren Kinder fahren nach Inverness.“ Sie stockte. „Wurde Ihnen das gar nicht gesagt?“

Megan lächelte kurz. Nachdem sie es so verdammt eilig gehabt hatte aus London fortzukommen, hatte sie das Angebot auf Grants Vorschlag hin relativ blind angenommen. „Doch natürlich“, erklärte sie schnell. „Die Fahrt bringt mich ganz durcheinander.“

„Kann ich mir vorstellen! Gute Nacht!“

„Gute -“ Da war die Tür schon zugefallen. „… Nacht.“

Megans Schultern sackten herab, als sie allein war. Über ihr glomm eine einsame Funzel, die nur mit viel Fantasie und Gutmütigkeit als Deckenfluter bezeichnet werden konnte. Der Boden war staubig und Möbel suchte man vergeblich. Vom Fernseher gar nicht zu sprechen.

Wenigstens war es warm. Die Heizungen funktionierten also. Sie ging durch einen breiten Durchgang in die kleine Küche. Zu ihrer ehrlichen Überraschung war sie zwar etwas altmodisch, aber dafür blitzblank. Ihre Vorgängerin hatte nicht übertrieben. Sie hatte wirklich alles geputzt. Und auch als sie den Kühlschrank aufzog, fand sie eine Tüte Milch, Butter und eine Packung Eier vor. Sie mochte wetten, dass es auch Kaffee gab. Zumindest stand die Maschine auf der Anrichte.

Die Küchenbeleuchtung bestand aus einer messingfarbenen Lampe, die mildes, angenehmes Licht spendete und Megan ein wenig ihrer Befangenheit und Sorge nahm.

Vielleicht war die Wohnung ja doch nicht ganz so übel.

Sie griff nach dem geschwungenen Handlauf und ging die schmale Treppe hinauf. Jede der Stufen knarzte unter ihren Füßen, und als sie endlich oben ankam, trat sie auf gräulichen Teppichboden, der wohl vor Urzeiten verlegt worden war. Sie öffnete eine der beiden Türen des Obergeschosses und stand im Badezimmer. Es war in Giftgrün gehalten und stammte schätzungsweise aus den späten 60ern. Leider war es nicht in den Genuss von Miss Holds Fürsorge gekommen, so dass Megan die Tür schnell wieder schloss.

Hinter der anderen Tür lag das Schlafzimmer. Tatsächlich schien es der einzige Raum zu sein, der erstens vollständig und zweitens einigermaßen zeitgemäß eingerichtet war.

Das Bett war breit, in schlichtem Eichenholz gehalten und mit heller Wäsche frisch bezogen. Daneben stand ein kleiner Nachttisch. Ein dunkelroter Teppich lag auf dem Holzfußboden und die Vorhänge passten farblich dazu.

Ein Raum, in dem sie sich wohlfühlte.

Ein Anfang.

Sie legte ihre Handtasche auf den Beistelltisch und beugte sich über das Bett, um die Decke aufzuschlagen.

Da plötzlich fiel ihr der kleine Umschlag ins Auge, der mit der Aufschrift „*Miss Fairchild*“ auf dem Kopfkissen drapiert war.

Megan hatte schon einmal ein Kuvert in diesem Format und mit dieser Aufschrift erhalten. Lächelnd erinnerte sie sich an den Augenblick im Sommer, da sie im Bus Inspektor Grants Nachricht gelesen hatte.

Sie setzte sich auf die Bettkante und riss das Kuvert mit dem Zeigefinger auf.

Darin war ein kleines Kärtchen. Entweder er hatte sich Mühe gegeben, schön zu schreiben, oder er hatte für einen Mann eine ungewöhnlich schöne Handschrift, die dank der kühnen Höhen jedoch schwer leserlich war.

Meine liebe Miss Fairchild,
wenn Sie diese Nachricht lesen, waren Sie tapfer genug, sich vom blutleeren Erdgeschoss nicht vergraulen zu lassen.
Nichts anderes habe ich von Ihnen erwartet.
Morgen begrüße ich Sie obligatorisch mit Brot und Wein (ich weiß, dass es Brot und Salz sein müsste, finde meine Kombination jedoch ansprechender).

Grant

PS: Kommen Sie nicht zu spät zur Schule!

Unweigerlich musste sie grinsen, während sie das Kärtchen zurück ins Kuvert schob und auf den Nachttisch legte.

Es war ein schönes Gefühl zu wissen, dass es, obgleich sie an einem Ort angekommen war, der ihr eigentlich fremd war, doch jemanden gab, den sie kannte und mochte; und mit dem sie das vermutlich größte Abenteuer überhaupt bestritten hatte: die Jagd nach einem Mörder, die sie beinah selbst das Leben gekostet hätte.

Sie erhob sich und beschloss zurück in die Küche zu gehen, um zu sehen, was Miss Hold ihr ins Gefrierfach gelegt hatte. Vorher zog sie sich den Mantel aus und trat sich die Schuhe ab, die nassen Socken folgten, wodurch sofort das Leben in ihre Zehen zurückkehrte.

In der Küche angekommen, zog sie das kleine Eisfach auf und stellte strahlend fest, dass ihre Vorgängerin zwei herrlich leckere, unkomplizierte, nährstofffreie Tiefkühlpizzen gekauft hatte.

In freudiger Erwartung zog sie die beiden hartgefrorenen Scheiben heraus, legte sie mit einem Seufzen auf den Ofen und dachte sich: Der Start in Fort Augustus hätte wohl schlechter laufen können.

*

Zumindest dachte sie das bis zum nächsten Morgen. Das war nämlich genau der Moment, als sie bemerkte, dass die Heizung ausgefallen war. Dafür hatte es durch die Nacht so viel geschneit, dass die obersten Schneewehen bereits die Fenster erreichten.

Die Sonne schien am blauen Himmel, und wenn sie nicht kurz davor gewesen wäre zu erfrieren, hätte es wirklich idyllisch gewirkt.

Da Megan sich nicht sicher war, ob das Duschwasser warm blieb, wenn sie erst einmal nackt darunter stand, beließ sie es bei einer Katzenwäsche, bürstete ihre rotblonden Locken und fasste sie im Nacken zu einem losen Knoten.

Immerhin die Nervosität beim Gedanken an die neue Schulklasse wärmte sie ein wenig, als sie auf die Uhr blickte, ihren Pullover über der Jeans glattstrich und sich überlegte, dass sie gleich nach drüben gehen würde, um die Kinder zu begrüßen.

Sie zog ihre warmen Schuhe über und hoffte, dass die Heizung im Klassenzimmer lief. Eigentlich hätte sie dort nicht erst zum Unterrichtsbeginn auftauchen dürfen, doch sie war nach dem Essen restlos erschöpft eingenickt und hatte bis zum Morgen wie ein Stein geschlafen, so dass für eine Inspektion keine Zeit geblieben war.

Mit einem tiefen Atemzug nahm sie den Schlüssel, den

ihr ihre Vorgängerin am Vortag überlassen hatte, und öffnete die Wohnungstür. Es war kurz vor Acht. In weniger als einer viertel Stunde würde der Unterricht beginnen.

Aber da sie die Schulkinder noch nicht kannte, würde das vor allem anderen ein ausführliches Kennenlernen werden.

Die erste Hürde war es schon, die Haustüre aufzuschieben. Mit all ihrem – zugegebenermaßen nicht gerade üppigen – Gewicht stemmte sie sich dagegen und schaffte es wenigstens einen Spaltbreit vom Schnee zurückzuerobern, um sich quer hindurchzuquetschen.

Leider türmte sich rund um die Schule so unfassbar viel Schnee, dass sie beim Versuch die andere Seite des Hauses und damit die Klassenräume zu erreichen mit jedem Schritt bis zu den Knien einsank. Als sie sich endlich auf die andere Seite gekämpft hatte, war sie völlig außer Atem, ihre Finger waren zu Eiszapfen erstarrt und ihre Zehen nass. Außerdem hingen kleine Schneeklumpen in den Strähnen, die sich aus ihrem Haarknoten gelöst hatten. Gott allein mochte wissen, wie sie sich die eingefangen hatte; vermutlich, als sie mehr als einmal vornübergekippt war.

Mit klammen Fingern zitterte sie den Schlüssel ins Schloss und öffnete die Tür. Glücklicherweise schlug ihr sofort wohlige Wärme entgegen. Die Heizungen liefen hier also. Außerdem war der kleine Schulflur fröhlich und bunt geschmückt mit gebastelten Weihnachtssternen und Engeln dekoriert. Über den Garderoben hingen von den Kindern selbst gestaltete Namensschilder und machten Megan einmal mehr Hoffnung auf einen wirklich schönen Arbeitsplatz.

Apropos.

Sie sah auf ihre Uhr.

Wo waren denn ihre kleinen, wissbegierigen Kollegen?

Es war fast zehn nach Acht und weit und breit war kein Kind zu sehen.

Vielleicht gab es noch einen Hintereingang und es warteten schon alle im Klassenzimmer. Megan ging hinein, zog die Tür zu, bis nur noch ein Spalt offen war, und betrat den Unterrichtsraum.

Auch hier zeugte alles von der gelungenen Arbeit ihrer Vorgängerin. Die Tische waren im Kreis angeordnet, die Wände bedeckt mit Bildern und am hinteren Ende gab es eine Spielecke mit Kissen, Stofftieren und einem großen Regal voller Vorlesebücher.

„Guten Morgen, Miss."

Megan fuhr herum. Ihr Blick sank herab auf zwei kleine Mädchen, deren bemützte Köpfe von ihren Schultaschen deutlich überragt wurden.

„Oh, guten Morgen, Ihr beiden."

„Sind Sie unsere neue Lehrerin, weil Mrs. Holt ein Baby bekommen hat?"

Das größere der Mädchen mit grasgrünen Augen und roten Wangen sprach einen so breiten Dialekt, dass Megan ernsthafte Schwierigkeiten hatte, sie zu verstehen.

„Ja, das bin ich. Wer seid ihr beide denn?"

„Wir sind Emma und Emily Wallace", erklärte die kleinere von beiden. Ihr fehlten beide Schneidezähne, wodurch Megan sie noch schlechter verstand.

„Und wo … sind die anderen Kinder?"

„Die kommen nicht."

„Was?"

„Der Schulbus ist kaputt. Und die Autos kommen nicht

durch den Schnee."

„Und wo kommt ihr beide dann her?"

„Unser Vater hat uns abgesetzt. Er ist der *Pòsta*."

Megan stockte. „Er ist was?"

„Der Postbote."

Die Stimme war nun weder die eines Mädchens, noch kam sie aus dem Klassenzimmer.

Vielmehr gehörte sie einem Mann, der sich draußen den Schnee von den Stiefeln stampfte und dann hereinkam; ein Mann, den Megan nur zu gut kannte.

„Grant!", erklärte sie geistreich, während sie ihr Gegenüber ungeniert musterte.

Der Inspektor hatte sich kein bisschen verändert. Er war noch immer der hochgewachsene, ungewollt gutaussehende Kerl mit dem dunklen Blick, der sich nachhaltig in ihr Gedächtnis gebrannt hatte. Und auch das überhebliche Lächeln war dasselbe.

„Sind Sie -?"

Er hob abwehrend die Arme. „Oh, nein, nein. Diese beiden Damen gehören nicht zu mir. Ihr Vater ist der Post*bote*. Und ich betreibe das Post*amt*. Ein kleiner, aber feiner Unterschied. – Miss Fairchild!" Zu Megans Überraschung breitete er die Arme aus und kam auf sie zu.

Eigentlich war sie schockstarr, imitierte jedoch instinktiv die Bewegung und ließ sich umarmen. Es war eine seltsam vertraute Berührung, als er sie an sich presste. Unschuldig einerseits und dennoch voller Spannung.

Sie hatten sich schon einmal geküsst. Und auch wenn es damals nur eine Tarnung während ihrer Mordermittlungen gewesen war, hallte die Erinnerung doch sehr hartnäckig in ihr wider.

Als er sie losließ, lächelte sie etwas unschlüssig.

„Sie sehen gut aus, teure Miss Fairchild.“ Grant zupfte ihr einen Schneeklumpen aus den Locken.

Sie nickte. „Bei Ihnen wird wohl auch kein Spiegel zerspringen, denke ich.“

„Ihre feinsinnig charmante Art hat mir gefehlt.“

„Das verstehe ich sehr gut.“

„Miss?“

Eines der Mädchen legte den Kopf weit in den Nacken und blickte abwechselnd Grant und Megan an.

„Ja, Emma?“ Gott sei Dank hatte sie in ausgezeichnetes Namensgedächtnis.

„Ich heiße Emily.“

„Natürlich. – Was gibt es denn, Schätzchen?“

„Sollen wir uns schon ausziehen und ins Klassenzimmer gehen?“

Megan schielte seufzend zur Tür. Es schien tatsächlich kein weiteres Kind mehr zu kommen.

„Gerne. Zieht eure Jacken aus und setzt euch. Ich bin gleich da.“

Die beiden Mädchen liefen zu den Garderoben und taten wie geheißen.

Megan sah wiederum zu Grant auf. „Eine überschaubare Klasse, die Sie mir da organisiert haben.“

„Ich freue mich, dass Sie das Angebot angenommen haben. Ich war mir nicht sicher, wie Sie reagieren würden, wenn ich Ihnen vorschlage die Stelle der von Ihnen überführten Mörderin anzunehmen.“

„Es ist für mich eigentlich die perfekte Ausgangslage. Zumal ich schwerlich schlechter wegkommen könnte.“ Sie deutete ein Kopfschütteln an. „Ernsthaft, Grant: Danke! Sie wissen, dass ich nach den Sommerferien keine Arbeit mehr hatte und diese Stelle bedeutet mir sehr viel.“

Er lächelte auf eine Art, die ihr bedrohlich und verlockend gleichermaßen erschien. „Nur die Stelle?“

Mit zuckenden Mundwinkeln verschränkte sie die Arme vor der Brust. „Die Gegend ist auch ganz schön, falls Sie das meinen.“

Mit einem kurzen Lachen trat er einen Schritt zurück. „Nichts anderes könnte ich je meinen.“

„Wollten Sie mir nicht etwas Schönes mitbringen?“

„Das war eigentlich für heute Abend geplant.“

„Dann ziehen Sie sich besser warm an. Meine Heizung funktioniert nicht und im Wohnzimmer gibt es mehr Spinnen als im Wintergarten der Adams Family.“

„Soll ich Brot und Wein durch Malerkrepp und Scheuerbürste ersetzen?“

„Bitte nicht. Die ursprüngliche Kombination halte ich für wesentlich reizvoller.“

Ein lautes Klirren drang aus dem Klassenzimmer.

„Ich schätze, mein Typ wird verlangt“, erklärte sie und zeigte mit dem Daumen hinter sich. „Bis später, Grant.“

„Bis heute Abend. Soll ich noch ihren Wagen aus dem Graben ziehen, bevor ich zurückfahre?“

Ihre Augenbrauen schossen in die Höhe. „Das können Sie?“

„Mein Jeep hat eine Seilwinde. Außerdem kommt um etwa zehn Uhr der Schneepflug. Wenn Ihr Wagen dann noch schräg im Graben hängt, wird er vermutlich so vollständig mit Schnee bedeckt, dass er bis zum Frühling unauffindbar bleibt.“

Ihre geplante Antwort wurde von einem weiteren Klirren verhindert. Diesmal klang es nach einer nicht unerheblichen Anzahl von Scherben.

„Ich muss rein“, erklärte sie im Rückwärtsgehen. „Vielen Dank!“

Grant hob die Hand und Megan fuhr herum.

Im Klassenzimmer starrten zwei schuldbewusst dreinblickende Mädchen auf einen Blumentopf. Zumindest musste es einmal ein Blumentopf gewesen sein. Die Scherben waren weitläufig um einen Erdklumpen verteilt, in dem eine rot blühende Pflanze steckte. Ein Weihnachtsstern.

„Wir wollten die Blume auf Ihr Pult stellen, Miss.“

„Aber dann ist sie uns aus der Hand gefallen.“

Megan lächelte milde. Was für eine herrlich unschuldige Art die Mädchen hatten, ganz anders als der pubertierende, halbkriminelle Haufen, den sie zuletzt in London unterrichtet hatte.

„Ist gar nicht so schlimm. Wir suchen für die Pflanze einen neuen Topf und dann stellen wir sie ans Fenster. Und dann erzählt ihr mir ein bisschen, was Miss Hold euch zuletzt beigebracht hat. In Ordnung?“

Das euphorische „Ja!“, das die Mädchen ausstießen, war Balsam für Megans gestresste Seele.

*

Während des Unterrichts verstrich die Zeit wie im Flug. Da Megan die Mädchen nicht allein lassen konnte, um in ihrer Wohnung während der Pause zu frühstücken, gaben ihr die beiden ein wenig von ihrem Frühstücksbrot ab.

Es waren beides offene, freundliche Kinder, unbelastet vom Stress und Alltagsgrau der Stadt.

Und als ihr Vater um kurz nach elf Uhr kam, um sie abzuholen, begriff Megan schnell, dass die sympathische

Art in der Familie lag.

Er berichtete ihr außerdem, dass der Bus wieder einsatzfähig wäre und morgen endlich die ganze Klasse würde zur Schule kommen können.

Als die Drei nach draußen gegangen waren, goss Megan noch einmal den frisch umgetopften Weihnachtsstern, schloss dann die Schultür ab und machte sich auf den Weg zur anderen Seite des Hauses.

Tatsächlich hatte Grant ihren Wagen aus dem Graben gezogen und in ihre Einfahrt gestellt. Dort reichte der Schnee zwar auch bis zum oberen Rand der Räder, aber immerhin. Außerdem musste während der Schulzeit der angekündigte Schneepflug gefahren sein und hatte die Straße freigeräumt. An den Seiten türmten sich Schneeberge auf, die so hoch waren, dass Megan kaum darüber hinwegsehen konnte. Dennoch ging sie hinab zur Straße, umrundete das Haus und ging dann an ihrem Wagen vorbei wieder zu ihrer Wohnungstür. Sie musste unbedingt den Schnee aus ihrer Einfahrt räumen, wenn sie nicht bei jedem Gang vor die Tür patschnass und durchgefroren sein wollte.

Ihre Hoffnung, dass die Heizung wieder angesprungen war, zerschlug sich beim Betreten ihrer eisigen Wohnung. Neben dem Haus gab es einen Schuppen mit Feuerholz. Also würde ihr wohl nichts anderes übrigbleiben, als das Haus mit dem Kaminfeuer zu heizen.

Sie schnappte sich die Schneeschaufel, die neben der Eingangstüre stand, und fing an sich den Weg zum Holzschuppen frei zu graben. Eine Tätigkeit, bei der ihr erstens warm wurde, und die sie zweitens Stück für Stück ihrem knisternden und herrlich kitschigen Kaminfeuer näherbrachte.

Schon nach kürzester Zeit stand ihr der Schweiß auf der Stirn. Der Schnee wog Tonnen und ließ sich kaum zur Seite wuchten. Außerdem hing die Sonne hoch am mittäglichen Himmel und sorgte für unerwartete Milde.

Megan stieß die Schneeschaufel in den Schnee und verschnaufte einen Augenblick. Dabei ließ sie den Blick über die herrliche Landschaft schweifen und konnte sich dem Zauber der winterlichen Highlands schwer entziehen.

Die rauen Felskanten waren bedeckt mit Schnee, an den Überhängen perlten Eistropfen und beim Blick hinab in den Ort erkannte sie aus der Entfernung die Weihnachtsbeleuchtung.

Sie seufzte zufrieden. Egal, ob die Heizung repariert und die Wohnung durchgeputzt werden musste, wenn sie sich ansah, was vor ihr lag und in welch friedlichem Umfeld sie arbeiten konnte, wusste sie, dass es die richtige Entscheidung gewesen war, nach Fort Augustus zu kommen und London hinter sich zu lassen.

Voller Elan griff sie nach ihrer Schaufel und stieß sie in den Schnee. Als sie dabei auf einen Widerstand traf, blickte sie stirnrunzelnd hinab.

Und erstarrte.

II

Grant nahm bereits nach dem zweiten Läuten ab.

„Was kann ich für Sie tun, Miss Fairchild?"

Megan stockte kurz. „Sie kennen meine Nummer?"

„Ich habe sie eingespeichert, wenn Sie es genau wissen wollen."

„Sie haben -" Sie stockte kurz und überlegte, ob sie sich geschmeichelt oder verfolgt fühlen sollte. Vermutlich keins von beidem, wenn man den Grund ihres Anrufs bedachte.

„Hören Sie", versuchte sie sich zu sammeln, „warum ich anrufe …"

„Ich soll lieber Rotwein statt Weißwein mitbringen, habe ich Recht? In Anbetracht der Jahreszeit hätte ich das aber sowieso -"

„Jetzt hören Sie auf!", rief sie plötzlich. Unwillkürlich flirrte ihr Blick zurück zu ihrer Schneeschaufel.

„Ist alles in Ordnung bei Ihnen?", fragte Grant vorsichtig.

„Nein! *Nichts* ist in Ordnung! Ich habe Schnee geschaufelt und …" Sie kniff die Lider zusammen und versuchte das Bild aus ihrem Kopf zu kriegen, was ihr nicht gelang. „Da liegt ein Toter im Schnee! Darunter, um genau zu sein!"

Schweigen am Ende der Leitung.

„Grant!"

„Ja."

„Haben Sie gehört?"

„Gehört habe ich. Ich bin mir nur nicht sicher, ob -"

„Kommen Sie schleunigst hierher und graben Sie … ihn aus." Sie konnte keine Sekunde länger auf ihrer Treppenstufe sitzen.

„Dieses verdammte Kaff ist schlimmer als die South Bronx. Jedes Mal, wenn ich hier zu genau hinsehe, gibt es Tote."

„Miss Fairchild, beruhigen Sie sich. Sind Sie denn absolut sicher, dass -"

„Ein Mann liegt etwa einen Meter unter dem Schnee vor meinem Holzschuppen. Irgendjemand hat ihn eiskalt ermordet und es wäre mir verdammt nochmal Recht, wenn Sie Ihren Arsch endlich in Bewegung setzen und hier aufkreuzen würden."

Wieder kurzes Schweigen. *„Was macht Sie so sicher, dass er getötet wurde?"*

„Seine Hände sind gefesselt! Genauer habe ich nicht hingesehen. Und das muss ich ja wohl auch nicht!"

„Natürlich nicht. Ich bin sofort bei Ihnen."

Als er auflegte, steckte Megan das Handy weg und starrte auf den Schneeberg vor ihrem Holzschuppen. Beim Gedanken, was genau sich darunter verbarg, drehte sich ihr der Magen um.

*

Als Grants Jeep zwischen den Schneebergen zu erkennen war und Megan immer näher kam, fiel ihr unwillkürlich ein Stein vom Herzen.

Sie sprang regelrecht auf die Füße, als er ausstieg. Er wirkte sorgenvoll und auch ein wenig ratlos.

„Wie geht es Ihnen?", fragte er und überraschte Megan damit, dass er sich nach ihr anstatt nach der Leiche erkundigte.

Sie schlang die Arme um sich selbst. „Mir ist ein bisschen schlecht, um ehrlich zu sein."

Er nickte verstehend und zeigte auf ihre Schneeschaufel. „Ist er dort drüben?“

Sie bejahte knapp und trat einen Schritt zurück.

„Sie gehen am besten hinein, Miss Fairchild.“

„Aber -“

„Sie sind weiß wie eine Wand und glauben Sie mir, egal, was Sie hier draußen noch sehen könnten, es wäre möglich, dass Sie es nie wieder vergessen. Schreckensvolle Bilder brennen sich ein.“ Er wirkte, als wüsste er genau, wovon er sprach. Megan nickte und drehte den Türknopf. „Soll ich Ihnen einen Kaffee machen?“

Er lächelte aufmunternd. „Sehr gern.“

Megan ging hinein, schloss die Tür hinter sich und versuchte sich auf das Befüllen der Kaffeemaschine zu konzentrieren. Ihr Herz pochte ihr hart in der Kehle und trotz des Schreckens ertappte sie sich dabei, dass sie immer wieder durch das kleine Fenster hinausblickte, wo Grant vorsichtig mit der Schaufel hantierte.

Megan erinnerte sich an den Sommer, als sie mit ihm einen Mord aufgeklärt hatte.

Doch dieser Mord hatte Jahre zurückgelegen und trotz der Tatsache, dass sie am Ende selbst in Lebensgefahr geraten waren, hatte es eine beinahe angenehme Distanz gegeben.

Diesmal war es anders.

Diesmal hatte sie aus heiterem Himmel ein paar gefesselte Männerhände im Schnee entdeckt. Und bei allem, was heilig war: Sie würde diese weißliche Haut, die bläulichen Nägel und die Spuren von Blut, wo sich das Seil im Überlebenskampf in seine Handgelenke gebrannt hatte, nie vergessen.

Als die Tür aufging, fuhr sie unwillkürlich zusammen.

„Ich bin's nur", sagte Grant im Näherkommen, wirkte aber selbst reichlich blass.

Wortlos stellte Megan zwei dampfende Kaffeetassen auf den Tisch und zog einen Stuhl für ihn zurück.

Dann setzten sie sich.

„Und?", fragte sie. „Kennen Sie ihn?"

Er schwieg einen Augenblick wie jemand, der darüber nachdachte, wie er etwas schonend formulieren sollte. „Schwer zu sagen", erklärte er dann.

Unwillkürlich meldete sich ihre Übelkeit zurück. „Ist er schon so …, ich meine … liegt er schon so lange -"

Sein Kopfschütteln unterbrach sie. „Miss Fairchild, wir müssen dieses Gespräch nicht führen. Schlimm genug, dass Sie schon wieder mit einem Mord konfrontiert werden. Wie astronomisch schlecht die Chancen dafür stehen, will ich gar nicht wissen. Doch die Details sind in diesem Falle wohl ungleich … abstoßender. Ich würde vorschlagen, dass Sie für die nächsten Tage in den Ort ziehen. Cora McDermitt hat eine kleine Pension. Um diese Jahreszeit hat sie sicherlich ein Zimmer frei."

Megan blinzelte. Grant hatte sie im Sommer nicht geschont, wenn es um Details ging. Dass er nun so reagierte, schreckte sie ab. Und machte sie neugierig.

„Sagen Sie mir, was los ist."

Grant atmete tief durch und legte beide Hände um den Kaffeebecher.

„Ich kann den Mann nicht identifizieren, weil … weil dort nur seine Hände liegen."

Megan spürte, wie ihr Gesicht die Farbe verlor. „Nur seine Hände?"

Er nickte. „Bis zur Mitte der Unterarme … in etwa."

„Großer Gott."

„Miss Fairchild, ich muss die Spurensicherung aus Inverness holen. Und einen Pathologen. Und einen Kollegen mit einem Leichenspürhund. Der Hund muss auch die Wohnung durchsuchen. Es wäre möglich, dass …"

Er brach ab, als Megan sich an der Tischkante festhielt. Der Gedanke, dass sie inmitten von Leichenteilen geschlafen haben könnte, schlug ihr schwer aufs Gleichgewicht.

„Geht es?"

Sie nickte hastig. „Alles bestens."

„Ich rufe die Kollegen und dann bringe ich Sie zu Miss McDermitt, was halten Sie davon?"

Megan hob die Hand. „Ich will erst sehen, ob hier in der Wohnung etwas gefunden wird. Immerhin soll ich hier leben."

„Aber -"

„Und *dann* gehe ich in die Pension und keine Sekunde früher."

Grant erwiderte ihren eisigen Blick, doch er begriff, dass dieses Angebot nicht verhandelbar war.

„Also schön." Seufzend erhob er sich. „Dann werde ich jetzt ein paar Anrufe machen."

„In Ordnung. Ich werde …" Sie sah sich um. Die Lust aufzuräumen, und in einer dunklen Ecke womöglich auf etwas zu stoßen, das Sie nie würde vergessen können, war außerordentlich überschaubar. „Ich bereite meinen Unterricht vor."

„Ich weiß, das klingt vielleicht etwas … befremdlich", setzte Grand an. „Aber könnten Sie dabei möglichst wenig anfassen? Bis die Spurensicherung da war, meine ich?"

Sie schluckte trocken. Wer konnte schon wissen, ob der

arme Teufel hier in der Wohnung umgebracht worden war. Wenn sie schon so lange leerstand, wie Miss Hold erzählt hatte, dann war es vielleicht sogar wahrscheinlich.

„Soll ich Handschuhe anziehen?“, fragte sie gefasst.

„Nein, nein. Sie haben gestern ja schon einiges angefasst. Wenn Sie sich auf diese Bereiche beschränken und nichts wegwischen oder putzen, dann geht das sicher in Ordnung.“

Sie nickte resigniert und erhob sich, nahm ihre Schultasche von der Küchenablage. Als sie die Schließe öffnete, spürte sie eine Berührung an ihrem Arm. Es war Grant, der sie mit einem sorgenvollen Blick musterte.

„Es tut mir leid“, erklärte er.

Sie versuchte sich an einem Lächeln. „Wenn Sie den armen Kerl nicht umgebracht haben, gibt es keinen Grund sich zu entschuldigen.“

„Ich meine es ernst, Miss Fairchild. Im Sommer das war etwas anderes. Dieser Mord ist real und aktuell. Und er hat in so offenbarer Nähe zu Ihrer Wohnung stattgefunden, dass ich kein gutes Gefühl habe, wenn Sie hierbleiben.“

„Ich sage doch, ich gehe in die Pension. Meinen Sie, ich habe mich über meinen Fund gefreut?“ Sie klang anklagend, obwohl sie es gar nicht wollte.

Grant schüttelte den Kopf. „Ich hätte mein ganzes Geld verwettet, dass es die Kombination Fairchild und Mord nie wieder geben wird.“

„Ihr ganzes Geld? Hat das nicht Ihre Exfrau?“

Sein Blick verfinsterte sich. „Das ist nicht witzig. Und wo wir schon bei nicht witzigen Dingen sind: Glauben Sie ja nicht, dass Sie wieder auf eigene Faust ermitteln werden. Das war eine einmalige Sache. Diesmal überlassen Sie es der Polizei. Sie überlassen es *mir*. - Verstehen wir uns?“

Sie verschränkte grimmig die Arme vor der Brust.

Auf solche Ansagen konnte sie ja *überhaupt* nicht!

„Ob wir uns verstehen?“, setzte er nach.

„Ihr Hosenstall ist offen.“

Das Bestimmende in seiner Miene verschwand, während er mit einem entschuldigenden Murmeln in seinen Schritt griff. Dann sah er wieder auf. „Das stimmt doch gar nicht.“

„Dann hab ich wohl falsch gesehen. – Wollten Sie nicht irgendjemanden anrufen?“

Mit einem grimmigen Fingerwedeln zog er das Handy aus der Tasche. „Mir ist durchaus aufgefallen, dass Sie mir nicht geantwortet haben.“

„Sie waren schon immer ein pfiffiges Kerlchen.“

Mit einer wütenden Bewegung schlug sie ihre Mappe auf und holte den Block heraus, der schon zur Hälfte von ihren Notizen überquoll und unförmig geworden war. Als sie aufsah, stand Grant immer noch neben ihr.

„Soll ich Ihnen ein Telefonbuch besorgen, oder geht es so?“, fragte sie, ohne aufzusehen.

Er kniff die Lippen zusammen. „Ich hatte mich irgendwie nur an Ihre positiven Eigenschaften erinnert“, bemerkte er mühsam beherrscht.

Sie hob eine Braue und deutete ein Kopfschütteln an. „Komisch, mir ging es bei Ihnen genau anders herum.“

Mit diesen Worten setzte sie sich an den Küchentisch, schraubte ihren Füller auf und sah nicht mehr von ihren Notizen auf, bis Grant die Wohnung telefonierend verlassen hatte.

*

Nachdem sie Grants Kaffee demonstrativ ins Waschbecken gekippt hatte, setzte sie sich zurück an ihre Unterlagen und schaffte es trotz allem sich ein wenig auf das zu konzentrieren, was sie morgen mit den Kindern machen wollte.

Die Konzentration verließ sie jedoch schlagartig, als plötzlich der erste Streifenwagen auftauchte. Ein bullig wirkender Uniformierter stieg aus, der mit scharfen Anweisungen auf jemanden einredete, der sich beim Blick durch das kleine Fenster als ein Deutscher Schäferhund erwies, der gewissenhaft anfing, im Schnee zu schnüffeln.

Das musste wohl der Leichenspürhund sein. Während sie noch überlegte, ob das für ein Tier, das sich auch gerne mal in Aas wälzte, so eine Art Traumjob war, ging die Tür auf.

Grants Kopf erschien im Türspalt und Megan kniff die Augen zusammen.

Seine machohafte Ansage hatte sie noch lange nicht vergessen.

„Manieren haben Sie keine, oder?“

Er hielt die Klinke in der Hand und klopfte etwas zu laut gegen die bereits offene Tür. „Besser so?“

Sie lächelte ironisch.

Der pflichtbewusste Schäferhund indes jedoch lief Grant zu ihrem augenscheinlichen Amüsement in die Kniekehle, während er die Zarge beschnüffelte.

„T’schuldigung, Sir. Ich muss den Hund machen lassen“, erklärte der Polizist, der am anderen Ende der Leine hing.

„Natürlich“, erklärte Grant und trat zur Seite.

„Guten Tag“, grüßte Megan den Constable freundlich, der ebenfalls nickte.

„Guten Tag, Ma'am. Ist es Ihnen recht, wenn ich Othello hier durchlaufen lasse, oder müssen Sie noch irgendetwas -“

„Oh, nein. Lassen Sie den fleißigen Hund ruhig machen.“

Othello zog an seiner Leine und schnüffelte geräuschvoll die Fußleisten unter dem Wohnzimmerfenster ab. Dank der fehlenden Möblierung hatte er relativ leichtes Spiel und sich schnell durch den Raum gearbeitet. Ohne Erfolg. Dennoch wurde er von seinem Herrchen mit Überschwang gelobt.

„Gibt es hier einen Keller?“, fragte dieses.

„Ähm …“ Megans Blick flog zu Grant, der ein Achselzucken von sich gab.

„Offengestanden weiß ich das nicht“, sagte sie an den Constable gewandt.

„Dann leine ich den Hund hier im Erdgeschoss einmal ab. Wenn es unter ihm etwas von Interesse gibt, wird er es anzeigen.“

Megan nickte und setzte sich auf einen Küchenstuhl. Da die Räume nur durch einen breiten, bogenförmigen Durchgang getrennt waren, konnte sie den Hund genau beobachten. Er schnüffelte einige Sekunden lang in den breiten Fugen der Fußbodendielen herum, dann hob er den Kopf und lief schnurstracks auf Megan zu.

Einen Sekundenbruchteil überlegte sie, ob sie vor dem Hund fliehen sollte, der immerhin so groß war, wie ein Kalb. Doch sein treuer Blick zerschlug ihre Befürchtungen.

Mit einem rührenden Winseln trabte er zu ihr, legte eine Vorderpfote auf ihre Schenkel und schmiegte den Kopf in ihren Schoß.

Unwillkürlich streichelte sie über sein braunes Fell und sah auf. „Ich lebe aber noch."

Der Constable lachte kurz.

„Ja, ich weiß, Ma'am. Othellos langjährige Hundeführerin wurde nach Edinburgh in eine andere Abteilung versetzt, wo sie ihn nicht mitnehmen konnte. Sie erinnern ihn offenbar an sie, wenn ich das sagen darf."

Megan lächelte und kraulte den Nacken des Hundes, der mittlerweile mit beiden Vorderpfoten auf ihrem Schoß war und sich dort am liebsten, wie eine Katze zusammengerollt hätte, wie es schien.

„Tut mir leid, Ma'am. Ich nehme ihn weg. – Komm, Othello!"

Megan ließ nur ungern von dem weichen Hundefell ab und blickte zu Grant auf, der sie schweigend musterte.

„Sollen wir nach oben gehen?", fragte er den Constable, der Othello anleinte und ihm die Treppe hinauf folgte.

Megan blieb sitzen, nahm einen Schluck ihres bereits kalten Kaffees und lauschte dem Knarren des Holzfußbodens und den schweren Schritten über ihr.

Minutenlang schwiegen die Männer. Dann rief Grant plötzlich ihren Namen.

Megan blieb schier das Herz stehen.

„Ja?", rief sie zurück, indem sie sich erhob.

„Könnten Sie einmal kommen?"

Sie schluckte trocken. Wenn die beiden wirklich ein Körperteil des armen Mannes in dieser Wohnung gefunden hätten, dann wäre sie hier innerhalb von Minuten ausgezogen.

„Ich komme", brachte sie etwas schwach hervor und ging die Treppe hinauf, wo sie Othello schwanzwedelnd erwartete.

Die beiden Männer hingegen blickten ernst drein.

„Haben Sie etwas … ich meine, haben Sie ihn gefunden?"

Grant gab ein abwägendes Geräusch von sich. „Hier drinnen ist nichts zu sehen. Othello schlägt wohl nicht nur bei Leichen, sondern auch bei Blut und anderen Körperflüssigkeiten an. – Man kann also davon ausgehen, meint der Constable, dass das Opfer an einem anderen Ort getötet wurde."

Megans Schultern sanken herab. Erst als sie geräuschvoll ausatmete, fiel ihr auf, dass sie die Luft angehalten hatte.

„Und warum rufen Sie mich dann?"

Grant ging zum Fenster und blickte hinaus. „Weil wir nun wissen, oder zumindest vermuten, wo der Rest von ihm ist."

„Wo denn?"

Er nickte zum Fenster hinaus und Megan kam zu ihm. Widerwillig folgte sie seinem Blick und sah hinab. Der Schnee bedeckte das Dach des kleinen Holzschuppens, vor dem noch immer ihre Schaufel steckte. Ihren Fund hatte Grant mittlerweile abgedeckt. Die schroffen Felskanten waren unter den Schneemassen genauso versteckt, wie die sanften Hügel, die sie umgaben.

Ratlos blickte sie zu ihm auf. „Ich sehe nur Schnee", erklärte sie dabei.

Grant fasste sie um die Schulter. Eine Berührung, die sie ärgerte und doch gleichzeitig genoss. Langsam drehte er sie ein wenig und zeigte noch einmal hinaus.

„Sehen Sie sich die Kontur des Schnees an. Dort hinten zwischen den ersten Felsen."

Megan kniff die Augen zusammen. Die Sonne brachte die weiße Oberfläche zum Glitzern und reflektierte unangenehm darauf. Es dauerte Sekunden, bis sie es endlich entdeckte.

Eine weiche Form, die sich von den scharfkantigen Felsen abhob. Zwar völlig vom Schnee bedeckt, doch zweifellos ein Fremdkörper, der zwischen die schiefergrauen Spitzen geklemmt worden war. Die Umrisse des Kopfes, sowie der Schultern schienen ihr eindeutig erkennbar.

Megan wandte den Blick ab und nickte gegen die getäfelte Wand. „Ja, ich denke … das könnte er sein."

Othello, der wieder abgeleint war, schmiegte sich an ihre Seite, als wollte er sie trösten. Megan kraulte seinen Kopf und strich seine Ohren glatt. Ein seltsam beruhigendes Gefühl.

„Wir haben die Wohnung durchsucht, Miss Fairchild", sagte Grant und klang plötzlich milde. „Bitte packen Sie das Nötigste, damit ich Sie zu Miss McDermitt bringen kann. Ich habe sie bereits informiert. Ein Zimmer wartet auf Sie und – wie ich Miss McDermitt kenne – vermutlich auch eine heiße Tasse Tee."

Megan nickte resigniert und fragte sich, was nur aus ihrem idyllischen, friedlichen Neuanfang geworden war.

„Ich bin sofort soweit."

„Gut. – Und wir beide sollten uns die Leiche ansehen, Constable. Die Spurensicherung wird sicher gleich hier sein."

„Ja, Sir. Ich muss nur Othello in den Wagen sperren. Leichen sind ja schließlich sein Fachgebiet, da bleibt er schwerlich ruhig."

„Natürlich."

„Kann er nicht mit mir kommen?", fragte Megan aus dem innigen Impuls heraus, nicht allein sein zu wollen.

„Miss McDermitt hat sicher nichts dagegen und Othello ist doch gut erzogen, nicht wahr?"

Der Constable runzelte die Stirn. „Er hat die Begleithundeprüfung mit Bravour bestanden. Auch wenn es schon ein paar Jahre her ist. – Dennoch darf ich den Hund eigentlich nicht aus der Hand geben."

„Es ist doch höchstens für eine Stunde", sagte Megan und blickte zu Grant auf. Wenn er ihr im Nachgang zu ihrem kleinen Disput noch einen Tiefschlag verpassen wollte, brauchte er ihr jetzt nur widersprechen.

„Miss Fairchild ist Lehrerin, Constable. Ich bin mir sicher, dass sie mit Othello ganz ausgezeichnet wird umgehen können."

Als der Constable nickte, fühlte sie sich so unerwartet erleichtert, dass ihr Tränen in die Augen schossen.

Keine Ahnung, warum es ihr plötzlich so wichtig war, dass der Hund sie begleitete. Aber die Situation war wohl so belastend, dass sie seinen Trost dringend brauchte. Wenigstens, bis sie von diesem schrecklichen Ort fortgekommen war.

Sie ging ins Schlafzimmer, packte ihre wenigen Habseligkeiten zusammen und setzte sich zu Grant in den Jeep, während der Constable sich zu der Fundstelle vorarbeitete. Othello hätte sich am liebsten auf ihren Schoß gesetzt, wurde aber dennoch auf den Rücksitz verwiesen.

„Danke", sagte Megan, nachdem das Haus hinter ihnen nicht mehr zu sehen war. Grant blickte sie fragend an.

„Wegen des Hundes, meine ich. – Sie hätten auch dafür sorgen können, dass er nicht mit darf."

„Ich bin streitbar, Miss Fairchild. Kein Arschloch." Er blickte kurz in den Rückspiegel, wo Othello saß und freudig hechelte. „Der Hund wird Ihnen guttun. Er wird es Ihnen leichter machen, bei Miss McDermitt ein wenig anzukommen und sich zu beruhigen. Und wenn der Constable ihn wieder abholt, wird Sie die gute Dame mit ihrem Tee und ihrem Geplapper bereits soweit erschöpft haben, dass Sie beruhigt auf ihr Zimmer gehen können.“ Zu Megans ehrlicher Überraschung griff er nach ihrer Hand und drückte sie aufmunternd. Im Gegensatz zu ihren klammen Fingern fühlte sich seine Haut tröstend warm an. „Ich streite mit Ihnen, Miss Fairchild. Das bedeutet nicht, dass ich Sie nicht mag.“

Unweigerlich sah sie zu ihm auf. Sein schelmischer Ausdruck brachte ein leichtes Lächeln in ihr Gesicht zurück. „Selbst wenn es nicht auf Gegenseitigkeit beruhen würde?“

„Dann ganz besonders.“ Er nickte durch die Windschutzscheibe. „Wir sind da.“

*

Die keine Pension von Miss McDermitt war schwerlich zu übersehen. Denn das reetgedeckte Cottage war so ausufernd mit Weihnachtsbeleuchtung und Schmuck ausgestattet, dass es vermutlich auch aus dem Weltall zu erkennen war.

Megan stieg aus und öffnete Othello die Tür. Gleichzeitig fragte sie sich, wie Miss McDermitt es schaffte, all diesen weihnachtlichen Überfluss nicht kitschig wirken zu lassen. Es war wunderschön und stand im krassen Gegensatz zu dem, was sie gerade erlebt hatte.

Sie fasste Othellos Leine und blickte zu Grant auf.

„Wie viel haben Sie ihr erzählt?“, fragte sie. „Ich meine,

weiß sie, was …“

Er nickte. „Laufende Ermittlung hin oder her. In diesem Dorf wohnen 500 Menschen und spätestens in einer Stunde, wenn die Spurensicherung da ist, weiß jeder Bescheid.“

Als die Tür des Cottages aufging, spitzte Othello die Ohren, als wartete er darauf, dass Megan ihm sagte, ob die alte Dame mit dem karierten Plaid über den Schultern Freund oder Feind war.

Sie streichelte ihm schnell über den Kopf, während Grant vorausging.

„Miss McDermitt“, grüßte er freundlich. Sofort breitete sich ein Lächeln über das Gesicht der alten Dame.

„Finley“, rief sie. „Was ist denn nur los bei euch da oben?“

Er zeigte hinter sich, wo Megan mit Othello etwas unschlüssig neben einem schneebedeckten, beinah mannshohen Weihnachtsmann wartete, der das Gartentürchen bewachte.

„Miss McDermitt, das ist Miss Fairchild, die neue Lehrerin.“

Das war wohl ihr Stichwort. Mit einem etwas angestrengten Lächeln ging sie zu den beiden und streckte Miss McDermitt die Hand entgegen.

„Freut mich“, sagte sie dabei.

Der Blick der alten Dame fiel auf Othello. „Ist das Ihr Hund?“

„Er ist Polizeibeamter, Miss McDermitt“, erklärte Grant schnell. „Miss Fairchild wird kurz auf ihn aufpassen, bis die Kollegen da sind.“

„Oh, na dann.“ Die alte Dame fasste in einer mütterlichen Geste nach Megans Schulter. „Kommen Sie herein, meine Liebe. Ich habe Tee aufgesetzt, der wird Ihnen guttun. Und für den Hund finde ich sicher noch eine Schüssel Wasser. Und – denken Sie, dass er sich über ein Streichwurstbrot freuen würde?“

Megan bemerkte, wie sie von der plappernden Dame immer weiter ins Haus gezogen wurde.

„Mit Sicherheit“, erklärte sie und sah Grant über die Schulter hinweg an. Der vor der Tür stehenblieb und zum Abschied die Hand hob.

Es war genau, wie der Inspektor prophezeit hatte. Miss McDermitt hatte eine riesen Kanne duftenden Schwarztee aufgesetzt und bereits gedeckt, als sie Megan in die Küche führte.

„Setzen Sie sich, meine Liebe.“ Sie deutete auf einen der Stühle und eilte zum Kühlschrank.

„Vielen Dank.“

„Kein Grund zu danken. Oh, und leinen Sie den Hund ab. Ich habe keine Katzen, und da er Polizeibeamter ist, wird er sich ja zu benehmen wissen.“

„Mit Sicherheit.“ Megan leinte Othello ab, der genau zu wissen schien, was es bedeutete, wenn jemand an den Kühlschrank eilte und aus gewachstem Papier etwas auspackte.

Er setzte sich neben Miss McDermitt und wartete ab, bis sie ein Stück Brot mit Streichwurst bestrichen hatte.

„Darf ich es ihm geben?“

Es war zwar nicht Megans Hund, aber …

„Bestimmt.“

„Hier, mein Junge.“

Als würde er genau verstehen, stellte sich Othello auf die Hinterfüße und nahm der alten Dame das Brot vorsichtig aus der Hand, um es dann in einem Stück und unzerkaut zu verschlucken.

Miss McDermitt lachte. „Ein feiner Junge." Sie sah zu Megan auf. „Ist er ein Fährtenhund?"

„Nein, er …" Es gab keinen Grund zu lügen, schließlich würde sie sowieso gleich nach dem Grund der ganzen Aufregung gefragt werden. „Er ist ein Leichenspürhund."

Bestürzung schlich sich auf das Gesicht ihrer Gastgeberin, als sie den Kopf schüttelte. „Was für eine schreckliche Arbeit für so ein wundervolles Tier."

Als Othello bemerkte, dass es keine weiteren Snacks gab, ging er zurück zu Megan und schmiegte den Kopf in ihren Schoß. Sie fing an ihn zu kraulen und Miss McDermitt setzte sich zu ihr, goss ihnen beiden dabei Tee ein.

„Ich erinnere mich an Sie", erklärte sie dabei, nicht ohne einen schelmischen Zug um die Lippen. „Sie haben die arme Abigail Bold aus dem Gefängnis geholt und mit Finley die wahre Mörderin von Laura Satin gefasst, nicht wahr?"

„Nun …"

„Keine falsche Bescheidenheit, meine Liebe. Ganz Fort Augustus hat darüber geredet. Und es war uns allen nicht recht, dass Sie nach dieser großartigen Tat so schnell wieder zurück nach England verschwunden sind."

Das überraschte Megan nun wirklich. „Tatsächlich?"

„Aber natürlich! Wir Schotten sind ein Gerechtigkeit liebendes Volk. Und Sie haben ein großes Unrecht aus der Welt geschafft."

Megan nickte bedächtig und erinnerte sich dann die völlig verstörte junge Frau, deren Leben durch die Jahre, die sie unschuldig im Gefängnis verbracht hatte, beinah zerstört worden wäre.

„Wissen Sie, wie es ihr geht? Miss Bold, meine ich."

„Nein, leider." Die alte Dame schüttelte den Kopf. „Sie ist vor ein oder zwei Monaten fortgezogen. Nach Inverness, glaube ich. Eine gute Entscheidung, wenn Sie mich fragen. Ein junges Mädchen wie sie mit einer so schrecklichen Vergangenheit kann noch immer ein völlig neues Leben anfangen, nicht wahr?"

„Ich hoffe es."

„Trinken Sie, meine Liebe. Der Tee wärmt Körper und Geist."

Megan nahm artig ihre Tasse und trank einen Schluck, verbrannte sich dabei die Lippen.

„Und nun ist wieder etwas so Schreckliches passiert, sagte Finley?"

Eines musste man der alten Dame lassen: Plump war ihr Verhör nicht.

Megan nickte. „Wie es aussieht", begann sie, entschlossen keine Details zu verraten, „wurde dort hinter der Schule jemand ermordet. Zumindest … nunja …" Eine Gänsehaut breitete sich über ihre Arme.

„Sie meinen, dort liegt jemand."

„Ja, genau."

„Schrecklich", befand Miss McDermitt kopfschüttelnd. „Aber es wird doch nicht in der Wohnung geschehen sein, nicht wahr?"

„Nein, nein. Othello hat alles abgesucht."

„Nun, immerhin."

„Vielleicht wurde er auch gar nicht auf dem Grundstück ermordet", erklärte Megan, in der plötzlich der Wunsch aufkam, sich alles ein wenig von der Seele zu reden. „Ich meine, ich habe ihn nur beim Schneeschippen gefunden. Vielleicht wurde die Leiche dort nur abgelegt, weil sich der

Mörder sicher war, dass dort niemand vor der Schneeschmelze nachsehen würde."

„Das wäre sehr gut möglich. Denn Sie wissen, dass Miss Hold im Ort hier wohnt. Die Wohnung steht seit Jahren leer, glaube ich. Niemand hätte sich darum gekümmert, was dort ist, wenn Sie nicht gekommen wären."

„Nein, wahrscheinlich nicht." Megan starrte auf die bräunliche Oberfläche ihres Tees und schwieg. Sie mochte sich gar nicht vorstellen, wie der arme Teufel in ein paar Monaten aussah.

„Ich hatte ja geahnt, dass so etwas einmal passieren würde."

Megan blickte auf. „Wie meinen Sie das?"

„Nun …" Miss McDermitt bekam einen Ausdruck im Gesicht, wie es nur Damen in ihrem Alter und mit ihrem Mitteilungsbedürfnis fertigbrachten. Er war irgendwo zwischen tadelnd und sensationslüstern. „In letzter Zeit gab es immer mehr junge Leute, die sich in das Haus von John Malloy geschlichen haben."

„John Malloy? Wer soll das sein?"

„Er ist … oder er war der Herr auf *Tantallon Hall*. Ein Engländer." Das letzte Wort klang nicht unbedingt wie ein Kompliment. „Er war ein Teufel. Die Bösartigkeit in Person. Er herrschte auf seinem riesigen Anwesen wie ein Rachegott und terrorisierte all jene, die ihm zu Diensten sein mussten."

Megan deutete ein verwirrtes Kopfschütteln an. „Wo ist dieses *Tantallon Hall*?"

„Direkt über der Schule … nun, nicht direkt. Aber hinter den Felsen, praktisch mitten in den Highlands. Danach kommen nur noch Quadratkilometer schroffer Fels und totes Geröll."

„Und dort wohnt dieser John Malloy?"

„Wohnte."

Megan zog fragend die Braunen in die Stirn, woraufhin Miss McDermitt vielsagend in ihrem Tee rührte. „Er ist tot."

„Tot?"

„Schon seit über 100 Jahren."

„Aber -?"

Die alte Dame hob abwehrend die Hände. „Ich weiß, dass ich als gute Christin so etwas nicht erzählen, ja es nicht einmal denken dürfte. Aber glauben Sie mir, hinter diesen finsteren Mauern …" Sie schüttelte den Kopf. „Als John Malloy hingerichtet wurde, ist das Böse in ihm nicht gestorben. Wenn Sie mich fragen, lebt es noch heute. – Wenn Sie mich fragen, lebt es in *Tantallon Hall.*"

Megan schluckte. Gruselgeschichten mochte sie eigentlich. Doch normalerweise erzählte sie erstens niemand, der daran glaubte. Und zweitens lagen für gewöhnlich keine zerstückelten Leichen in ihrem Vorgarten.

„Ich verstehe das nicht", erklärte sie wahrheitsgemäß. „Wie kann das mit dem bedauernswerten Toten zusammenhängen?"

„Jeder, der in diesem schrecklichen Gemäuer war, weiß, dass dort etwas vor sich geht. Mal sind es Stimmen, die in den Wänden wispern, mal sind es Türen, die sich öffnen, obwohl niemand dort ist. Früher war es eine Mutprobe unter Jugendlichen, sich dort herumzutreiben. Mein Enkelsohn, der arme, dumme Junge, hat sich ebenfalls dazu hinreißen lassen. Er war weiß wie eine Wand, als wir ihn an den Felsen hockend fanden, hat eine Woche lang nicht gesprochen. Und darüber, was dort geschehen war, hat er nie ein Wort verloren."

Als Miss McDermitt schwieg, sich ganz offenbar daran zurückerinnerte, was geschehen war, beugte sich Megan nach vorne.

„Auch wenn ich Ihnen das selbstverständlich glaube, wie kommen Sie nur darauf, das könnte etwas mit dem zu tun haben, was jetzt geschehen ist?“

„John Malloy war ein Mörder. Ein Verführer und Mörder. – Fast ein Dutzend Frauen hat er geheiratet. Und sie alle hat er getötet.“

„Was?“

Sie nickte. „Oh, er war geschickt. Ein charismatischer, leidenschaftlicher Mann soll er gewesen sein. Ungewöhnlich für seine Zeit, anziehend für die Frauen, die ihm so leicht zum Opfer fielen. Es drang nie etwas nach draußen. Dafür war *Tantallon Hall* zu weit von der Handvoll Häuser entfernt, die Fort Augustus damals noch war. Nur die Dienstmägde, Händler, die ungelegen kamen, und dergleichen haben manchmal einen kurzen Blick auf das erhascht, was vor sich ging. Die meisten kamen mit ihrem Wissen nicht lebend davon. Die anderen erzählten von den schrecklichen Grausamkeiten, die vor sich gingen. Er soll die Frauen gefoltert und nackt an die Wände des Innenhofs gefesselt haben. Und am Ende, wenn er es leid war, sich an ihren Schreien und ihrem hilflosen Flehen zu ergötzen, hat er sie verstümmelt.“

Während sich Miss McDermitt murmelnd bekreuzigte, wurde Megan unwillkürlich hellhörig.

„Verstümmelt?“, fragte sie.

„Er soll ihnen die Hände … abgehackt haben, der elende Teufel.“

Megan gefror das Blut in den Adern. Sie glaubte weder an Geistergeschichten, noch an die Rache von Mördern, die seit 100 Jahren tot waren. Aber das … wäre schon ein bemerkenswerter Zufall gewesen.

„Kindchen, ist Ihnen nicht gut?“

Sie sah auf und zwang ein Lächeln in ihr Gesicht. „Nein, alles gut. Erzählen Sie weiter.“

„Nun, viel gibt es nicht mehr zu erzählen. Malloy wurde schließlich nur deswegen angeklagt, weil er in seinem Morden zu maßlos, zu unvorsichtig wurde.“ Sie winkte plötzlich ab. „Aber was erzähle ich für schaurige Geschichte, wo Sie doch eben selbst noch so Schreckliches erleben mussten!“

„Nicht doch“, gab Megan zurück, wenn auch etwas halblaut. Die Gedanken rasten unkontrolliert durch den Kopf und sorgten dafür, dass ihr ein wenig schwindelig wurde. Was konnte das nur bedeuten? Was konnte es mit diesem mysteriösen Anwesen und seiner blutrünstigen Geschichte nur auf sich haben?“

„Steht das Haus jetzt leer?“

Miss McDermitt nickte. „Soweit ich weiß, soll Malloy immer nur Frauen geheiratet haben, die keine Familie hatten. Und er selbst hatte gottlob keine Kinder. - Möchten Sie noch ein Tässchen?“

„Oh, nein. Vielen Dank.“ Megan schob die mittlerweile leere Tasse von sich und erhob sich langsam. „Wenn es Ihnen Recht ist, dann würde ich mich gerne ein wenig hinlegen. Es war doch alles sehr viel.“

„Oh, natürlich. Selbstverständlich. – Kommen Sie, ich zeige Ihnen Ihr Zimmer.“

Noch bevor Miss McDermitt Megan nach oben begleiten konnte, läutete es an der Tür.

Es war der Constable, der Othello abholen wollte.

„Der will ja am liebsten direkt hier bleiben“, bemerkte

er, als sich der Hund widerwillig anleinen ließ.

„Ja, das wäre mir auch am liebsten", erklärte Megan wehmütig und streichelte Othello noch einmal über den Kopf, sah in seine treuen, braunen Augen.

„Wenn Sie interessiert sind, Ma'am, es wird immer wieder ein Zuhause für Polizeihunde gesucht, die in den Ruhestand gehen. Auf unserer Homepage gibt es dazu einen Link."

„Vielen Dank", sagte Megan, wohlwissend, dass für sie ein Hund nicht infrage kam. Sie hatte weder genug Zeit noch war ihre derzeitige Lebenssituation stabil genug, vor allem, wenn man die Körperteile in ihrem Garten bedachte.

„Leb wohl, Othello!", rief sie dem Hund nach, der aus der Heckscheibe des Wagens blickte, bis das Haus außer Sichtweite war. Ihre Nase brannte und sie musste sich eingestehen, wie lieb sie den haarigen Kerl in den letzten Stunden gewonnen hatte.

„Jeder braucht einen guten Freund", kam plötzlich Miss McDermitts Stimme von hinten. „Gerade in einer so nervenaufreibenden Situation."

Megan drehte sich um und konnte es nicht verhindern, dass ihr Lächeln wehmütig war. „Da haben Sie wohl Recht."

Die alte Dame hielt eine Karaffe in der Hand. „Auf einen Absacker, meine Liebe?"

Megan starrte auf die golden schimmernde Flüssigkeit. „Sehr gern."

*

Nachdem aus dem Absacker doch zwei ordentliche Doppelte geworden waren, drehte sich Megans Universum bedenklich linkslastig, als sie auf ihrem kleinen Pensionszimmer endlich alleine war. Sie stellte die Tasche auf den Boden und ließ sich langsam aufs Bett sinken.

Wenn sie die Augen schloss, drehte sich alles noch ein bisschen mehr.

Doch obwohl der Schwindel ein bedenkliches Ausmaß erreichte, ließ sie der Gedanke an Miss McDermitts Geschichte nicht mehr los.

Wenn die alte Dame das mit den abgetrennten Händen nicht erzählt hätte, dann hätte Megan all das für eine gewöhnliche Geistergeschichte gehalten. Aber so …

Sie drehte sich auf dem Bett herum und öffnete den Browser ihres Smartphones.

Es schadete sicher nicht, wenn man diesen mysteriösen John Malloy und sein verwunschenes Schloss einmal googelte.

John Sirius Malloy, geboren 1878, hingerichtet 1916 lebte auf *Tantallon Hall*, das von seinem Urgroßvater erbaut worden war, ziemlich unmittelbar, nachdem er das Land von den Schotten stahl, die er ermordet hatte.

Laut Wikipedia sollen 12, mindestens jedoch 11 Frauen durch ihn den Tod gefunden haben, wobei die Umstände ihres Martyriums so ziemlich genau auf das passen, was Miss McDermitt erzählte. Auch das Abtrennen der Hände wird erwähnt und allerhand psychologische Begründungen dafür werden aufgeführt. Unter anderem, dass die Frauen nie wieder einen anderen berühren sollen. Was Megans Ansicht nach unsinnig war, zumal sie tot waren, aber was wusste sie schon über Tiefenpsychologie.

Tatsächlich soll es auch einige männliche Opfer gegeben haben, deren Todesumstände jedoch nicht näher erläutert werden.

Über *Tantallon Hall* gab es eine regelrechte architektonische Abhandlung. Interessant war dabei lediglich, dass es wohl seit beinah einhundert Jahren leerstand, sich dennoch aber außergewöhnlich gut erhalten hatte. Nicht zuletzt wohl, weil Malloy für die Ewigkeit gebaut hatte, zu der er sich zweifellos berufen gefühlt hatte, zu der er aber gottlob nicht gekommen war. – Zumindest wenn man auf den guten Menschenverstand vertraute. Bei Miss McDermitt hörte sich all dies natürlich ganz anders an.

Als Megan nach der entsprechenden Lektüre das Anwesen auf Google Earth entdeckte, fröstelte es sie regelrecht, als sie bemerkte, wie nah es der Schule war.

Auch wenn die Wege eingeschneit waren und die schroffen Felsen, die das Haus umrahmten, regelrecht undurchdringbar wirkten, so war es im Prinzip doch nur ein Katzensprung.

Wenn wer auch immer dort jemanden hätte ermorden und sich der Leiche entledigen wollen, wäre Megans Vorgarten sicher nicht weit entfernt gewesen. Andererseits wäre die Leiche direkt auf dem Anwesen vermutlich viel später, vielleicht sogar nie entdeckt worden, was sie wiederum an einer Verbindung zum Anwesen zweifeln ließ.

Nachdenklich sog sie die Unterlippe zwischen die Zähne.

Es war früher Nachmittag. Außerdem ein strahlender Wintertag, an dem der Sonnenball die Schneewehen glitzern und die Eiszapfen schmelzen ließ. Und da es noch

Stunden dauern würde, bis es dunkel wurde, und die Auffahrt zu *Tantallon Hall* ein wenig um das Schulgebäude herumführte, so dass eventuell dort arbeitende Polizisten – einer davon im speziellen! – nichts mitbekommen würden, wenn sie dort hinauffuhr, um sich das alte Gemäuer einmal anzusehen, wollte sie es gerne wagen.

Während sie sich noch fragte, ob sie sich tatsächlich wieder in einen Mordfall hineinziehen lassen wollte, - in einen so aktuellen und blutigen noch dazu! – ertappte sie sich schon dabei, wie sie sich ein Taxi rief.

Als sie auflegte, war sie sich nicht sicher, ob sie mutig oder dämlich war.

Aber feststand: Sie konnte einfach nicht anders.

III

Nachdem sie sich in Miss McDermitts Küche mit einem zugegebenermaßen etwas schwindsüchtigen Kartoffelmesser bewaffnet, und sich mit einer gemurmelten Entschuldigung aus dem Haus gestohlen hatte, sprang sie ins Taxi.

„Bringen Sie mich hoch zur *Tantallon Hall*, bitte“, wies sie den Taxifahrer an, der sich mit einem skeptischen Stirnrunzeln zu ihr herumdrehte.

„Sind Sie sicher, Miss?“

Sein Dialekt war fast so breit, wie sein Gesicht. Nichtsdestoweniger schien er ehrlich besorgt.

„Ja, ganz sicher. Vielen Dank.“

Der gute Mann setzte eine Miene auf, die wohl etwas heißen sollte wie: *Es ist Ihre Beerdigung.*

Dann fuhr er los.

Als sie an der Schule, und damit ihrer Wohnung, respektive dem Tatort vorbeifuhren, lehnte sich Megan so weit zurück, dass sie nicht gesehen werden konnte, ihrerseits aber einen guten Ausblick auf das Geschehen hatte.

Ihr Vorgarten war großräumig mit Flatterband abgesperrt. Außerdem war praktisch der komplette Schnee vor dieser Seite der Schule weggeschafft worden.

Polizei, Spurensicherung und – wie sie vermutete – auch die Leiche waren mittlerweile verschwunden.

Dennoch fragte sie sich, wie sie bitteschön sechs- und siebenjährigen Kindern an einem solchen Ort morgen

Unterricht erteilen sollte.

Sie notierte sich geistig, dass sie Grant am Abend danach würde fragen müssen. Dann jedoch konzentrierte sie sich auf den schmalen Pfad, der von der Hauptstraße abbog und direkt hoch in die Highlands zu führen schien.

Die Schneewehen machten ihn schmal und schlecht passierbar. Teilweise waren sie mannshoch.

„Ich bringe Sie, soweit es geht, Miss. Aber wenn ich durch den Schnee nicht mehr zurückkomme …"

„Ja, natürlich."

Megan lugte zwischen den Kopfstützen hindurch nach vorne und konnte es nicht erwarten, bis endlich dieses angebliche Spukschloss in Sicht kam.

Leider machten ihr vorerst die Straßenverhältnisse einen Strich durch die Rechnung, denn das Taxi kam jäh zum Stehen.

„Tut mir leid", erklärte ihr Fahrer und drehte sich im Sitz. „Ich fürchte, hier ist Endstation."

Sie schluckte. „Wissen Sie, ob es noch weit zum Haus ist?"

„Zu Fuß höchstens fünf Minuten."

Sie nickte und hoffte, dass ihre angeblich wasserdichten Schuhe Wort hielten.

„Können Sie hier warten? Ich bin in spätestens 20 Minuten zurück."

Als er kurz zögerte, griff sich Megan in die Gesäßtasche. „Ich bezahle das natürlich im Voraus."

„Na gut, Miss. Aber Sie müssen verstehen, dass ich nicht länger warte, als unbedingt nötig."

Megan schüttelte innerlich den Kopf. Diese Schotten waren allesamt abergläubisch wie eine südamerikanische Fußballmannschaft.

„Ich verspreche, pünktlich zurück zu sein."

Mit diesen Worten drückte sie ihm den Geldschein in die Hand und stieg aus.

Zwar war es wenig erfreulich, dass sie bis zur Mitte der Waden in Schnee einsank, doch da ihre Stiefel bis zu den Knien reichten und der Schnee auf dem sich um eine Kurve schlängelnden Weg nicht tiefer zu werden schien, nahm sie den Fußmarsch in Angriff.

Sie fasste ihre Tasche, die sie sich quer über die Brust gehängt hatte, und blinzelte in den strahlend blauen Himmel.

An so einem herrlichen Tag würde dieses vermeintliche Gruselkabinett sicher außerordentlich harmlos wirken.

Dachte sie.

Dann jedoch bog sie um die Ecke und traf auf das schmiedeeiserne Tor, in dessen Hälften je zwei brüllende Löwen geschmiedet waren.

Das Tor war so hoch wie ein zweistöckiges Gebäude. Das allein war schon furchteinflößend, doch als ihr Blick sich in die Weite schärfte und sah, was nichts anderes sein konnte, als *Tantallon Hall*, da stockte ihr endgültig der Atem.

Sie stand im Schnee, an einem sonnenbeschienenen Tag und blickte auf etwas, das so beängstigend und erhaben gleichermaßen war, wie es nur Dinge zu sein vermochten, die aus einer anderen Welt kamen. So zumindest empfand sie es.

Das Haus war riesig, mit unzähligen Spitzen und Erkern, hohen Fenstern und einem breiten Eingangstor. Es musste Dutzende, vielleicht an die hundert Zimmer haben.

Die ganze Fassade schien mit Schiefer bedeckt zu sein, der in der Sonne schimmerte, wie der Panzer einer schwarzen Cobra.

Der Schnee hing über den gezackten Rand der Zinnen wie eine glitzernde Stoffbahn und die Eiszapfen, die von den Balkonen und Erkern der oberen Stockwerke hingen, waren teilweise so dick wie ihre Oberarme und bestimmt nicht kürzer als sie selbst.

Dieses Gebäude war eine Kampfansage, an alle, die sich ihm näherte. Eine Warnung für jeden, der es betreten wollte. Und mit Sicherheit das Grab der unschuldigen Opfer seines einstigen Besitzers.

Kein Wunder, dass sich um *Tantallon Hall* so viele Schauergeschichten rankten. An diesem Bauwerk ging niemand vorbei, ohne eingeschüchtert zu sein.

Nur sie selbst war natürlich dumm genug, sich das Tor anzusehen und zu überlegen, ob und wie sie sich dort hindurchquetschen konnte.

Sie schob ihre Tasche auf den Rücken und trat näher. Die Stäbe direkt unter dem Maul des Löwen waren breit genug, dass sie quer hindurchpasste. Also versuchte sie ihr Glück.

Während das eisige Metall über ihre Wange schrammte, fielen ihr unwillkürlich fast ein Dutzend Horrorfilme ein, wo sich Autos, Häuser und Alltagsgegenstände plötzlich selbst belebt und gemordet hatten.

Dennoch kam sie unbeschadet durch das Tor und feierte einen ersten, wenn auch recht spärlichen Triumph über ihre Angst. Zumal sie dem Haus jetzt noch näher war. Der Anblick war erdrückend, beinah beklemmend. Und dabei war sie noch nicht einmal in der Nähe der Eingangstür.

Sie atmete einmal tief durch, blickte in den strahlend

blauen Himmel, stimmte im Geiste ein fröhliches „*Rockin' around the Christmas tree*" an und marschierte ihrer Angst entgegen.

Den Wikipedia-Eintrag sowie Miss McDermitts lebhafte Schilderungen versuchte sie zu verdrängen, während die Eingangstür – wenn man diese scheunentorgroße, zweiflüglige Öffnung so nennen mochte – immer näher kam. Darüber war ein großes *M* in die Schieferplatten versenkt. Es schien aus Mahagoni-Holz zu sein.

Wenn man sich das Anwesen ansah, konnte man kaum fassen, dass es seit 100 Jahren unbewohnt war. Es wirkte überhaupt nicht verfallen, regelrecht … gepflegt. Als hätte es sich all die Jahre dagegen gewehrt zu vergehen, wie es einst sein Besitzer getan hatte.

Megan trat vorsichtig auf die unterste Stufe von vieren, die zum Eingang führte, dann auf die nächste und ging weiter, bis sie vor der großen Eingangstür stand.

Zu ihrer großen Überraschung war die Tür unverschlossen; stand sogar einen Spaltbreit auf.

Unweigerlich fuhr sie herum, blickte hinab auf das ausladende Grundstück und hatte das unauslöschliche Gefühl, dass sie beobachtet wurde.

Aber vermutlich waren schizophrene Gefühlsausbrüche in der Gegenwart eines solchen Hauses ziemlich normal.

Nach einem kontrollierenden Blick in ihre Jackentasche, ob das Messer aus Miss McDermitts Küche auch griffbereit war, schob sie die Tür ein wenig weiter auf und lauschte ins Innere.

Nichts als eisige Stille schlug ihr entgegen.

Ihr Blick fiel auf schwarz-weiße Schachbrettfliesen, die schmutzig und teilweise mit so vielen Rissen übersät waren, dass es aussah wie ein riesiges Spinnennetz, das sich über den Boden zog.

Der Drang irgendwo anzuklopfen, oder hineinzurufen, ob jemand da wäre, war stark. Doch Megan unterdrückte ihn und schob die Tür ganz auf, so dass die milde Sonne, wenigstens den vorderen Teil der riesigen Halle erhellen konnte.

Langsam trat sie ein, nicht ohne den Griff des Messers in ihrer Tasche zu umklammern, und hob den Blick.

Das Innere des Hauses als einschüchternd zu bezeichnen, war vermutlich die Übertreibung des Jahrhunderts.

Alle Wände waren dunkel getäfelt. Die Treppe massiv mit einem undefinierbaren Kopf am Anfang des Laufes, dessen Gesicht zu einer Fratze verzogen war.

Wenn man gerade durch die Halle blickte, gab es am anderen Ende eine zweiflüglige Tür, die offenstand und in einen großen Raum führte. Vielleicht so eine Art Hauptwohnraum, falls es das damals und dann im speziellen hier gegeben hatte.

Sie stand so lange neben der Tür, bis es ihr selbst ein wenig lächerlich vorkam. Immerhin war dies nur ein alter Kasten, der vor einer Ewigkeit einem Irren gehört hatte. Das traf unglücklicherweise auf viele Häuser zu und die meisten davon wurden regelmäßig betreten.

Indem sie die Schultern straffte und einmal tief Luft holte, beschloss sie die Halle zu durchqueren und schaffte es Sekunden später tatsächlich, ihre Beine zu dieser Dummheit anzustiften.

Unweigerlich überlief sie ein Schauder, als sie aus dem Lichtkegel, den die Sonne ins Haus warf, in die beklemmende Dämmerung des Hauses trat. Ihre Schritte wurden verzerrt von den kahlen Wänden zurückgeworfen, sogar ihr Atem schien ihr hundertmal so laut wie sonst.

Sie durchschritt den geschnitzten Rundbogen, der in den nächsten Raum führte.

Obwohl er mehrere bodentiefe Fenster hatte, wurde er kaum erhellt. Der Boden war dunkel und staubig. Der Kamin war der größte, den Megan je gesehen hatte, und sie war schon in dem ein oder anderen englischen Schloss gewesen.

Der Blick hinaus zeigte einen verschneiten Innenhof, der von grauen Mauern umgeben und bis zur Hälfte der Fenster mit Schnee gefüllt war.

Unwillkürlich überlief sie ein Frösteln.

Das musste der Innenhof sein, von dem Miss McDermitt gesprochen hatte; wo Malloy seine Opfer gefoltert und getötet hatte.

Sie hatte den Gedanken kaum zu Ende gedacht, da fuhr ein eisiger Windhauch durch den Raum, begleitet von einem Geräusch, das sich anhörte, wie ein entferntes Flüstern.

Megan wirbelte herum, sah nichts als die leeren Räume, in die das Licht lange Schatten warf.

Sie drehte sich um die eigene Achse, mehrmals. Wie ein Brummkreisel. Das Gefühl, dass sie plötzlich von hinten gepackt werden könnte, überfiel sie anfallsartig und machte sie regelrecht panisch.

Sie taumelte rückwärts gegen eine der Wände, tastete sich zum Türrahmen vor und versuchte sich zu beruhigen.

Hier war niemand. Und vor allem war hier *nichts*. Mit tiefen Atemzügen versuchte sie, aus der emotionalen Falle der Horrorfilm-Panik zu fliehen.

Es war nur ein Haus. Ein alter, hässlicher Kasten. Nichts weiter.

Plötzlich flog die Eingangstür mit solcher Wucht zu, dass die Wände zu beben schienen.

Megan fuhr mit einem Schrei zusammen und riss ihr kleines Messer mit solcher Panik aus der Tasche, dass sie sich dabei die Jacke zerschnitt.

Als sich eine Gestalt aus dem Dunkel löste, taumelte sie in den leeren Wohnraum, sich wohl bewusst, dass der Innenhof eine Sackgasse sein würde.

„*Was wollen Sie denn damit?*“

Die Männerstimme wurde laut und verzerrt von den hohen, nackten Wänden zurückgeworfen. Die Gestalt löste sich aus dem Dunkel und entpuppte sich als Inspektor Grant.

Megan war so erleichtert, dass sie um ein Haar losgeheult hätte.

Oder ihm um den Hals gefallen wäre.

Oder beides.

Er nickte in Richtung ihres Kartoffelmessers. „Wollen Sie mir damit die Fingernägel schneiden?“

Sie ließ das Messer sinken, wobei sie nicht verbergen konnte, wie sehr ihre Hände zitterten.

„Was machen *Sie* denn hier?“, fragte sie. Dank des Halls in den leeren Räumen klang ihre Stimme nicht ganz so kläglich.

Er kam mit einem missbilligenden Kopfschütteln auf sie zu.

„Miss McDermitt ist eine sehr mitteilsame Frau. Und dumm ist sie außerdem nicht. Sie hatte eine ziemlich genaue Vorstellung davon, wohin Sie so plötzlich wollten.“ Er kam noch näher und blickte mit einem ärgerlichen Blitzen in den dunklen Augen auf sie herab.

Als er nicht bremste, machte sie unwillkürlich einen

Schritt zurück. Und noch einen. Und dann noch einen, bis ihr Hinterkopf gegen die Wandvertäfelung stieß.

„Was hatten Sie vor, Miss Fairchild?", fragte er leise genug, um drohend zu wirken. „Wollten Sie ein bisschen der düsteren Legende von Sir John Malloy nachspüren? Wollten Sie in den kahlen Mauern erleben, wie wohl seine Stimme geklungen und wie er die Frauen verführt hatte?"

Er stützte einen seiner Arme neben Megans Kopf ab, war ihr so nah, dass sie sich bedroht, beschützt und aufgewühlt gleichermaßen fühlte. Als er seine Lippen nah an ihr Ohr brachte, überlief sie ein Schauer. Unwillkürlich flammte die Erinnerung an seinen Kuss in ihr auf.

„Dachten Sie, das Böse, das in diesen Mauern pulsiert, kommt, um Sie zu holen, als die Tür zufiel?"

Sein Atem kitzelte an ihrem Haaransatz. Hitze fuhr ihr in den Körper und ihr wurde ein wenig schwach in den Knien.

„Ich empfehle Ihnen dringend, das Gesicht aus meiner Frisur zu nehmen, sonst schnitze ich Ihnen ein kleines Muster ins Hemd", stellte sie schnippisch fest.

Anstatt weiter zu lächeln, wurde sein Gesicht sehr ernst, als er von ihr zurücktrat.

„Ich fasse es einfach nicht, dass Sie hier sind!", erklärte er und machte mit seinem Gefühlsumschwung deutlich, dass er sich bisher schwer beherrscht hatte. „Und ich fasse nicht, dass Sie sich schon wieder in eine Mordermittlung einmischen!"

„Da das Opfer in meinem Vorgarten lag, würde ich das wohl kaum Einmischung nennen!"

„Erstens war das bis gestern überhaupt nicht *Ihr* Vorgarten. Und zweitens finde ich es außerordentlich bedenklich, dass es jedes Mal, wenn Sie hier auftauchen, plötzlich um Mord und Totschlag geht."

Sie verschränkte bockig die Arme vor der Brust. „Es ist ja wohl nicht meine Schuld, wenn hier lauter Irre rumlaufen!"

„Sie …!" Er ballte die Fäuste in der Luft, woraufhin Megan etwas gepresst lächelte.

„Ich bin ganz Ohr!"

„Sie sind ein stures, besserwisserisches Weib mit augenscheinlicher Todessehnsucht!"

Sie runzelte die Stirn, ignorierte seine Beleidigungen und las zwischen den Zeilen.

„Sie denken also auch, dass der arme Mann hier getötet wurde?"

Grant strich sich aufgebracht das braune Haar zurück. „Ich weiß es noch nicht. Möglich wäre es. – Miss Fairchild, ich will nicht, dass Sie wieder in die Schusslinie geraten! Bin ich denn der Einzige von uns beiden, der sich erinnert, wie verdammt knapp es beim letzten Mal war?"

Sie schwieg kurz und schüttelte dann den Kopf.

„Natürlich nicht", stimmte sie in versöhnlichem Tonfall zu. „Aber nach der Geschichte von Miss McDermitt …" Sie rang die Hände. „Keine Ahnung. Ich konnte einfach nicht anders. Wenn ich sowas höre, ist es wie ein Zwang, dass ich den Dingen nachgehe. – Selbst wenn ich mir dabei schier in die Hose mache", räumte sie ein.

„Miss Fairchild, das sind doch alles nur Schauergeschichten. Ich verstehe nicht, wie eine aufgeschlossene Frau wie Sie, diesen Blödsinn auch nur eine Sekunde lang mit einem aktuellen und sehr realen Mord in Verbindung bringen kann."

„Er hat ihnen die Hände abgeschnitten, wussten Sie das?"

Grants Gesichtsausdruck nach, offenbar nicht. „Wer?“

„Malloy. Er hat seinen Opfern die Hände abgeschnitten.“

Er überlegte kurz, schüttelte aber dann den Kopf.

„Und selbst wenn. Dieser Wahnsinnige wurde vor 100 Jahren hingerichtet. Er ist tot und begraben.“

Megan hob theatralisch die Hände. „Vielleicht gibt es einen Nachahmungstäter.“

„Kann ich mir nicht vorstellen.“ Grant nahm ihren Arm und schob sie vor sich her Richtung Eingangstür.

„Warum nicht?“

„Weil Malloy seine Opfer gefoltert hat, soweit ich weiß.“

„Und dieser Mann wurde nicht gefoltert?“

Als sie zu ihm aufblickte, presste er entschlossen die Lippen zusammen.

„Sie werden mir ganz sicher keine Details über den Mord aus den Knien leiern, Miss Fairchild. Nicht dieses Mal.“

„Kommen Sie schon, Grant. - Ich bin es doch.“

„Ja, eben deswegen!“

Er zog die schwere Eingangstür auf und buxierte Megan nach draußen.

„Sagen Sie mir wenigstens, was die Mordwaffe war!“

„Auf keinen Fall!“, beharrte er.

„Grant, ich bitte Sie. Sagen Sie es mir und ich verspreche Ihnen, ich unternehme vorerst keine allzu gewagten Alleingänge mehr.“

„Das klingt mir alles doch sehr relativ! – Außerdem darf ich Ihnen das gar nicht sagen. Es handelt sich schließlich um eine laufende Ermittlung.“

„Grant, ich bin es doch!“

„Das sagten Sie schon.“ Er deutete ein Kopfschütteln

an. „Und selbst wenn ich es wollte, wir wissen noch überhaupt nicht, was die Mordwaffe ist."

„Nicht?"

„Nein."

„Warum nicht?"

Er schnaufte genervt und ging die Treppen hinab. Da er dabei noch immer Megans Ärmel festhielt, folgte sie wohl oder übel. Dann blieb er abrupt stehen und fixierte sie streng.

„Ich sage Ihnen nur *das*! Verstanden?"

Sie nickte schnell. „Wenn Sie mir das gesagt haben, verspreche ich, dass ich ratzfatz in mein Taxi steige und zu Miss McDermitt zurückfahre."

„Ihr Taxi kam mir vorhin entgegen."

Sie stockte. „Oh."

Er lächelte ironisch. „Darf ich Sie eventuell mit zurück in den Ort nehmen?"

„Das wäre zu gütig. - Also sagen Sie schon!"

„Wie es aussieht, wurden die Hände post mortem abgetrennt. Gestorben ist der bedauernswerte Mann durch einen stumpfen Gegenstand, der ihm seitlich am Hals hinab in die Brust gerammt wurde und dabei Lunge und Herz gleichermaßen durchschlug. Ich warte jetzt, bis die Proben ausgewertet sind, um Näheres zu erfahren."

Als er geendet hatte, blickte ihn Megan kurz an. Dann spannte sich ein Lächeln über ihr Gesicht.

„Wenn Sie das witzig finden, dann sind die weltweiten Vorurteile gegen den englischen Humor offenbar sehr untertrieben."

„Ich finde das nicht witzig."

„Sondern?"

„Ich kenne die Mordwaffe."

Als Grants Gesichtsausdruck ins Ungläubige abglitt, hob Megan auffordernd die Hand.

„Kommen Sie, Grant! Bringen Sie mich nach Hause."

*

„Wie kam es eigentlich, dass Sie überhaupt bei Miss McDermitt aufgetaucht sind?", fragte Megan im Wagen.

„Ich wollte zu Ihnen und Bescheid geben, dass der Unterricht bis Weihnachten unten im Ort stattfindet."

„Tatsächlich? Wo da?"

„Im Gemeindehaus. Die Möbel und Schulsachen der Kinder inklusive Weihnachtsschmuck wurden schon runtergebracht. Wir fahren gleich einmal vorbei, damit Sie wissen, wo es ist."

Megan blickte zu ihm hinüber und studierte sein strenges Profil.

„Das müssten Sie eigentlich gar nicht tun."

„Ich weiß."

„Nein, ich meine …" Sie schwieg für einen Augenblick, bis er sie ansah. „Danke."

„Bitte." Er verlangsamte die Fahrt und zeigte aus dem Fenster. Die Sonne war verschwunden und vom bedeckten Himmel fielen vereinzelte Schneeflocken. „Sehen Sie das Sandsteinhaus mit der weißen Eingangstür?"

„Ja."

„Das ist es."

„Ist nicht gerade groß."

„Das ist Ihre Klasse ja ebenfalls nicht." Er drehte eine Schleife auf der praktisch unbefahrenen Straße und brachte Megan zurück zu Miss McDermitts Pension.

„Wollen Sie noch mit reinkommen?", fragte sie und

bemerkte erst durch seinen abschätzenden Blick, dass sie womöglich etwas Zweideutiges gesagt hatte.

„Nein, nein. Ich meine …“

Grant hob die Hand. „Bei jeder anderen Frau hätte ich vermutet, dass Sie mich ins Bett kriegen will. Bei Ihnen bin ich mir sicher, dass Sie nur noch mehr über den Mord erfahren wollen.“

Sie legte abwägend den Kopf schräg. „Ist das ein Kompliment oder eine Beleidigung?“

„Ich bin mir nicht sicher. Es ist in jedem Falle ungewöhnlich.“

„Ungewöhnlich genug, dass Sie noch mit rein kommen?“ Es war erst Nachmittag und Megan mochte wetten, dass der Pathologe seinen vorläufigen Bericht durchgeben würde, bevor es dunkel war.

„Sie glauben, dass mich der Gerichtsmediziner jeden Moment anrufen könnte, nicht wahr?“

Sie lächelte. „Wird er das denn?“

Grant schnallte sich mit einem gemurmelten Fluch ab, den Megan nicht verstand.

„War das gälisch?“, erkundigte sie sich neugierig.

Anstatt zu antworten, stieg er aus und holte etwas vom Rücksitz, das sich als kleiner Korb mit Brot und Wein herausstellte.

Als er es ihr hinhielt, strahlte sie.

„Für mich?“

„Technisch gesehen sind Sie zwar nicht in Ihrer neuen Wohnung, aber ein neues Land ist es ja dennoch.“

„Sie wissen schon, dass Schottland zum Königreich gehört?“

Er gab ein abfälliges Geräusch von sich und drückte ihr den Korb in der Hand.

„Ich habe die Sache noch um etwas guten Käse ergänzt. So wird ein runderes Bild daraus."

Mit diesen Worten legte er die Hand in ihren Rücken und führte sie zu Miss McDermitts weihnachtlich beleuchteter Eingangstür.

„Haben Sie auch Ihr Telefon dabei?", fragte sie, während er die Tür öffnete.

„Meine liebe Miss Fairchild, Sie sind unverbesserlich."

IV

„Wie Sie sehen, ist das Zimmer ein wenig …“

„Überschaubar?“

Megan nickte. „Sozusagen. Aber es gibt zumindest zwei Stühle.“

„Und festliche Beleuchtung.“ Grant tippte gegen eine Weihnachtspyramide, die auf dem Fenstersims stand.

Das war noch das kleinste Deko-Teil im Raum. Es gab noch Kerzen, einen Weihnachtsmann mit Wallehaar auf der Kommode und eine Lichterkette, die den Spiegel im Badezimmer umrahmte.

„Ich geh mich nur kurz frischmachen“, sagte sie, woraufhin Grant nickte.

„In der Zwischenzeit hole ich einen Korkenzieher aus der Küche unten.“

„Guter Gedanke!“

Als Megan aus dem Badezimmer kam, saß Grant am kleinen Tischchen und entkorkte die Flasche.

Er hatte aus der Küche offenbar auch noch eine kleine Tischdecke und zwei Rotweingläser mitgebracht. Außerdem ein kleines Brettchen.

„Das Messer haben ja Sie“, bemerkte er nicht ohne ein amüsiertes Zucken im Mundwinkel und ließ sich von Megan das Kartoffelmesser geben.

Er schnitt ein Stück Käse ab, teilte es in zwei Hälften und legte zwei Scheiben Brot auf das Brett. Dann füllte er die Weingläser und reichte eines davon Megan.

„Bekomme ich auch einen Toast?“

„Wir haben doch Brot.“

„Grant!“

„Nun gut.“ Er räusperte sich und hob das Glas. „Auf ein angenehmes und glückliches Leben. Auf viele Freunde, amüsante Gespräche und leidenschaftliche Geliebte.“

Sie runzelte die Stirn. „War der jetzt für Sie oder für mich?“

„Der ist universell einsetzbar.“ Er stieß sein Glas gegen ihres und brachte beide Kelche zum Klingen.

Megan nahm schmunzelnd einen Schluck und nickte.

„Lecker“, befand sie, woraufhin Grant lachte.

„Was?“

„Nichts. Ich finde es nur außerordentlich angenehm, dass Sie nicht am Glas riechen, es schwenkend gegens Licht halten und dann die Lippen beim Trinken spitzen, als würden Sie an einer Miniaturzigarette ziehen. – Wer weiß? Vielleicht wird noch eine richtige Schottin aus Ihnen!“

Sie hob noch einmal das Glas. „Darauf trinke ich.“

Es verging einige Zeit, in der sie sich gut unterhielten, nicht zuletzt über die Personen, die sie beim letzten Zusammentreffen kennengelernt hatte.

Als es allmählich dämmerte, seufzte Grant tief.

„Also schön“, sagte er dabei. „Ich bin neugierig. Ich wollte es aussitzen. Es ignorieren. Aber ich bin neugierig.“

Megan lächelte. „Worauf wollen Sie hinaus?“, fragte sie und wusste natürlich haargenau, worauf er hinaus wollte.

„Was bringt Sie zu der Annahme, dass Sie die Mordwaffe kennen?

„Mein gesunder Menschenverstand.“

„Geht es noch etwas kryptischer?“

Sie stellte ihr Weinglas ab und konnte sich ein leises

Lächeln nicht verkneifen. „Wenn ich es Ihnen sage -"

„Ich *wusste* doch, dass Sie einen Erpressungsversuch starten würden!"

„Lassen Sie mich ausreden, Grant! Denn wenn ich es Ihnen sage und es tatsächlich stimmt, dann möchte ich bitte über den aktuellen Stand der Dinge auf dem Laufenden gehalten werden."

Er blinzelte ungerührt. „Sie wollen schnüffeln", korrigierte er. „Schon wieder."

„Ich beteilige mich nur geistig. Das ist ein Unterschied."

„Das ist Haarspalterei!"

„Und ich beteilige mich mit wertvollen Informationen. Wie zum Beispiel mit der Mordwaffe."

„Wenn Sie denn Recht haben."

„Ich habe Recht."

„Sie sind sehr von sich eingenommen."

„Ich bin Realistin."

„Also gut, Sie Realistin, ich glaube nicht, dass Sie die Mordwaffe kennen. Woher auch?"

„Wenn Sie von meinem Unwissen so sehr überzeugt sind, dann können Sie sich doch auf meinen Deal einlassen."

Er kniff die Braunen zusammen. „Sie sind eine verschlagene, kleine Person."

„Vielen Dank." Sie nickte lächelnd. „Also?"

„Also was?"

„Na, steht unser Deal oder nicht?"

Er presste widerwillig die Lippen aufeinander. „Aber er gilt nur, wenn Sie mit der Mordwaffe Recht haben. Wenn Sie das nicht haben, dann war es das mit Ihren Schnüffeleien und Sie verlegen sich ab sofort wieder darauf, kleinen Kindern das Lesen beizubringen."

Sie streckte siegessicher die Hand vor. „Besiegeln Sie Ihr Schicksal, Grant“, sagte sie dabei, woraufhin er mit einem gemurmelten „Großer Gott“ und einem nicht zu übersehenden Augenrollen einschlug.

„Und jetzt bin ich wirklich gespannt!“

Megan griff lächelnd nach der Weinflasche und goss sich schweigend ein.

„Wollen Sie den Höhepunkt etwa noch ein wenig hinauszögern?“

Sie hob den Blick und die Flasche. „Würde Sie das stören?“

„Keineswegs.“ Er hielt ihr sein Glas hin und sie goss ihm nach.

Beide tranken Sie einen Schluck und blickten sich gegenseitig in die Augen, bis Megan ihr Glas abstellte und sagte: „Sie werden in der Wunde keine Spuren von Metall finden.“

„Also Holz?“

„Keineswegs.“

„Wurde der gute Mann etwa mit einer gefrorenen Karotte erdolcht?“

Sie zeigte lächelnd auf sein Gesicht. „Sie würden sich wundern, wie nah sie der Lösung des Rätsels sind.“

„Um ehrlich zu sein, wundere ich mich jetzt schon.“

„Es war ein Eiszapfen, Grant.“

„Ein *was*?“

„Ein Eiszapfen. Und zwar einer von nicht unerheblichem Ausmaß.“

Er lachte kurz auf. Es klang fast ein wenig hysterisch. Dann schwieg er, starrte in die Kerzenflamme und schien zu überlegen. Mit einem Kopfschütteln sah er wieder zu Megan auf.

„Wie kommen Sie nur darauf?"

„Es ist eine sehr vielseitige Mordwaffe, die sich dazu nach vollbrachter Arbeit in einer hübschen Pfütze auflöst. Der Mord könnte natürlich überall stattgefunden haben, doch am Eingang von *Tantallon Hall* hängen einige beachtliche Exemplare, von denen ein paar jedoch fehlen, wie mir auffiel. Ich möchte wetten, dass Othello, wenn er und sein Herrchen noch einmal hierher kämen, dort sicher einige Spuren unter der dicken Schneedecke finden würden."

Er lehnte sich ein wenig zurück und schien im Geiste Gedanken und Worte gleichermaßen zu sortieren. Dann schüttelte er den Kopf.

„Nehmen wir – mal wieder! – an, dass Sie wider jede Vernunft Recht haben. Wie soll ich denn bitteschön einen Leichenspürhund bekommen mit der Begründung, dass die liebe Miss Fairchild so ein *Gefühl* hat."

„Nun, ich bin ja keine Medizinerin."

„Aber?"

„Aber ich könnte mir vorstellen, dass die moderne Forensik durchaus in der Lage ist, in so einer Wunde Wasser zu finden, das vielleicht Spuren von irgendetwas enthält, das nur dort oben vorkommt. Vielleicht auch nicht. Ist nur so ein Gedanke. Aber mit einer Probe eines Eiszapfens oder einer Handvoll Schnee ließe sich das sicher abgleichen und herausfinden."

„Ich soll also nochmal hoch in dieses vermeintliche Spukschloss fahren und einen Schneezapfen abbrechen?"

Sie nickte. „Aber ganz vorsichtig."

„Hm."

„Was heißt *hm*?"

„Nun, wir stecken jetzt offenbar in einer Zwickmühle."

„Warum?“

„Weil Sie mir zwar nun Ihre Mordwaffen-Theorie offenbart haben. Aber ich kann nicht überprüfen, ob sie stimmt.“

„Sie könnten den Pathologen fragen, ob ich Recht habe.“

„Ob Sie Recht haben *könnten.*“

„Oder so.“

Er blickte sie ungerührt an. „Sie wollen, dass ich ihn anrufen, nicht wahr?“

„Ich würde zwischenzeitlich Wein nachgießen.“

Für einen kurzen Augenblick schwieg er, dann stand er auf und holte das Handy aus der Tasche. „Ich tue es nur, weil ich selbst neugierig bin“, antwortete er auf ihr triumphierendes Lächeln.

„Natürlich.“

„Ich bin kurz auf dem Gang.“

Megan setzte sich ganz still hin, um ein wenig davon zu verstehen, was vor der Tür gesagt wurde. Doch Grant hatte sich wohl extra ans andere Ende des Flurs gestellt, der alte Spielverderber.

Als er zurück ins Zimmer kam, wirkte er nicht gerade zufrieden. Ein gutes Zeichen.

„Und?“

„Der Pathologe war von Ihrer Theorie genauso überrascht, wie ich.“

„Aber?“

„Aber er ist tatsächlich der Ansicht, dass die Form der Wunde gut dazu passen könnte. Es müsste allerdings ein durchaus großer Eiszapfen sein und er meinte, dass er genau im richtigen Winkel in den Körper eindringen muss, um nicht zu zerbrechen.“

Megan vollführte einen innerlichen Tanz triumphaler Freude, verhielt sich äußerlich aber ruhig. „Was sagte er zu der Sache mit der Wasserprobe?"

„Er meinte, man könnte es versuchen."

Sie lächelte. „Gar nicht so übel, hm?"

„Leider nicht."

„Warum leider?"

Er setzte sich zu ihr. „Miss Fairchild, Sie sind eine kluge junge Frau mit ungewöhnlich viel kreativem, detektivischen Talent …"

„Ähm …", gab sie überrascht zurück.

„Aber Sie neigen dazu, sich in Lebensgefahr zu bringen. Und ich mag Sie einfach viel zu gern, um mich mit dem Gedanken abzufinden, dass ich irgendwann Ihre Leiche identifizieren muss, weil Sie sich leichtsinnig in Gefahr begeben haben."

Sie blinzelte etwas irritiert. Grant hatte diese nüchterne Art Zuneigung auszudrücken, die einen fürwahr überrumpelte.

„Und was bedeutet das jetzt?"

„Das bedeutet, dass ich Ihnen anbiete, Ihr Bedürfnis nach Wissen über den aktuellen Ermittlungsstand zu befriedigen. Und zwar vorbehaltlos. Im Gegenzug jedoch unternehmen Sie nichts auf eigene Faust und bringen sich nicht in Gefahr. Schon gar nicht in Lebensgefahr! Und falls Sie doch etwas Dummes tun wollen, dann rufen Sie mich an, und wir tun es zusammen."

Sie legte den Kopf schräg. „Manche Dinge klingen aus Ihrem Mund doch sehr anzüglich."

„Eine unwillkürliche Reaktion meines Sprachzentrums auf Ihre Gegenwart. – Also abgemacht?"

Er streckte ihr die Hand hin und Megan konnte nicht anders als einzuschlagen.

„Sie sind ein netter Kerl, Grant."

Er nickte wenig bescheiden. „Und wie gut ich auch noch aussehe."

„Das kommt natürlich erschwerend hinzu", bestätigte sie ungerührt. „Und jetzt verraten Sie mir den Namen des Opfers."

„Haben wir noch nicht. Der Pathologe hat vergebens nach Papieren gesucht, jetzt läuft der Abgleich mit den Fingerabdrücken. Der Pathologe vermutet, dass die Hände deswegen abgetrennt wurden. Um die Identifizierung unmöglich zu machen."

„Aber sie lagen doch fast direkt neben der Leiche."

„Vielleicht wurde der Mörder gestört. Wer weiß?" Grant trank seinen letzten Schluck Wein und sah auf die Uhr. „Ich muss los, meine liebe Miss Fairchild. Es war wie immer ein Vergnügen, das mich viele Zugeständnisse gekostet hat."

„Jederzeit wieder", gab sie zurück und erhob sich ebenfalls.

Als er sich zu ihr beugte, hielt sie den Atem an. Er hauchte einen Kuss auf ihre Stirn, eine Geste, die wie für ein Kind gedacht, sich doch nicht ansatzweise so unschuldig anfühlte.

„Fragen Sie sich gerade, wie ich nackt aussehe?", erkundigte er sich, als sich ihre Ohrspitzen ein wenig verfärbten.

Sie lächelte und schüttelte leicht den Kopf. „Sie sind sehr von sich eingenommen, mein lieber Inspektor."

„Aus gutem Grund. - Nun …"

Er trat einen Schritt zurück und sah im Dämmerlicht der

Weihnachtsbeleuchtung und der unmittelbaren Anwesenheit eines warmen Bettes verdammt anziehend aus. „… ich hole Sie morgen von der Schule, respektive Gemeindehalle ab und setze Sie über den aktuellen Ermittlungsstand in Kenntnis. Im Gegenzug versprechen Sie mir, dass Sie bis dahin keine Dummheiten machen."

Sie hob die Hand. „Großes Indianerehrenwort!"

Er lachte und öffnete die Tür. „Schlafen Sie gut."

Er war schon draußen und den Gang hinunter, als Megan nachdenklich sagte. „Ja, Sie auch."

*

Wenn man die Fröhlichkeit der Kinder bedachte und vergaß, was sich am Vortag zugetragen hatte, dann war es ein wundervoller Tag.

Das Gemeindehaus hatte sich bis acht Uhr morgens rasend schnell mit Megans Schulkindern gefüllt und alle davon waren aufgekratzt und in fröhlichster Vorweihnachtsstimmung.

Sogar einige Eltern lernte sie kennen, die angenehm wenig nach dem fragten, was sich auf der anderen Seite des Schulgebäudes abgespielt hatte.

Vermutlich lag das aber wohl daran, dass sie bereits alles wussten. Dies war immerhin ein Dorf mit absolut intaktem Informationsfluss.

Nach einer abschließenden Runde Strohsterne basteln wurde auch das letzte Kind abgeholt und Megan machte sich dran die zahllosen offenen Klebestifte, Papierreste und Glitter-Pfützen zusammen zu räumen.

Grant würde sicher jeden Augenblick auftauchen, und

wenn sie ehrlich war, war sie verdammt neugierig darauf, was sich im Laufe des heutigen Vormittags alles ergeben hatte.

Sie hatte selbst am Vorabend noch einzige Zeit über *Tantallon Hall* und seine düsteren Bewohner recherchiert und wollte dem Inspektor gerne mitteilen, was sie herausgefunden hatte.

Wer konnte schon wissen, ob es nicht für die aktuelle Ermittlung interessant war.

Megan schob die Stühle hinter die Tische und warf einen Blick auf die Uhr.

Es war schon fast halb Eins. Eigentlich hätte Grant schon vor einer halben Stunde hier sein müssen. Sie kannte ihn zwar erst kurz, doch er war zweifellos nicht der Typ Mensch, der sich verspätete.

Sie setzte sich zurück hinters Pult und griff nach einer Tüte Weihnachtsplätzchen, die ihr eine sehr freundliche Mutter mitgebracht hatte, deren Name ihr leider entfallen war.

Die Plätzchen waren köstlich, teilweise mit weißer Schokolade überzogen, teilweise mit Marmelade gefüllt. Es waren im Prinzip getarnte Pralinen.

Wieder schlich sich ihr Blick zur Uhr. Jetzt war es schon kurz vor Eins.

Vielleicht hatte er sie vergessen.

Oder er wollte seine Informationen doch nicht mit ihr teilen.

Da er sie offenbar auch nicht angerufen hatte, entschloss sie nun eben zum Handy zu greifen und wählte seine Dienstnummer.

Nach ergebnislosem Tuten hob eine blecherne Ansage ab, die sie aufforderte, etwas aufs Band zu sprechen.

Megan beschloss also, die Sache selbst in die Hand zu nehmen, sprang in ihren Wagen und fuhr runter zu seinem kleinen Revier, das gleichzeitig das Postamt und der Bäckerladen war.

Schon von weitem erkannte sie, wie dunkel es war. Eine Frau, gekleidet in einen dicken Wintermantel, rüttelte an der Türklinke und hob die Hand über die Augen, um ins Innere des Ladens sehen zu können.

„Ist er nicht da?“, fragte Megan, während sie ausstieg.

Die Frau drehte sich mit einem Achselzucken um. „Nein, der ganze Laden ist zu. Wir wundern uns schon alle. In den letzten sechs Jahren kam es nicht einen Tag vor, dass der Laden grundlos zu geblieben ist.“

Megan zog die Stirn kraus und eine besorgte Stimme meldete sich in ihrem Hinterkopf.

„Vielleicht ist er krank.“

„Ja, vielleicht. Jemand sollte hoch zu seinem Haus fahren und nachsehen.“

„Ich erledige das“, gab sie schnell zurück und war schon wieder eingestiegen.

Dank des sonnigen Vortags war die Straße, die in Serpentinen hinauf zu Grants Cottage führte, relativ gut zu befahren. Dennoch sah sie schon von weitem, dass sein Wagen nicht in der Einfahrt stand. Dennoch hielt sie davor, klingelte, schlich sich einmal ums Haus. Doch niemand war zu Hause.

Megan stemmte die Fäuste in die Hüften und versuchte nachzudenken.

Wo konnte er nur stecken?

Vielleicht war er nochmal zu ihrer Wohnung gefahren und ging den Tatort ab.

Oder aber …

Eine unheilvolle Vorahnung schloss sich als eisige Faust um ihren Magen.

Sie sprang so schnell in ihren Wagen, wie sie konnte, und fuhr zur Schule. Wenn er dort wirklich nicht war, gab es nur noch einen Platz, an dem sie ihn vermutete.

Und tatsächlich war das Schulgelände menschenverlassen.

Also tat Megan das einzig Sinnvolle: Sie machte sich auf den Weg die schmale Straße hinauf zur *Tantallon Hall.*

*

Die Straße war uneben und von Schlaglöchern übersät, teilweise so tief, dass Megans Kleinwagen mit den lächerlichen Alljahresreifen ernsthafte Probleme hatte, sich hindurch zu kämpfen.

Bei einem besonders tiefen Schlagloch knackte es bedenklich, als hätte sie gerade einen Stoßdämpfer pulverisiert.

Doch all diese Lächerlichkeiten vergaß sie, als sie vor dem Tor ankam, das im Gegensatz zum Vortag offenstand.

Am liebsten wäre sie bis vor zum Hauseingang gefahren. Doch der Weg dorthin war nicht geräumt und sie wollte um keinen Preis riskieren, im Schnee stecken zu bleiben und dann hier festzusitzen.

Also sprang sie aus dem Wagen und lief die Auffahrt hinauf, so schnell es durch den tiefen Schnee eben ging. Da plötzlich sah sie Grants Wagen. Er stand quer vor dem Hauseingang. Offenbar war er trotz Allradantrieb in einer Schneewehe festgefahren.

Atemlos lief sie um den Wagen, doch von Grant selbst war keine Spur zu sehen.

„Grant?“, rief sie. „Grant! Sind Sie hier?“

Keine Antwort. Kein Laut. Nur eine Gruppe Krähen, die von einem nackten Baumskelett aufflogen.

Megan lief die Stufen hinauf und drückte die Tür auf, lief in die große Eingangshalle, wirbelte um die eigene Achse, doch der Raum war noch genauso gespenstisch leer wie am Vortag.

„*Grant!* – Grant! Verdammt nochmal, wo sind Sie?“

Megan hob den Blick zur hölzernen Galerie, dann lief sie hinüber in das große Kaminzimmer. Sie achtete darauf, ob es auf dem dunklen Boden Fußspuren gab. Doch da war nichts. Das Haus war genauso wie am Vortag.

Aber irgendwo hier musste er doch sein. Er hätte doch den Wagen nicht hier stehengelassen und wäre zurückgelaufen. Und selbst wenn er das getan hätte, wäre er heute nicht wie vom Erdboden verschluckt.

Der blecherne Geschmack der Panik lag ihr auf der Zunge und das Herz schlug ihr so heftig in der Kehle, dass ihr schwindelig wurde.

Sie lief zu den bodentiefen Fenstern, die in den Innenhof führten, um von dort aus in die anderen Räume zu blicken. Doch als sie das eisige Glas berührte, fiel ihr Blick auf die groben Sandsteinmauern, in die schwere Eisenringe eingelassen waren, als wenn man daran Pferde angebunden hätte.

Oder …

Es dauerte einen Sekundenbruchteil, bis sie begriff, was sie sah.

Doch es war keine Einbildung.

Kein Albtraum.

Eine Gestalt hing an einem der Ringe, um die blutigen Handgelenke mit grobem Seil gefesselt, regungslos, die Haut am ganzen, splitterfasernackten Körper blau verfärbt.

Megan musste sein Gesicht nicht sehen, um zu wissen, wer er war.

Sie rüttelte am Griff der Fenster, doch sie bewegten sich nicht. Sie lief zum nächsten. Und zum dritten. Nichts.

Mit einem hilflosen Aufschluchzen fuhr sie herum. Es gab keine Waffe. Nichts, womit sie die Fenster einschlagen konnte, also …

Sie riss grob an ihren Mantelknöpfen, wickelte sich das Kleidungsstück um den Arm, nahm Anlauf und rammte mit aller Kraft die Scheibe, die mit einem widerwilligen Knacken splitterte. Der Schnee rieselte herein und über ihre Stiefel. Sie versuchte den scharfen Glaskanten, die noch im Fensterrahmen auszuweichen und kletterte hinaus.

„Grant! Grant, oh mein Gott!“ Sie lief zu ihm. Seine Augen waren verbunden. Sie riss an dem dunklen Stoff und wäre beinah weinend zusammengebrochen, als er blinzelte.

„Waffe …“, brachte er mühsam hervor, bereits zu sehr unterkühlt, um noch zu zittern.

„Ganz ruhig“, hauchte sie mit bebender Stimme. „Ich bringe Sie weg. Ich …“ Sie fuhr herum und lief zurück zum Fenster, griff nach einer der großen Scherben und kam zu ihm zurück, um das Seil vom dicken Eisenring zu schneiden.

„Waffe, Sie … weg …“ Er versuchte sich über die Lippen zu lecken, da ihm das Sprechen schwerfiel. „Gefährlich …“

„Ich nehme Sie mit“, keuchte sie und säbelte an dem

Seil, dessen Stränge viel zu langsam rissen. Als es endlich nachgab, fiel Grant leblos auf die Seite. Er gab keinen Laut von sich. Als würde er keine Schmerzen mehr spüren.

„Sie dürfen nicht einschlafen, Grant!“ Sie rüttelte an seinen Schultern. „Grant, hören Sie mich? Kommen Sie mit …! Kommen Sie!“

Sie zerrte an seinen Armen, doch es war, als wollte man einen Stein verrücken, der eine Tonne wog.

„Grant, bitte!“

„Holen Sie … jemanden.“

„Wenn ich Sie hier liegenlasse, sind Sie tot, bis ich wieder da bin. Ich gehe nicht ohne Sie, also verdammt nochmal, strengen Sie sich an. Oder wollen Sie so lange hier bleiben, bis mir das Gleiche blüht?“

Das schien zu wirken!

Mit den letzten Kräften – und Megan bezweifelte keine Sekunde, dass es seine letzten Kräfte waren – kämpfte er sich auf die Knie, um sich umständlich von ihr auf die Beine ziehen zu lassen.

Sie stemmte sich mit aller Kraft gegen ihn, um ein bisschen seines Gewichts mitzutragen und warf ihm, so gut es ging ihren Mantel über den nackten Körper.

„Können Sie … den festhalten?“

Er griff mit klammen, beinah steifen Fingern nach dem Mantel und hielt ihn sich ein wenig über die Seite.

Megan schaffte es, ihn im Schneckentempo durch den Innenhof zu schieben, immer kurz davor unter der Last seines Gewichts umzukippen.

„Sie sollten … weglaufen“, brachte er mühsam hervor.

„Ihre Wunschträume können Sie sich sparen, mein Freund.“ Sie schob ihn keuchend zu der Fensteröffnung. „Kommen Sie da durch, ohne sich zu schneiden?“

Er versuchte sich an einem Nicken, das irgendwo auf halbem Wege steckenblieb, und hob mühevoll den Arm zu dem Teil des Fensterrahmens, an dem keine scharfen Glaskanten mehr waren.

Dabei rutschte ihm der Mantel herab. Megan legte ihn schnell wieder um seine Schultern und folgte ihm, versuchte ihn ein wenig vorwärts zu schieben, ihn irgendwie zu unterstützen.

Dass er es heil ins Haus schaffte, war für sie wie ein Wunder. Ein Wunder, das ausgenutzt werden wollte.

„Schnell …“ Sie schlang sich seinen Arm um die Schulter und versuchte das Maximum an Geschwindigkeit rauszuholen.

„Vorsicht!“ Am Treppenabsatz hielt er sie hart am Arm fest, obwohl dort niemand war.

„Sind Sie hier … überwältigt worden?“

Er nickte schwach und ließ sich zum Eingang schieben.

„Von wem?“, fragte sie. Ein Gespräch würde ihn vielleicht am ehesten bei Bewusstsein halten.

„Weiß … nicht“, war seine spärliche Antwort.

„Ihr Wagen steckt fest. Wir müssen zu meinem?“ Sie blickte kurz zu ihm empor, was sie um ein Haar das Gleichgewicht kostete. „Schaffen Sie das?“

„Muss …“

Das stimmte allerdings.

Sobald er ins Sichtfeld kam, fixierte Megan ihren Wagen und ließ mit den Augen nicht mehr davon ab.

„Wenn wir erst unten sind …“, sagte sie, „… dann mach ich Ihnen schön die Heizung an und in null Komma nichts sind Sie wieder aufgetaut.“

Sie versuchte sich an einem lockeren Ton. Doch der Schreck und die Angst, die ihr in den Knochen saßen, konnte sie trotzdem nicht aus ihrer Stimme verbannen.

Als sie endlich den Wagen erreichten, kam ihr das wie eine Erlösung vor. Sie lehnte Grant gegen die Hintertür und öffnete die Beifahrerseite.

„Setzen Sie sich“, wies sie ihn an. „Und dann decken Sie sich mit dem Mantel zu, so gut es geht.“

Er nickte kurz und ließ sich auf den Sitz gleiten.

„Ich habe vielleicht noch Thermofolie im Verbandskasten. Ich kann nachs -“

„Nein!“ Er packte sie am Handgelenk. Als sie zu ihm hinabsah, blickte er sie das erste Mal wieder direkt an. „Weg von hier“, bemühte er sich zu sagen. „Sofort.“

Sie schluckte und nickte heftig. „Gut, okay.“

Indem sie auf die Fahrerseite eilte, in den Wagen sprang, ihn startete und rückwärts die Straße hinabfuhr, schob Grant die Arme unter den Mantel und schloss die Augen.

„Sie dürfen mir ja nicht einschlafen, hören Sie?“

Megan warf ihm einen besorgten Blick zu. „Grant!“

Sie musste ihn anstoßen, damit er die Augen öffnete. „*Nicht* einschlafen!“

„Ja“, brachte er schläfrig hervor.

Sie drehte die Heizung auf Maximum und stieß ihn noch einmal an.

„Erzählen Sie mir, was passiert ist.“

Er schwieg einen Moment lang, dann befühlte er seine Lippen. „Sprechen … schwierig …“

„Dann schlafen Sie mir wenigstens nicht ein. Ich bringe Sie jetzt ins Krankenhaus.“

„Nein.“

„Und ob!“

„Megan …“

Sie stockte. So hatte er sie tatsächlich noch nie genannt.

Als sie zu ihm hinübersah, war sein Blick beinah flehend. „Nicht ins Krankenhaus. Nicht so … nackt."

Seufzend wendete sie den Wagen am Ende der Auffahrt und blickte ihn an. Sie verstand, was er meinte. Splitterfasernackt und beinah gelähmt vor Kälte wollte sie auch nicht ins Krankenhaus. Ganz unabhängig davon, ob es das Vernünftigste war, oder nicht.

„Sondern?"

„Zu … Ihnen." Er leckte sich kraftlos die Lippen. „Gleich dort unten."

Da hatte er allerdings Recht. Das Schulhaus mit ihrer Wohnung war nur einen Katzensprung entfernt.

„Sie müssen in eine Wanne. In eine sehr heiße Wanne."

Er nickte.

„Und wenn Sie mir zusammenklappen oder irgendetwas passiert, das mich befürchten lässt, dass Sie … das nicht schaffen, hole ich den Notarzt."

Er nickte wiederum.

„Gut."

Sie beschleunigte und fuhr die schmale Landstraße hinab zu *ihrem* Haus. Das erste Mal, dass sie es wieder betreten würde, nach dem, was geschehen war.

Und nun mit dem halberfrorenen Grant im Schlepptau, … der beinah das zweite Opfer geworden wäre.

*

„Ich hoffe, dass in diesem verrotteten Kasten wenigstens das heiße Wasser läuft", brachte Megan hervor, während sie Grant die Treppenstufen hinauf stemmte.

Obwohl er sich redlich Mühe gab, selbst zu gehen, hätte das ohne ihre Hilfe wohl nicht geklappt. Mittlerweile hatte er wieder angefangen zu zittern.

Megan war sich nicht sicher, ob das ein gutes Zeichen war, aber sicherlich ein besseres, als wenn er ohne noch einen Mucks von sich zu geben eingeschlafen wäre.

„Das … hoffe ich auch."

Der Weg die Treppe hinauf verlief einigermaßen komplikationslos. Auch wenn Megan wirklich alle Kraft aufbringen musste, um Grant hinaufzuschieben.

„Sie sind verdammt schwer, wissen Sie das?"

„Tut … mir leid."

Wenn ihm sogar die bissigen Antworten ausgegangen waren, ging es ihm verdammt mies.

Megan schleppte ihn ins Badezimmer und setzte ihn dort auf den einzigen verfügbaren Hocker.

„Können Sie kurz alleine hier sitzen?"

Er nickte, bibberte mittlerweile so sehr, dass seine Zähne unkontrolliert aufeinanderschlugen.

Schnell beugte sie sich über die Wanne, drehte das heiße Wasser auf und hielt den Finger in den eisigen Strahl.

Es dauerte Sekunden, bis er tatsächlich warm und schließlich richtig heiß wurde. Erleichtert seufzte sie auf und wandte sich wieder Grant zu.

„Okay, kommen Sie." Sie zog ihren Mantel von seinem Schoß und griff ihm unter beide Arme.

„Waren Sie … mal … Krankenschwester?"

„Nein." Sie zögerte kurz, dann sagte sie: „Ich habe meine Mutter gepflegt. – Legen Sie die Arme um meine Schultern."

Er gehorchte und sie stemmte sich mit ihm in die Höhe.

„Und jetzt drehen wir uns zur Wanne. Langsam. Knallen Sie mir da ja nicht rückwärts rein!"

„Gebe … mein Bestes."

Sie schaffte es, ihn vorsichtig auf dem Rand der Wanne abzusetzen. Er schwang zuerst das eine, dann das andere Bein herum und mit ihrer Hilfe glitt sein Körper in das Badewasser.

„Heiß!"

„Tut es weh?"

Er nickte hastig und Megan regulierte die Temperatur herunter. Erschöpft sank sein Kopf nach hinten. Sie griff nach einem kleinen Handtuch, hob seinen Kopf noch einmal an und schob es ihm als Kissen unter.

„Danke."

Sie nickte, obwohl er die Augen geschlossen hielt, dann überprüfte sie noch einmal die Wassertemperatur. Es war ein normal heißes Badewasser, doch Grant bereitete die Hitze sichtbare Schmerzen.

„Hoffentlich machen wir das auch alles richtig", sprach sie ihre Gedanken aus, woraufhin er kurz die Augen aufschlug.

„Fühlt sich … richtig an." Er zitterte noch immer und seine Wangen waren eisblau, doch allmählich färbte sich wenigstens seine Nasenspitze rosa, auch in seine Lippen schien etwas Blut zurückzukehren.

Sie nahm einen Waschlappen, tränkte ihn mit dem heißen Wasser und presste ihn gegen seine Wangen, woraufhin er unwillkürlich aufseufzte.

„Tut … so gut", hauchte er.

„Ruhen Sie sich aus. Das Wasser steigt und wird helfen. Gleich fühlen Sie sich wie neu geboren."

Er gab etwas von sich, das mit viel Fantasie ein Lachen war. Dann schwieg er von neuem.

Megan blickte an ihm hinab. Seine Zehen waren schon knallrot, so rot, dass sie sich fragte, ob sie das Wasser kühler einstellen sollte. Auch der Rest seiner Haut begann langsam wieder Farbe zu bekommen.

Auch wenn sie unweigerlich auf die Mitte seines Körpers geblickt hatte, so versuchte sie dennoch, diesen Bereich nicht bewusst zu betrachten. Sie wäre sich damit ziemlich armselig vorgekommen, wenn man seine Situation bedachte.

Sie nahm ein Handtuch von der Halterung und breitete es ihm über die Hüften.

Er lächelte. „So hatte ich mir das nicht vorgestellt“, sagte er mit bereits wieder etwas kräftigerer Stimme.

„Was vorgestellt?“

„Wenn Sie mich das erste Mal nackt sehen, meine ich.“

Als er die Augen aufschlug, lächelte sie unwillkürlich.

„Ich vermute, Sie hatten sich den heutigen Tag generell anders vorgestellt“, gab sie zurück und vermied dabei jede Bemerkung über seinen selbst in diesem Zustand anziehenden Körper.

„Ja, allerdings“, stimmte er kraftlos zu.

Erst jetzt, wo er anfing, sich zu erholen und die größte Sorge von Megan abfiel, nahm sie sich die Zeit auf seine Handgelenke zu blicken.

Die Abschürfungen bluteten teilweise, waren aber wohl nicht tief genug, um einen Krankenhausbesuch notwendig zu machen.

„Wollen Sie mir erzählen, was passiert ist?“

„Gleich.“ Er fasste ins Wasser und befeuchtete sich die Lippen. Als er diesmal zu ihr aufblickte, wirkte er schon deutlich wacher. „Ich brauche Ihr Telefon.“

Megans Brauen hüpften überrascht in die Stirn.

„Wie bitte?“

„Ihr Telefon. Ich will … die Kollegen anrufen.“

Wieder schloss er die Augen. Das Sprechen strengte ihn ganz schön an, auch wenn ihm das augenscheinlich nicht passte.

„Ich werde Ihnen ganz sicher nicht mein Telefon geben. Am Ende gleitet es Ihnen aus den eisigen Fingern und Sie bringen sich mit einem Stromschlag um."

Soweit es die Temperatur seiner Haut erlaubte, zog er die Stirn kraus. „Ich denke nicht, dass mich Ihr Handy-Akku umbringen kann."

Sie verschränkte die Arme vor der Brust. „Dieser Punkt ist nicht verhandelbar. Sie brauchen Ruhe!"

„Es ist erschreckend, wie sehr Sie es genießen, Macht über mich zu haben."

„Sie spucken große Töne für jemanden, der mit 29° Körpertemperatur nackt in meiner Wanne liegt."

Er lachte leise und schloss erschöpft die Augen. „Da haben Sie allerdings Recht."

„Was halten Sie davon? Ich wähle die Nummer und halte Ihnen das Handy ans Ohr. So kann keinem etwas passieren und …"

„… und Sie hören ganz genau, was gesprochen wird."

„Ein Nebeneffekt."

„Ja, und ein außerordentlich angebrachter, wenn man bedenkt, dass Sie mir gerade den Arsch gerettet haben."

„Den überaus wohlgeformten Arsch", ergänzte sie mit einem Zwinkern.

„Ich bewundere Ihren guten Geschmack."

Megan lächelte. Nun, eigentlich strahlte sie. „Es tut verdammt gut zu sehen, dass Sie wieder fast der Alte sind."

Er nickte langsam. „Ja, so geht's mir auch. – Danke, Miss Fairchild. Ohne Witze und dumme Sprüche: Danke."

Sie ließ ihre Hand ins Badewasser gleiten und drückte

kurz seine Finger. „Mit Vergnügen."

Dann stand sie auf, ging kurz hinaus ins Auto und holte ihr Telefon für Grant. Als sie ins Badezimmer kam, war er schon herausgekrabbelt und hüllte sich gerade in ihren für ihn äußerst knappen Bademantel.

„Das Rosa steht Ihnen gut", bemerkte sie, woraufhin er nickte.

„Und die Gänseblümchen erst."

Lachend reichte sie ihm das Telefon, während er sich wieder auf den Hocker niederließ und mit klammen Fingern wählte.

Obwohl er sich dabei mehrmals vertippte, schwieg Megan und ließ das Wasser aus der Wanne, während endlich das Freizeichen zu hören war.

Als sie aus dem Zimmer gehen wollte, rief er sie zurück. „Wollten Sie nicht mithören?"

„Ich koche Tee. Und während wir den trinken, erzählen Sie mir alles in Ruhe."

Er nickte, wurde dann ernst, weil offenbar jemand abhob. Megan verschwand nach unten und kam dann wieder mit zwei dampfenden Tassen zurück. Eine davon reichte sie Grant, der sich in ihrem Blümchenmantel gar nicht unwohl zu fühlen schien, die andere umschloss sie selbst mit beiden Händen und setzte sich auf den Wannenrand.

„Ich dachte, wir bleiben hier. Dank Ihres heißen Bades ist es das wärmste Zimmer."

„Guter Gedanke."

„Und jetzt erzählen Sie!"

Grant seufzte. Er zitterte noch immer, war blass und seine Bewegungen wirkten hölzern. Doch mit jedem Augenblick kehrte mehr Farbe in sein Gesicht zurück.

„Nachdem wir uns gestern unterhalten und Sie von diesem Haus erzählt hatten, und dass Malloy seinen Opfern die Hände abgetrennt hätte, und dass es ja vielleicht einen Nachahmungstäter geben könnte, fing ich an zu überlegen und beschloss, gleich heute Morgen hoch zu fahren und in *Tantallon Hall* einige Proben von den Eiszapfen und dem Schnee zu nehmen, damit der Pathologe sie abgleichen konnte. Bei der Gelegenheit wollte ich mich nochmals im Inneren des Hauses umsehen und habe das auch getan." Er rieb sich den Hinterkopf. „Es ging blitzschnell. Obwohl man in diesem Kasten eigentlich jeden Atemzug hört, muss plötzlich jemand hinter mir gewesen sein. Jedenfalls habe ich eine über den Schädel gezogen bekommen und bin dann draußen im Innenhof wieder aufgewacht. Nackt und mit Augenbinde, wie Sie wissen."

Megan nickte düster. „Ja, ich weiß."

„Anfangs hab ich noch gebrüllt. Erst wütend, dann verzweifelt, dann hoffnungslos." Er starrte gegen den Fußboden. Als er wieder aufsah, traf Megan sein offener Blick mit solcher Wucht, als hätte sie es mit ihm durchlebt. „Ich dachte, das war's."

Sie lächelte milde. „Das war's noch lange nicht."

„Dank Ihnen."

Zuviel Dankbarkeit war ihr ein wenig peinlich, deswegen kehrte sie zum Thema zurück. „Gibt es denn etwas Neues von Ihren Kollegen?"

„Noch nicht. Ich habe jetzt einen Trupp bestellt, der dieses Spukschloss auf den Kopf stellt. Auch wenn ich vermute, dass unser Mörder schon lange weg ist."

Megan sog die Unterlippe zwischen die Zähne und gab ein abwägendes Geräusch von sich.

„Selbst wenn er weg ist“, sagte sie dann, „möchte ich doch wetten, dass er wieder zurückkommt.“

Er blickte von seinem Tee auf. „Wie kommen Sie darauf?“

„Ohne Ihr schockgefrostetes Gehirn zu überfordern …“

„Natürlich.“

„Nun, ich habe gestern noch ein wenig über John Malloy recherchiert. Wie es aussieht, hatte er nicht nur eine wahnsinnige, sondern auch eine sehr ökonomische Seite.“

„Inwiefern?“

„Alle Frauen, die er heiratete, hatten keine Familie. Das diente aber nicht nur dem Zweck, sie ungehindert umbringen zu können, wenn er erst einmal die Lust an ihnen verloren hatte. Denn diese Frauen waren auch allesamt wohlhabend. Erbinnen von Firmen oder Vermögen, von Patenten oder sogar Banken.“

Grant musterte sie nachdenklich. „Er hat sich an ihnen bereichert?“

„Nun, er hat sie zuerst flachgelegt, dann umgebracht und dann ihr Vermögen geerbt. Also so gesehen …“ Sie nickte. „Ja, bereichert ist wohl das eloquenteste Wort dafür.“

„Und was ist mit dem Geld passiert?“

„Da liegt der Hase im Pfeffer. Denn Malloy hat seinerzeit einen Fond, oder wie auch immer man das nennt, eingerichtet, aus dessen Vermögen das Haus über Generationen hinweg erhalten und gepflegt werden soll. Was es – dem Erhaltungszustand nach zu urteilen – auch wird. Allerdings – so munkelt man – war das Vermögen, das er durch seine Ehefrauen angehäuft hat, wesentlich umfangreicher. Und es gab nicht wenige Schatzsucher, die davon überzeugt waren, dass dieses Vermögen irgendwo auf dem Grundstück oder im Gebäude zu finden ist.“

Grant nahm nachdenklich einen Schluck. „Sie meinen also, unser Opfer könnte jemandem auf die Spur gekommen sein, der diesem mysteriösen Schatz auf der Spur war?“

Sie gab ein Achselzucken von sich. „Ich sage nur, dass es wohl viel Geld geben soll. Und wo es viel Geld gibt, da gibt es auch meistens Mord und Totschlag.“

„Das ist wohl bedauerlicherweise wahr. – Wie kommen Sie nur an diese ganzen Informationen, so sie denn wirklich den Tatsachen entsprechen?“

„Sie würden sich wundern, wie ergiebig das Internet ist. Es vergisst nie etwas und ist eine richtige Plaudertasche.“

Er nickte. „Dem werden wir in jedem Falle nachgehen.“

„Sie werden vorerst gar nichts nachgehen. Sie müssen sich ausruhen.“

„Das ist bedauerlicherweise richtig.“

„Ich schlage vor, Sie legen sich ins Bett.“

„In *Ihr* Bett?“

Sie nickte. „Es ist das Nächstgelegene. – Außerdem haben Sie mir ja auch schon Asyl gewährt.“

Dann nahm sie ihm die Tasse ab und half ihm auf die Beine. Erst als sie ihn berührte, spürte sie, wie eisig kalt noch immer seine Haut war.

Sie brachte ihn ins Schlafzimmer und schlug das Bett auf.

„Haben Sie zufällig eine Wärmflasche?“, fragte er, indem er sich auf die Kante setzte.

„Leider nicht.“ Sie zog die Stirn kraus.

„Wenn ich Ihnen anbiete, Sie zu wärmen, würden Sie das dann falsch verstehen?“

„Ich fürchte, ich bin momentan körperlich nicht einmal ansatzweise dazu in der Lage, irgendetwas falsch zu verstehen."

Sie nickte. Das mochte wohl in etwa hinkommen.

„Also dann …" Sie knöpfte sich die Hose auf und zog sie herunter. Dann schlüpfte sie unter die Decke.

„Soll ich den Bademantel anlassen?"

„Das würde den Sinn wohl verfehlen."

„Ich wollte nur Sitte und Anstand wahren."

Sie zog sich den Pulli über den Kopf und wartete in Unterwäsche, bis er den Mantel aufgeknotet hatte.

Dann schlüpfte er nackt unter die Decke.

„Drehen Sie mir den Rücken zu, dann kann ich Sie am besten wärmen", wies sie ihn an, woraufhin er schweigend gehorchte.

Megan robbte nah an ihn heran, schob einen Arm unter seinem Kopf hindurch, legte den anderen über seinen Brustkorb und schmiegte ihren Körper gegen seinen wirklich eiskalten.

Er gab ein wohliges Seufzen von sich.

„Geht es so?", fragte sie.

„Ich bin im Himmel."

Sie lachte und legte den Arm über seinen, um ihn möglichst vollständig zu wärmen. Ihre Nasenspitze lag auf seiner Schulter und ihre Oberschenkel hinter seinen.

Nach einigen Sekunden sagte sie. „Ich gebe zu, das wiederum hatte ich mir etwas anders vorgestellt."

Er seufzte und sagte: „Ich finde es großartig."

Sie lächelte an seinem Nacken und nickte leicht.

„Ja, ich auch."

V

Megan hatte keine Ahnung, wann genau sie eingeschlafen war. Doch da es irgendwann am frühen Nachmittag gewesen sein musste, war sie umso überraschter, dass sie im Stockfinsteren wieder aufwachte.

Außerdem war sie allein. Jedenfalls war sie allein im Bett.

„Grant?“

Sie räusperte sich und setzte sich auf, rieb sich den Kopf, der unangenehm brummte.

„Grant?“

Neben ihr lag ein Blatt Papier und sie konnte sich in etwa vorstellen, was das zu bedeuten hatte.

Sie tastete blind nach der Lampe auf dem Nachttisch. Als das Licht anging, kniff sie die Augen zusammen und öffnete sie langsam blinzelnd.

Der Blick danach auf die Uhr war überaus überraschend.

Es war kurz nach drei. Und da es dunkel war, musste es sich dabei wohl um drei Uhr nachts handeln.

Während sich ihr Blick schärfte, griff sie nach dem kleinen Papierzettel und las.

Für meine Rettung
Für das Bad und den Blümchenbademantel danach
Für eine der schönsten Nächte
Danke

Megan schüttelte lächelnd den Kopf und sank zurück in ihr Kissen.

Die Nacht war wirklich schön gewesen. Ungewöhnlich,

innig und so unschuldig wie der taufrische Morgen.

Wieso war es so verdammt sexy, wenn ein Mann sich unschuldig verhielt?

War das nicht ein Paradoxon?

Eines von der fiesen Sorte?

Sie schloss die Augen. Unwillkürlich brachten sie ihre Gedanken zurück ins Gestern und zu dem, was auf *Tantallon Hall* geschehen war.

Grant hatte Glück gehabt. Er hätte jetzt auch tot sein können. Einfach so.

Sie drehte sich auf den Bauch und überlegte.

Es machte überhaupt keinen Sinn Grant zu töten, noch dazu auf eine so schauerliche Art.

Es sei denn …

Ihre Gedanken schweiften von einer Möglichkeit zur nächsten, und bis die Sonne endlich aufging, fand sie keinen Schlaf mehr.

Um halb Sieben war sie topfit und konnte es nicht erwarten, Grant Ihre Überlegungen mitzuteilen. Außerdem wollte sie bei der Gelegenheit auch nachsehen, ob er einigermaßen auf dem Damm war.

Also zog sie sich warm an und ging aus dem Haus.

Es dauerte 20 Minuten und kostete sie nicht weniger als drei Fingernagelspitzen, bis sie endlich den Wagen soweit eisfrei hatte, dass sie eine Fahrt hinauf zu Grants Cottage riskieren konnte.

Als sie endlich oben war, brannte hinter den vorgezogenen Vorhängen Licht, was sie für ein gutes Zeichen hielt.

Sie stieg also aus und ging zur Tür. Im Kopf hatte sie etwa einhundert Dinge, die sie ihm erzählen wollte und während sie die Klingel drückte, versuchte sie sich an möglichst viele davon zu erinnern.

Als die Tür sich öffnete, verlor sie keine Zeit.

„Hören Sie, Grant …"

Sie stockte.

Dort, wo normalerweise sein Gesicht war, war nichts. Doch als ihr Blick ein wenig tiefer glitt, so etwa auf Brusthöhe, stieß sie auf das Gesicht eines dunkelhaarigen Mädchens, das sie fragend anblickte.

„Wer bist du denn?", fragte Megan beinah ein wenig empört.

„Ich bin Mairead Grant, Miss."

Megan war so perplex, dass es einen Sekundenbruchteil dauerte, bis sie begriff, was es bedeuten konnte, dass sie und der Inspektor denselben Nachnamen hatten.

„Wer ist denn da, Mairead?", kam Grants Stimme von hinten.

„Eine Frau mit lockigen Haaren und einer Schultasche."

„Ähm …" Megan zog die Stirn kraus. Dieser Beschreibung konnte sie leider nicht widersprechen.

„Sind Sie das, Miss Fairchild?"

„Äh … ja."

„Bin sofort bei Ihnen. – Mairead, steht Miss Fairchild immer noch vor der Tür?"

„Ja, Dad."

„Na, dann hol sie rein."

„Kommen Sie rein", bat das Mädchen und öffnete die Tür ganz.

Megan folgte ihrer Geste nickend. Das Wort *Dad* hatte ihr zweifellos einen etwas dümmlichen Ausdruck ins Gesicht gezaubert.

Grant kam nur in Jeans gekleidet in die Küche und frottierte sich gerade die Haare. Megan musterte ihn und schluckte trocken.

Sie hatte ihn ja bereits ausgiebig nackt gesehen, aber so agil war es doch ein etwas anderes Gefühl, als wenn er halbtot in ihren Armen hing.

„Warum haben Sie mir nicht gesagt, dass Sie eine Tochter haben?“, fragte sie.

Er nickte. „Danke der Nachfrage. Mir geht es schon viel besser.“

„Oh, äh … ja. Gut.“ Sie lächelte kurz Mairead an, bevor sie wieder zu Grant hinaufblickte. „Also?“

„Sie haben nie gefragt.“

Als Reaktion auf die weltdämlichste Antwort verschränkte sie grimmig die Arme vor der Brust. Und dabei störte es sie nicht im Geringsten, dass Grant *ihr* sicher keine Rechenschaft schuldig war.

„Mairead lebt die meiste Zeit bei ihrer Mutter in Edinburgh. Über die Weihnachtsferien ist sie bei mir und meiner Familie. Erstens bin ich dran und zweitens ist ihre Mutter mit ihrem neuen Freund auf die Bahamas geflogen.“

„Malediven“, korrigierte das Mädchen und setzte sich zurück an den Frühstückstisch.

Grant nickte. „Genau. – Aber nun, wo die beiden charismatischen Damen schon einmal in einem Raum sind. Megan Fairchild, das ist meine Tochter Mairead. Mairead, das ist Miss Fairchild.“

Mairead röntgte Megan mit einem eindringlichen Blick.

„War mein Dad heute Nacht bei Ihnen, bevor meine Oma mich ins Cottage gebracht hat?“

„Äh …“ Megan warf Grant einen hilflosen Blick zu, der

wie so oft die nötige Ruhe besaß.

„Ja, allerdings“, antwortete er.

„Und hattet Ihr beide Sex?“

Megan verschluckte sich an ihrem eigenen Atem und hustete.

„Nein“, kam sie Grants diplomatischer Antwort zuvor. „Hatten wir nicht.“

„Warum nicht?“

„Weil …“ Megan stockte. Sie konnte Grants Tochter ja schlecht sagen, dass er praktisch schockgefrostet in ihrer Wanne gelegen hatte.

„Das geht dich nichts an, Mairead. Und jetzt zieh dich an. Oma holt dich gleich ab.“

Das Mädchen stand auf. Noch immer musterte sie Megan.

„Mögen Sie meinen Dad?“

„Schon.“

„Und magst du sie auch?“

Grant wirkte ein wenig überfordert, nickte aber dennoch.

„Ich finde, Ihr solltet Sex haben.“ Mit dieser fragwürdigen Feststellung ging sie den Korridor hinunter und ins Bad.

Megan sog die Luft in ihre Lungen.

„Was stimmt nicht mit Ihrem Kind, Grant? Warum sagt sie sowas?“

„Keine Ahnung, die Pubertät vielleicht.“

„Pubertät? Sie ist doch höchstens sieben oder acht Jahre alt.“

Er zog die Stirn kraus. „Und Sie wollen Lehrerin sein? Für jemanden, der den ganzen Tag von Kindern umzingelt ist, sind Sie verdammt ahnungslos. Mairead ist 11.“

„11? Wie alt waren Sie denn um Gottes Willen, als Sie sie bekommen haben?“

„Ich habe früh geheiratet. Wenn man jung ist, tut man Dinge, die man später bereut. Mairead gehört aber eindeutig nicht dazu. – Was soll das, Miss Fairchild? Muss ich mich jetzt für meine Tochter rechtfertigen?“

Sie gab ein unzufriedenes Geräusch von sich. „Natürlich nicht. – Ich war nur überrascht.“

„Und unzufrieden, weil Sie es nicht wussten.“

Sie erwiderte seinen Blick. „Möglicherweise.“

„Es muss nun einmal auch Dinge auf dieser Welt geben, die Sie nicht wissen.“

„Sagt wer?“, fragte sie herausfordernd, woraufhin er lachte und kurz danach schmerzhaft das Gesicht verzog.

„Wollen Sie auch einen Kaffee?“ Er rieb sich die Handgelenke, an denen die roten Striemen zu sehen waren, wenn der Ärmel hochrutschte.

„Gern. – Soll ich mir das mal ansehen?“ Sie nickte in Richtung seiner Hände.

„Später vielleicht. Ich will nicht, dass Mairead das sieht. Sie war auch der Grund, warum ich mich so früh davongestohlen habe. Ich hoffe, Sie verzeihen mir.“

„Aber natürlich.“

„Meine Schwester hat sie heute Morgen um kurz vor sechs vorbei gebracht, bevor sie selbst zur Arbeit musste. Da konnte ich ja schlecht nicht zu Hause sein.“

Megan nickte und nahm ihre Kaffeetasse entgegen. Der Blick auf die Uhr verriet, dass sie noch etwa zehn Minuten bleiben durfte, wenn sie nicht zu spät zum Unterricht kommen wollte.

„Bevor ich wieder abdüsen muss“, sagte sie und warf einen Blick den Gang hinunter, ob sie noch frei sprechen konnte. „Ich habe heute früh einiges recherchiert, das sicherlich von Interesse ist.“

„Zum Beispiel?“

„Wussten Sie, dass Malloys Haus von einer Firma verwaltet wird, die in Edinburgh ihren Sitz hat? Sie halten das Haus instand, reinigen es, machen Kontrollgänge und all das.“

Grant gab ein abwägendes Geräusch von sich. „Nun, ich wusste es nicht, aber da Malloy, wie Sie sagten, so enormes Vermögen angehäuft und ohne Erben gestorben war, ist es naheliegend.“

„Müsste man nicht dort einmal nachfragen, ob den Leuten etwas Ungewöhnliches aufgefallen ist?"

Seine Mundwinkel zuckten amüsiert. „*Man* müsste dort einmal nachfragen?“

„Nun …“ Sie gab ein Achselzucken von sich. „Ich habe heute nur bis elf Uhr Unterricht. Danach könnte ich Ihnen helfen, Ihren Jeep aus dem Schnee zu ziehen, wo Sie ihn zurücklassen mussten.“

„Sie meinen, wo Sie mich gerettet haben?“

„Ich will natürlich nicht darauf herumreiten.“

„Natürlich nicht.“ Er verschränkte amüsiert die Arme. „Und Sie wollen das sicher auch nicht zu Ihrem detektivischen Vorteil nutzen!“

„Nichts läge mir ferner.“

Megan ließ das kurze Schweigen für sich arbeiten, das währenddessen entstand.

Dann gab Grant ein Kopfschütteln von sich. „Ich fasse es nicht, dass Sie es wieder geschafft haben.“

Als sich ein triumphierendes Lächeln über ihr Gesicht spannte, hob er mahnend den Finger.

„Aber ich warne Sie! Sie sind nur meine Assistentin. Ich

habe das Sagen! Wenn Sie mitkommen, dann stelle ich Sie als polizeiliche Beraterin vor. Verstanden?“

Sie nickte. „Klingt großartig!“

„Was klingt großartig?“

Mairead war zurück aus dem Badezimmer und zog gerade ihre Jacke zu.

„Dein Name“, lenkte Megan geschickt ab. „Wie schreibt man den?“

„M.A.I.R.E.A.D.“, gab das Mädchen zurück, woraufhin Megan mit krauser Stirn Grant anblickte.

„Ist da im Standesamt die Katze über die Tastatur gelaufen?“

„*Siehst du!* Sie findet den Namen auch schrecklich!“, rief das Mädchen, woraufhin Megan die Augen aufriss.

Schien, als hätte sie einen wunden Punkt getroffen.

„Ich finde ihn überhaupt nicht schrecklich. Ich finde ihn sehr schön!“

„Hörst du? Sie findet ihn schön“, versuchte Grant die Situation zu retten.

„Das ist doch gelogen!“

„Nein, das ist es nicht.“ Das verzerrte *Marie*, das es gesprochen war, fand sie zugegebenermaßen sehr reizvoll. „Ich bin Engländerin“, spielte sie ihren Trumpf aus. „Bei uns gibt es solche Namen nicht. Ehrlich, ich finde ihn toll. Da hat dein Vater eine gute Wahl getroffen.“

„Das war ihre Mutter!“

„Das war meine Mutter!“

Die beiden spien diesen Satz synchron und verstummten dann. Die Türklingel rettete sie.

„Das ist Oma“, erklärte Grant erleichtert. „Lauf!“

Mairead blickte Megan an. „Haben Sie hier eine Familie?“

Megan hatte nicht nur hier keine, sondern überhaupt nirgends eine Familie. Doch dies war nur ein weiterer jämmerlicher Aspekt ihres Daseins, den sie bestimmt nicht ansprechen würde.

„Nein."

„Wollen Sie nicht mit uns Weihnachten feiern?"

Sie war zugegebenermaßen völlig perplex, dass Sie das Kind einfach so über die Feiertage einladen wollte. Dennoch hob sie abwehrend die Hände.

„Aber das geht doch nicht!"

„Warum nicht?" Mairead blickte zu ihrem Vater hinüber.

„Sie hat Recht", erklärte dieser. „Warum nicht?"

Megan zögerte. „Nun …"

„Sie sind ganz herzlich eingeladen. Meine Mutter kocht. Wir haben eine große Familie, Sie werden in der Masse der Feiernden völlig untergehen und niemand wird überhaupt erst bemerken, dass er mit Ihnen gar nicht blutsverwandt ist."

Megan lächelte ein wenig traurig. Seine Worte waren tröstend und aufmunternd, sorgten aber nur dafür, dass sie sich noch ein wenig jämmerlicher fühlte.

„Na, kommen Sie?"

Mairead war schon auf dem Weg zur Tür und Megan fühlte sich seltsam geschmeichelt, dass das Mädchen sie dabeihaben wollte.

„In dem Fall …" Sie gab ein Achselzucken von sich. „Sehr gern."

„Stark!" Mairead hob die Hand zum Abschied. „Also bis dann!"

„Ich liebe dich!", rief ihr Grant nach.

„Ich weiß“, antwortete das Mädchen, das offenbar die Schlagfertigkeit seines Vaters geerbt hatte und dann aus der Tür verschwunden war.

Megan wandte sich Grant zu, der den letzten Schluck seines Kaffees mit einem großen Zug austrank.

„Sie müssen in die Schule“, kam er den 100 Fragen zuvor, die sie ihm am liebsten gestellt hätte.

„Und Sie warten auf mich?“

„Ich werde jetzt das Postamt aufschließen und die Brötchen aufbacken, wenn Sie es genau wissen wollen. Dann werde ich beides an die Hilfe übergeben, die ich mittlerweile habe. Danach werde ich hoch zur *Tantallon Hall* fahren und mit Othello und dem, der am anderen Ende seiner Leine hängt das Gebäude und Gelände einmal abgehen, mit dem Pathologen sprechen, einen Termin bei dem Verwalter des Anwesens machen. Zwischenzeitlich werde ich vielleicht noch etwas essen, mir möglicherweise die Zähne putzen und sollte mir ein Schnürsenkel aufgehen -“

„Ja, ja. Ich verstehe schon!“ Megan hob abwehrend die Hand. „Ich gehe jetzt.“

Als sie sich zum Gehen wandte, rief er sie noch einmal zurück.

„Miss Fairchild?“

„Ja?“

„Haben Sie meinen Brief gefunden?“

„Ich finde Ihre Briefe immer. - Manchmal finde ich sie sogar besonders schön. Heute Morgen zum Beispiel.“

Er lächelte. „Bis später, Miss Fairchild.“

„Und vergessen Sie mich nicht.“

Dann verschwand sie aus dem Cottage.

Nachdem sie zwei Jahre Teenager unterrichtet hatte, war sie es nicht mehr gewohnt, dass sie freudig erwartet wurde, wenn der Unterricht begann.

Doch hier war es so. Die kleinen Mädchen und Jungs, allesamt schon aufgekratzt und neugierig, was sie wohl an Weihnachten dies Jahr erwarten würde, liefen und spielten im improvisierten Klassenzimmer herum und flitzten wie von der Tarantel gestochen zurück auf ihre Plätze, als Megan hereinkam.

„Guten Morgen, Kinder."

„Guten Morgen, Miss Fairchild", kam es im Chor zurück und zauberte ihr unwillkürlich ein Lächeln aufs Gesicht.

In diesen Augenblicken wurde ihr klar, wie schön ihr Beruf sein konnte.

*

Etwa fünf Minuten vor Unterrichtsende machte sich ihr Telefon mit einer SMS-Vibration bemerkbar.

Während ihre Kinder mit fröhlichem Murmeln und Lachen an ihren Glitzersternen arbeiteten, die sie dann am letzten Schultag mit nach Hause nehmen und ihren Müttern und Vätern schenken sollten, schielte Megan auf das Display.

Bin noch auf Tantallon Hall.
Kommen Sie hin!
Grant

Unwillkürlich beschleunigte sich Megans Puls. Das klang, als ob sie dort etwas gefunden hätten.

Sie warf einen Blick auf die Uhr und stand auf. Der Unterricht konnte ruhig auch mal ein paar Minuten früher vorbei sein.

„Also schön, Kinder. Wir sind fertig. Räumt eure Sachen zusammen, macht die Klebestifte zu und die Scheren sauber."

Sofort setzte geschäftiges Gewusel ein. Megan war noch immer völlig fasziniert davon, wie eilig und pflichtbewusst die Kinder praktisch alles taten, was sie ihnen auftrug.

Nach zehn Minuten war alles blitzblank und die Kinder wurden nach und nach von ihren Eltern und Großeltern abgeholt.

Fast jeder wollte noch ein kurzes Wort mit der *neuen Lehrerin* wechseln, so dass sich die Verabschiedungen dahinzogen und sie wertvolle zwanzig Minuten kosteten, bis sie endlich zum Haus fahren konnte.

Als sie schließlich durch das nun weit offenstehende Tor fahren konnte, stand neben Grants Wagen noch ein Kleinbus, der ihr bekannt vorkam. Und als sie ausstieg und Othellos freudiges Kläffen vernahm, wusste sie auch, warum.

Der Constable hob zur Begrüßung die Hand und hatte allerhand zu tun, um den hüfthohen Schäferhund zu halten.

„Lassen Sie ihn ruhig!", rief Megan, und als der Constable die Leine losließ, gab es für Othello kein Halten mehr.

Der Schnee war so hoch, dass er sich nur mit kraftvollen Sprüngen über die Wehen fortbewegen konnte.

Megan war so in den Gedanken versunken, was für ein schöner Hund er war, dass sie einen Sekundenbruchteil zu spät bemerkte, dass er überhaupt nicht abbremste.

Sie hob noch abwehrend die Hände, doch Othello sprang sie so voller Begeisterung an, dass sie mit einem Ächzen und dem 50-Kilogramm-Hund auf der Brust zu Boden ging.

Der Schnee dämpfte ihren Sturz, so dass sie nur das Gewicht des Hundes spürte und seine Zunge, die ihr mehrmals quer durchs Gesicht fuhr.

Lachend wehrte sie Othello ab, der ihr wenige Augenblicke später vom Körper gezerrt wurde.

„Was ist denn in dich gefahren, Junge!“, rief sein Hundeführer. „Tut mir so leid, Miss.“

Grant zog sie auf die Füße und klopfte ihr den Schnee aus dem Mantel, während Megan den Kopf schüttelte.

„Er hat sich nur gefreut, Constable. Das ist kein Problem. Es ist nur ein Hund.“

„Ein Hund, der schwerer ist als Sie“, bemerkte Grant und zupfte ihr Schneebrocken aus dem Haar, was sie sich seltsamerweise gefallen ließ.

„Woher wollen Sie das wissen?“

„Ich habe Sie schon das ein oder andere Mal auf den Armen gehalten, falls Sie sich erinnern.“

Megan räusperte sich kurz und blickte zu dem plötzlich sehr schweigsamen Constable auf.

„Natürlich“, erklärte sie knapp, zeigte zum Haus und fragte sehr fachmännisch: „Was haben wir denn hier?“

Das amüsierte Grinsen, das kurz in Grants Gesicht aufbrandete, entging ihr nicht. Aber da sie vielleicht doch ein wenig großspurig geklungen hatte, ließ sie ihn damit durchkommen.

„Othello hat einige interessante Dinge gefunden“, sagte er dann.

„Braver Junge!“ Megan fuhr ihm über den plüschigen Kopf, woraufhin er sich begeistert in ihre Handfläche schmiegte und leise winselte. „Und was genau?“

„Hier …“ Grant zeigte auf den Eingang, der nun großflächig mit Flatterband abgesperrt war. „Hier ist genug Blut und Urin, dass man davon ausgehen kann, dass das Opfer, dessen Identität wir noch immer nicht kennen, hier getötet wurde.“

Megan verzog das Gesicht. „Urin?“

„Wenn man stirbt, entleert sich die Blase, Miss“, erklärte der Constable pflichtbewusst, woraufhin Megan mit bleichen Wangen nickte.

Sie versuchte das Bild aus dem Kopf zu bekommen und sich auf die Fakten zu konzentrieren.

„Also wäre es möglich, dass er in das Haus eindringen wollte und dabei von wem auch immer aufgehalten wurde. Und zwar mit der naheliegendsten Waffe, die es gab.“ Dabei zeigte sie auf die Eiszapfen.

„Wäre möglich. Nur da stellt sich die Frage, warum das Opfer ins Haus wollte.“

„Miss McDermitt sagte, dass sich viele Leute als Mutprobe dort hineingeschlichen haben.“

„Dafür ist unser Opfer aber nicht jung genug. Der Pathologe schätzt ihn auf Mitte 40.“

„Hm.“

„Und selbst wenn“, schaltete sich der Constable ein. „Wer hätte den Mann dann töten sollen. Und warum? Und warum ihm die Hände abschneiden?“

„Vielleicht wollte er die Legende um den Geist von John Malloy bedienen“, warf Megan ein. „Er soll seinen Opfern die Hände abgetrennt haben, wenn er … mit ihnen fertig war.“

„Aber das waren allesamt Frauen."

Der Constable schüttelte den Kopf. „Das macht so einfach keinen Sinn."

Da hatte er allerdings Recht.

Megan blickte zu Grant auf. „Ich halte es für sinnvoll, wenn wir den Verwalter des Anwesens einmal auf die Geschehnisse ansprechen."

„Er muss sowieso über die Vermutung aufgeklärt werden, dass hier ein Mord geschehen ist."

„Also fahren wir hin?"

Grant blickte auf Megan hinab. Ihm war nicht mehr anzusehen, was am Vortag geschehen war. „Deswegen habe ich Sie hierher gebeten. Ich habe mir erlaubt, uns bei Mr. Barrington anzukündigen."

Sie lächelte und streichelte Othello zum Abschied über den Kopf. Er sollte noch mit der Spurensicherung andere Teile des Anwesens absuchen.

Während sie einstieg, blickte sie dem Hund noch einmal nach, der sein Herrchen gerade wieder auf eine heiße Spur hinwies.

„Sind Sie okay?", fragte Grant.

Megan zog die Stirn kraus. „Ich? Das müsste ich Sie doch wohl fragen."

„Ich meine wegen der Hundeattacke."

Sie seufzte. „Wenn alle Attacken in meinem Leben so abgelaufen wären, könnte ich mich glücklich schätzen."

Megan hätte wetten können, dass er sie nach den Attacken fragen würde, doch stattdessen sagte er: „Es gibt hier in der Nähe ein kleines Tierheim."

Sie sah zu ihm auf. „Ich kann Ihnen nicht ganz folgen."

„Warum besuchen Sie dort nicht einmal die Hunde? Es ist ja schwer zu übersehen, dass Sie gerne einen Hund hätten."

Megan deutete ein Kopfschütteln an. „Wie soll das denn gehen?"

„Na, Sie fahren hin, lassen sich beschnuppern und ablecken …"

„Nein, ich meine … Sehen Sie sich doch mein Leben an! Ich weiß ja nicht mal, was aus dieser Sache wird und ob ich jemals wieder in die Schulwohnung ziehen kann. Wenn nicht, brauche ich eine Unterkunft, wo der Hund erlaubt wäre. Und was wäre, wenn ich die nicht finde?" Sie schüttelte den Kopf. „Nein, ein Hund ist eine Entscheidung fürs Leben. Bis zum letzten Atemzug. Das kann man nicht mittelfristig lösen. Verstehen Sie, was ich meine?"

„Ja, ich verstehe Sie sehr gut." Er maß sie mit einem ernsten Blick. „Sie wären bestimmt eine gute Mutter."

Sie riss die Augen auf. „Wie bitte?"

„Was denn? Mögen Sie keine Kinder?"

„Natürlich mag ich Kinder. Ich bin ja schließlich Lehrerin."

„Also?"

„Grant, ich bin zu jung für ein Kind."

„Sie sind 25. Als Mairead geboren wurde, war ich 23."

„Aber Sie hassen Maireads Mutter."

Er legte abwägend den Kopf schräg. „Zugegeben."

„Na also. Sowas will ich nicht. Ich will ein richtiges Familienleben. Ich will das, was ich nie hatte!"

Der letzte Satz war ihr mehr oder weniger über die Lippen gerutscht. Sie blickte zu Grant hinüber, der sie schweigend musterte.

„Ihnen ist klar, dass ich das eigentlich gar nicht laut sagen wollte?"

Er nickte. „Ist mir klar."

Sie schnaufte genervt und blickte durch die Windschutzscheibe.

„Sollen wir lieber über den Mord reden?"

„Bitte!"

„Nun, dann lassen Sie sich von meinen Nachforschungen erstaunen. Wir haben nämlich mittler-weile den Namen des Opfers ermitteln können."

„Tatsächlich? Aber sagten Sie nicht …?"

„Sollte eine Überraschung sein."

Megan grinst. „Also?"

„Sein Name war Jason Stone. Er war 42 und der Polizei durch kleinere Delikte bekannt. Diebstahl, Scheckbetrug, leichte Körperverletzung."

„Also sind Sie durch die Fingerabdrücke auf ihn gekommen?"

„Genau. Die Fingerspitzen waren schon recht verwest, deswegen dauerte der Abgleich etwas länger."

„Denken Sie, dass man die Hände deswegen entfernen wollte? Damit er nicht identifiziert werden kann?"

„Das wäre zwar möglich, aber dann würde es ja keinen Sinn machen, die Hände ein paar Meter von der Leiche entfernt in den Schnee zu werfen."

Megan schob sich nachdenklich die feuchten Locken aus der Stirn. „Vielleicht wurde der Mörder unterbrochen. Vielleicht … hätte es ganz anders laufen sollen. Sowas kann ja vorkommen."

„Und zweifelsohne nicht selten. - Jedenfalls kennen wir nun den Namen des Opfers. Angehörige gab es keine. Er war nach einem sechsmonatigen Gefängnisaufenthalt vor acht Wochen entlassen worden. Seitdem war er nirgends gemeldet. Kontobewegungen fanden nicht statt."

„Wie lange ist er denn schon tot?"

„Der Pathologe kann es nicht ganz genau sagen, wegen der Tatsache, dass er gefroren war, aber er vermutet etwa zwei Wochen. Höchstens drei. Davor lag noch kein Schnee."

Megan nickte. „In der Zeit hätte der Mörder über alle Berge sein können."

„Wenn er eine Handvoll intakte Gehirnzellen hätte, würde ich Ihre Annahme bestätigen. Aber da wir uns ja beide lebhaft an den gestrigen Tag und meinen ausufernden Ganzkörpergefrierbrand erinnern, scheint das nicht so zu sein."

Megan sog die Unterlippe zwischen die Zähne. „Vielleicht hat es also doch etwas mit John Malloy zu tun. Oder vielmehr mit dem enormen Vermögen, das er angeblich angehäuft haben soll."

„Sie meinen, dass er von seinen reichlich früh verblichenen Ehefrauen geerbt hat."

„Genau das. Vielleicht war er dem Geld auf der Spur und ist einem anderen dabei in die Quere gekommen."

„Sie meinen, einem anderen Schatzsucher?", fragte Megan zwinkernd.

„Das Vermögen von zwölf Ehefrauen kann sich zu einem wahren Schatz entwickeln. Noch dazu, wenn man es als Erster und Einziger findet und nicht versteuern muss."

„Das muss es wohl. Schließlich hätte der unredliche Schatzsucher auch Ihren Tod billigend in Kauf genommen."

Grant warf ihr einen kurzen Blick zu. „Sie glauben also nicht länger an die Legende von John Malloys rachsüchtigem Geist?"

„Ich glaube ein bisschen an sie. Aber an die Habgier und Schlechtigkeit der Menschen glaube ich mehr."

„Sehr vernünftig."

Als sie die Stadtgrenzen von Edinburgh passierten, traf Megan der Rummel der Stadt mit voller Wucht. Der Verkehr, die Menschen, das Gewusel, das Grau der Häuser und Straßen.

„Merken Sie es schon?", fragte Grant, dem ihr Blick offenbar nicht entgangen war.

„Was meinen Sie?"

„Na, die Auswirkungen der Ruhe und des ländlichen Friedens."

Sie zog die Stirn kraus. „Ländlichen Frieden würde ich im Augenblick zwar nicht unterstreichen, aber alles in allem haben Sie Recht. Zwei Tage auf dem Land und mir wird der Verkehr schon zu viel." Der Verkehr, der ihr ganzes Leben lang um sie herumgebraust war.

„Ich wusste es gleich", stellte Grant unumstößlich fest.

„Was?"

„Sie sind eigentlich gar kein Typ für die Stadt. Sie sind ein kreativer, freier Geist. So etwas wird in all dem Smog und Lärm nur erstickt."

Megan schwieg, denn ihr fiel auf diese gewagte Feststellung partout keine gute Antwort ein.

„Wir sind da", unterbrach Grant ihre Gedanken und parkte den Wagen. Dann drehte er sich zu ihr um. „Also passen Sie auf", erklärte er. „Da drin bin *ich* der Polizist und *Sie* sind die Beraterin. Das ist gleichbedeutend mit: *Ich* habe das Sagen und *Sie* dürfen sich alles anhören."

Megan hob eine Braue. „Sie meinen, ich ergebe mich in die Gnade Ihrer geschätzten Gesellschaft und harre der Dinge, die sich entwickeln."

„Ich hätte es schwerlich besser ausdrücken können." Er schob die Tür auf und Megan folgte ihm mit einem Augenrollen, das er leider gar nicht beachtete.

Er ging so forschen Schrittes voran, dass sie sich ranhalten musste, um den Anschluss nicht zu verlieren.

Vor ihnen lag ein schneeweißes, würfelförmiges und extrem unattraktives Geschäftshaus. Davor waren nur drei Parkplätze, einer davon war besetzt.

„Wie hieß der Verwalter nochmal?", fragte Megan im Vorbeigehen.

„Lionell Barrington. Warum?"

Sie schüttelte den Kopf. „Nur so."

Die beiden durchschritten die gläserne Schiebetür und orientierten sich auf dem spärlich beleuchteten Flur, der so kahl war, dass Megan sogar das Echo ihrer Wimpernschläge hörte.

„Wie gemütlich", sprach Grant mit einem ironischen Flüstern ihre Gedanken aus und zeigte ans Ende des Flurs, wo offenbar Barringtons Büro lag. „Und nicht vergessen: Sie tun, was ich sage, und halten sich im Hintergrund."

Sie deutete eine sarkastische Verbeugung an. „Ja, oh Herr und Meister."

Während er an die Tür klopfte, rollte er mit den Augen und murmelte ein entnervtes „Großer Gott."

„Ja, bitte?" Die Stimme des Verwalters klang durch die Tür dumpf und unfreundlich.

Und als Grant die Klinke herabdrückte und den Blick auf ihr Gegenüber freigab, bestätigte sich Megans Gefühl.

Der Kerl war unsympathisch und das Gesicht wirkte verkniffen und verschlagen gleichermaßen. Er war Mitte Fünfzig, hatte eine glänzende Halbglatze, die von einer tapferen Bastion grauer Haarfussel umrahmt war. Dazu trug er eine Brille mit Gläsern, dick wie Flaschenböden. Seine Unterlippe wirkte seltsam feucht, obwohl kein Getränk in der Nähe zu sein schien.

Ein Mensch, der bei Megan durch und durch tiefsten Widerwillen auslöste.

„Mr. Lionell Barrington?"

Als er nickte, nickte sein Doppelkinn noch eine Sekunde weiter. „Ja?"

Grant trat ein. Megan hatte ihn schon einmal in diesem Eiskalter-Cop-Modus erlebt. Er war nicht mehr der nette Kerl, mit dem man sich gern unterhielt oder für den man Wärmflasche spielte. Er war konzentriert und so entschlossen, dass sich sogar Megan ein wenig eingeschüchtert fühlte. Obwohl es nur eine ganz normale Befragung war.

„Mr. Barrington, ich bin Inspektor Grant, Scotland Yard. Das hier ist Miss Fairchild, eine Beraterin unserer Behörde."

Der Dicke nickte etwas überrumpelt. „Wie kann ich Ihnen helfen, Inspektor?"

Grant wartete nicht darauf, dass ihm Platz angeboten wurde. Er setzte sich und Megan nahm unwillkürlich auf dem Stuhl neben ihm Platz.

„Mr. Barrington, Sie verwalten das Anwesen *Tantallon Hall* in Fort Augustus, ist das richtig?"

„Das ist richtig." Barrington blickte zwischen Grant und Megan hin und her. „Stimmt damit irgendetwas nicht?" Er grinste etwas schief. „Ist dort jemandem etwa ein Geist begegnet?"

Grant verzog keine Miene. „Sie sind dem Grund unseres Besuchs näher, als Sie es sich vorstellen können."

Der Verwalter wurde ernst und schüttelte den Kopf.

Megan versuchte zu erkennen, ob er log. Sie stellte jedoch nichts Auffälliges fest. Aber der Kerl konnte auch einfach ein guter Lügner sein.

„Ich fürchte, ich verstehe nicht."

„Sagt Ihnen der Name Jason Stone etwas?"

Barrington überlegte kurz. „Nein, tut mir leid. Wer soll das sein?"

„Der Mann wurde auf dem Anwesen ermordet."

„Was? Ermordet?"

Grant nickte und Megan schwieg artig, obwohl ihr durchaus die ein oder andere Frage in den Kopf kam.

„In welchem Umfang betreuen Sie das Objekt? Wann waren Sie das letzte Mal vor Ort?"

„Nun, wir betreuen das Objekt bereits seit Mr. Malloys … Ableben."

„Seit seiner Hinrichtung, meinen Sie", ging Megan dazwischen, was ihr einen giftigen Seitenblick von Grant einbrachte.

Als wäre der Verwalter überrascht, dass Megan auch sprechen konnte, zögerte er kurz. Dann nickte er.

„Mein Urgroßvater war seinerzeit Verwalter von *Tantallon Hall*. Er hatte für Sir John all das zu organisieren, was sich um die Instandhaltung seines Besitzes dreht. Nach seinem Tod wurde meinem Vater die Leitung eines Treuhandkontos übergeben. Darauf war das Vermögen von Sir John mit der Anweisung dort zu entnehmen, was für die Erhaltung seines Besitzes nötig war."

„Und der Rest?", fragte Grant.

Der Verwalter gab ein Achselzucken von sich.

„Liegt auf dem Konto. Es handelt sich bei dieser Anlage wohl um eine recht einmalige Sache. Es gab keine Erben von Sir John und dadurch, dass das Geld treuhandlich gebunden ist, hat auch der Staat keine Erbberechtigung. Es liegt dort sozusagen vorerst auf ewig."

„Oder bis es aufgebraucht ist."

Barrington lächelte. „Das wird wohl nicht so schnell der Fall sein, Inspektor."

„Von welcher Summe sprechen wir also?"

Der Verwalter lehnte sich in seinem Stuhl zurück und deutete ein kryptisches Kopfschütteln an. „Ich fürchte, Ihnen das mitzuteilen, ist mir leider nicht gestattet."

„Natürlich." Grant nickte. „Wir können Sie auch gerne zur Befragung mit aufs Revier nehmen und die abschließenden Fragen zu klären. Da ist es ohnehin gemütlicher und Miss Fairchild trinkt den dortigen Kaffee so gerne."

Megan nickte lächelnd, während dem Verwalter allmählich das süffisante Lächeln abhandenkam.

„Ich habe nichts damit zu tun! Was auch immer dort oben in *Tantallon Hall* geschehen sein mag."

„Das behaupten wir ja auch gar nicht. Wir ermitteln nur. Und es steht uns frei, ob wir dabei Ihnen einen Besuch abstatten oder Sie unsererseits nötigen, uns ein wenig zu besuchen."

„Auf dem Konto liegen derzeit rund 122 Millionen Pfund."

Megan musste sich schwer beherrschen, damit ihr die Kinnlade nicht herunterklappte. Grant hatte sich besser im Griff.

„Und wieviel davon entfallen in etwa auf die jährliche Instandhaltung?"

„Etwa 50.000 Pfund. Manchmal auch 100.000. Es ist ein riesiges Anwesen und praktisch jedes Einzelteil davon muss von Hand gefertigt werden."

„Etwa so handgefertigt wie Ihr Jaguar, Mr. Barrington?“, fragte Megan.

Der Blick des Verwalters glitt ins Feindselige ab. „Wie meinen Sie das?“

„Nun, das ist doch Ihr Jaguar dort draußen. Mit den Initialen L.B. auf dem Nummernschild, nicht wahr?“

„Natürlich.“

„Und ich gehe doch recht in der Annahme, dass Sie auch Ihr eigenes Gehalt aus dem Fond beziehen.“

Hinter dem Schreibtisch strafften sich schwammige Schultern. „Wenn Sie damit andeuten wollen -“

„Die Frage, die Miss Fairchild sicherlich stellen wollte“, unterbrach Grant und warf ihr einen kurzen Apokalypse-Seitenblick zu, „ist, wie hoch der Ihnen zugedachte jährliche Anteil am Fond ist.“

„Der ist in der Tat recht bescheiden.“

„Zweifellos ein prozentualer Anteil des Gesamtvermögens?“, setzte Megan nach, was ihr den zweiten Todesblick einbrachte.

Als ob sie das hätte aufhalten können …

„Keineswegs. Es handelt sich vielmehr um das festgeschriebene Gehalt von 15.000 Pfund im Jahr.“

Grant nickte. „Dann haben Sie zweifellos noch weitere sehr einträgliche Kunden.“

„Glücklicherweise.“

„Das kann ich mir offen gestanden nicht vorstellen“, unterbrach Megan.

Der Verwalter warf ihr einen giftigen Blick zu. „Wie bitte?“

„Ihr Büro ist sehr … aufgeräumt. Ich sehe wenig Akten, die Sie bearbeiten.“ Sie nickte in Richtung seines Computermonitors. „Außerdem haben Sie Solitär gespielt, als wir hereingekommen sind.“

„Wie wollen Sie das denn gesehen haben?“, plusterte er sich auf, doch Megan beeindruckte er damit nicht.

„Wenn man genug Schüler hatte, die sich damit im Unterricht die Zeit vertrieben haben, lernt man das Geklicke wie einen Morsecode zu erkennen.“

„Also -“

„Mr. Barrington“, ging Grant wieder dazwischen. „Wenn es Sie nicht stört, hätte ich noch ein paar abschließende Fragen an Sie.“

„Aber bitte beeilen Sie sich. Ich habe noch sehr viel zu tun.“ Beim letzten Satz blickte er Megan grimmig an, die ironisch nickte und mit den Lippen ein lautloses „Natürlich“ formte.

„Wann waren Sie das letzte Mal auf *Tantallon Hall* vor Ort?“

„Vor Jahren. Ich fahre eigentlich nie selbst dorthin“, gab er zurück. „Meine Angestellten übernehmen die Tätigkeiten vor Ort.“

„Könnten Sie uns die Namen und Adressen geben?“

„Natürlich. Wobei ich nicht von allen vieren die Adresse habe, wie ich zugebe. Die Männer, vielmehr die drei Männer und Elise McNeil, arbeiten nur sporadisch für mich. Sie sind nicht fest angestellt, wenn Sie verstehen.“

Grant nickte. „Geben Sie mir einfach, was Sie haben.“

Der Verwalter stand auf und ging zu einem Schrank, der – wie Megan schon vermutet hatte – fast leer war. Er holte einen dünnen Hefter heraus und kopierte zwei Seiten. Dann kam er zu ihnen zurück.

„Das sind die Namen und bei Zweien habe ich die Adresse.“

„Wenn Sie Ihre Mitarbeiter für die aufkommenden Tätigkeiten erreichen müssen, so haben Sie aber sicher auch die Telefonnummern."

„Selbstverständlich."

„Könnten Sie diese noch ergänzen?"

Der Verwalter griff nach einem Stift und fing an, die Nummern aus seinem Telefon abzuschreiben. „Von Andy Brown habe ich allerdings länger nichts gehört. Ich hatte versucht ihn für einen anderen Kunden zu erreichen, aber er hat nicht mehr abgenommen."

„Wann war das?", fragte Megan.

„Vor vier oder fünf Tagen."

Grant griff in die Innentasche seiner Jacke und förderte ein Foto zutage.

„Ist das zufällig dieser Mann?"

Megan und der Verwalter lehnten sich gleichermaßen nach vorne.

Der Mann auf dem Bild war im wahrsten Sinne des Wortes leichenblass und lag auf einem Alutisch, den Kopf gestützt von einem metallenen Fuß, der sehr unbequem wirkte. Nicht, dass das für den armen Teufel noch eine Rolle gespielt hätte.

Als sie den Blick hob, hatte das Gesicht von Lionell Barrington merklich an Farbe verloren.

„Das ist er", bestätigte er. „Er sieht … tot aus."

Grant nickte. „Das liegt daran, dass er tot ist. Sein Name war Jason Stone."

„Ich kannte ihn als Andy Brown. Aber wie ich Ihnen schon sagte, habe ich nie Papiere verlangt. Und ich habe überdies auch keine Fragen gestellt. – Und er wurde oben am Anwesen getötet, sagen Sie?"

„Ja."

„Und warum?“

„Wenn wir das wüssten, wären wir nicht hier, Mr. Barrington.“

Mit diesen Worten stand Grant auf und Megan tat es ihm unwillkürlich gleich. „Wir danken Ihnen für Ihre Zeit.“

„Kein Problem. Tut mir sehr leid, was mit Andy passiert ist. Oder wie auch immer er hieß.“

„Wir werden uns mit Ihren Mitarbeitern in Verbindung setzen und bitten Sie, sich bereitzuhalten, falls wir weitere Fragen haben.“

Der Verwalter nickte. „Selbstverständlich.“

Ihm war unschwer anzusehen, dass er den Augenblick herbeisehnte, da sich die Tür hinter Megan und dem Inspektor schließen würde.

Und als das nach der abschließenden Verabschiedung geschehen war, gingen Grant und Megan schweigend durch den Flur.

Erst im Freien griff er nach ihrem Ellbogen und blickte grimmig auf Sie hinab.

„Welchen Teil von *Schweigen* haben Sie eigentlich nicht verstanden, Miss Fairchild?“

Sie erwiderte seinen Blick, ohne sich einschüchtern zu lassen. „Sie glauben ja wohl nicht ernsthaft, dass ich mir von Ihnen das Maul verbieten lasse.“

Er blinzelte irritiert. „Das … das Maul?“

„Ja, ganz genau. Wenn ich sehe, dass etwas faul ist, sage ich es. – Dieses sportliche Fahrzeug“, sie zeigte auf den Jaguar, „kostet mindestens eine viertel Million Pfund. Sie glauben doch nicht ernsthaft, dass der Kerl das mit seiner Handvoll Kunden finanziert hat. Oder den kleinen Neubau hier. Barrington betrachtet den Malloy-Fond als sein persönliches Sparkonto, aus dem er sich nach Lust und Laune bedienen kann. Und vielleicht sind Sie in Ihrer kriminalistischen Genialität ja mal darauf gekommen, dass ihm einer seiner Handlanger auf die Schliche gekommen sein könnte."

Er schob sie weiter Richtung Wagen. „Tatsächlich bin ich auf diese Idee gekommen, Miss Fairchild. Aber das bedeutet nicht, dass ich sie im erstbesten und vielleicht unpassendsten Moment sofort hinausposaunen muss."

„Der Moment war überhaupt nicht unpassend. Ich würde sogar behaupten, er hätte passender nicht sein können."

„Und was bringt Sie zu dieser Erkenntnis?"

„Ich konnte sein Gesicht beobachten. Seine Reaktion abschätzen."

Er verzog ironisch das Gesicht. „Geht es jetzt wieder um die berühmte weibliche Intuition?"

„Es geht um klaren Menschenverstand und die Fähigkeit sein Gegenüber einzuschätzen. Beides Dinge, die Ihnen offenbar abgehen, lieber Inspektor." Sie ertappte sich dabei, wie sie sich die Fäuste in die Hüften gestemmt vor ihm aufbaute. Falls man das bei ihrer geringen Körpergröße so nennen konnte.

„Wollen wir uns schon wieder streiten?"

„Leider zwingt mich Ihr mangelnder Sachverstand dazu."

„Ich warne -"

„Er war es nicht", schnitt sie ihm das Wort ab.

„Und das wissen Sie ganz ohne Ihre Glaskugel?"

„Dafür brauche ich weder Glaskugel noch Pendel. Noch nicht einmal meine Karten habe ich dafür gebraucht." Sie zog die Beifahrertür auf und stieg ein.

„Und was hat Sie also zu der Erleuchtung gebracht?“

„Ich habe es ihm angesehen. Er hat noch nie einen Toten gesehen. Jedenfalls nicht in dieser … Lage.“

Grant war sein Ärger über Megans unerwünschte Initiative noch immer anzusehen, dennoch atmete er tief durch und nickte. „Ich sehe es leider auch so.“

„Warum leider?“

„Weil ich Sie dann zur Strafe für Ihr vorlautes Geplapper nicht bis zur Ohnmacht schütteln kann!“

Sie zog die Brauen zusammen. „Soll das eine Anmache sein?“

„Das würde sich anders anhören.“ Mit einem Schnauben startete er den Wagen.

„Wo fahren wir denn hin?“

„Einer der verbleibenden drei Mitarbeiter wohnt hier in Edinburgh. Den suchen wir jetzt heim.“

„Sie meinen auf.“

„Von mir aus.“

„Und warum rufen wir ihn nicht vorher an?“

„Weil er sich dann vorbereiten, abhauen, etwas vertuschen kann. Je nachdem, ob er etwas und wenn ja, was er ausgefressen hat.“

„Sehr clever, Grant.“

„Warum habe ich doch gleich zugestimmt, dass Sie und Ihre nervenzermürbende Besserwisserei mich bei den Ermittlungen begleiten?“

„Weil Sie mich so gerne mögen.“

Er zog die Stirn kraus. „Gab es auch noch einen besseren Grund?“

„Ich hab Ihnen das Leben gerettet.“

Er seufzte. „Ach ja, richtig.“

*

„Hier müsste es sein." Grant parkte den Wagen in zweiter Reihe und sah an einer mit obszönen Graffitis verschandelten Hauswand empor. „Dritter Stock."

„Nette Gegend", kommentierte Megan sarkastisch.

„Nicht unbedingt die schönste Ecke von Edinburgh, das gebe ich zu." Er drehte sich mit einem Ruck zu ihr herum. „Sie gehen hinter mir. Ich bin groß, Sie sind klein. Wenn er eine Waffe hat, bleiben Sie unverletzt."

Megan zog die Stirn kraus. „Das ist sehr heldenhaft."

Er stieg aus und Megan folgte ihm.

„Manchmal erinnern Sie mich daran, warum es durchaus Vorteile hat, geschieden zu sein."

„Es ist vorteilhafter erst gar nicht zu heiraten."

Mit einem zustimmenden Geräusch drückte er die Türklingel, auf der *R. Carter* stand. Sie war dreckig genug, um eine anschließende Tetanus-Impfung in Betracht zu ziehen.

Die beiden blieben im eisigen Dezemberwind vor der zerkratzten Haustüre stehen und warteten ab, ob sich jemand meldete. Was allerdings nicht geschah.

„Warum überrascht mich das nicht?", murmelte Grant und drückte wahllos ein paar andere Klingelknöpfe.

Sofort knackte es in der Gegensprechanlage. „Wer ist denn da?", war eine wenig freundliche Stimme zu hören.

„Die Post, Madam. Ich habe ein Päckchen."

„Gut, kommen Sie rauf."

Als der Summer ertönte, lächelte Grant triumphierend.

„Es war sogar nur zur Hälfte gelogen", erklärte er stolz und schob die Tür auf.

Im Treppenhaus stieg Megan eine Geruchsmixtur aus

Grünabfällen und Urin in die Nase, die ihr unmittelbar den Atem raubte.

„Wow“, kommentierte Grant. „Da tränen einem ja die Augen.“

Megan hätte am liebsten die Luft angehalten, aber das würde über die Dauer ihres Aufenthalts in diesem Haus eventuell ein wenig lange dauern.

„Wo wohnt er denn?“

„22 b.“

„Also zweiter Stock.“ Sie nahm die ersten Stufen, ohne den Handlauf zu berührten.

„Sie haben Recht“, murmelte Grant. „Am besten wir verlieren keine Zeit.“

Die Wohnungstür, an der noch an einem Nagel die Nummer 22b hing, war so verschmiert und glänzte von einer Schicht aus Speck und Dingen, die sich Megan lieber gar nicht vorstellen wollte.

„Wollen Sie nicht klopfen?“, fragte sie.

„Ich will lieber eine ordentliche Portion Desinfektionsmittel“, stellte er unzufrieden fest, klopfte aber dennoch, wenn auch an der am wenigsten dreckigen Stelle der Tür.

„Mr. Carter?“, rief er, nachdem sich sekundenlang nichts tat. „Mr. Carter, hier ist Inspektor Grant von Scotland Yard. Ich hätte ein paar Fragen an Sie.“

„Wenn Sie sowas sagen, haut er doch sofort über die Feuertreppe ab“, zischte Megan.

„Sie bedienen Ihre blühende Fantasie offenbar aus US-amerikanischen Krimiserien. – Mr. Carter, bitte öffnen Sie die Tür!“

Wieder keine Reaktion.

„Und jetzt?“, fragte Megan. „Treten Sie die Tür ein?“

Grant warf ihr einen missbilligenden Blick zu.

„Warum sollte ich das tun?“

„Na, weil er vermutlich etwas weiß. Und mit diesem Wissen flieht er gerade über die Feuertreppe.“

„Ich glaube, es gibt hier gar keine Feuertreppe.“

„Sie erkennen eine Metapher nicht einmal, wenn Sie sie in den Arsch beißt, mein lieber Inspektor.“

Grant griff schnaubend nach dem Türknopf und drückte ihn versuchsweise nach innen.

Als er die Hand hob und langsam umdrehte, traute Megan ihren Augen nicht.

„Das … ist Blut, oder?“

Grant nickte langsam, woraufhin Megan schnell ein Taschentuch aus ihrer Jacke kramte. Als sie nach seiner Hand griff, zog er sie schnell weg.

„Ich will nicht, dass Sie mit dem Blut in Berührung kommen.“

„Aber -“

„Man weiß nie …“

Er nahm ihr mit einem Nicken das Taschentuch ab und wischte sich die Hand soweit es ging sauber, zumindest trocken.

„Treten Sie zurück“, sagte er dann und Megan gehorchte instinktiv und leicht geschockt. Es gab nicht viele Möglichkeiten, wie Blut auf einen Türknopf kam. Die wahrscheinlichste davon war es, dass man es einfach überall am Körper hatte.

Mit einem harten Kick trat er die Tür ein, die krachend gegen die Wand flog.

Megan linste um die Ecke und traute sich noch nicht, vorzutreten.

Was sie sehen konnte, war eine winzige Wohnung, die einen widerlich süßlichen Geruch verströmte und in der schon auf den ersten Metern das blanke Chaos herrschte.

„Warum haben Sie eigentlich nie eine Waffe dabei?“, zischte sie Grant von hinten an, der sich gerade vorsichtig ins Innere der Wohnung schlich. Natürlich bekam sie keine Antwort. Die kannte sie ohnehin schon.

England war nun einmal nicht das Wild-West-Land USA. Hier durfte man als Polizist keine Waffe tragen. Bestenfalls einen Schlagstock, den der Inspektor jedoch ebenfalls vermissen ließ.

Megan war nicht unbedingt der Typ, der Anweisungen befolgte, doch diesmal blieb sie starr und still am Treppengeländer stehen und wartete ab, bis Grant zurückkam.

„Er ist nicht hier“, erklärte er.

Megan löste sich ein bisschen und ging zur Tür, vorsichtig, als könnte sie jeden Augenblick von einem Zombie angesprungen werden. Denn danach roch es zumindest.

„Woher kommt dann der Verwesungsgeruch?“

„Aus der Küche. Der Kühlschrank ist ausgefallen und ein schwarzer Schimmelteppich breitet sich über den Fußboden und Teile der Spüle aus und erfreut sich in dieser Müllhalde offenbar bester Gesundheit.“

Sie verzog das Gesicht. „Iiih!“

„Ja, allerdings.“ Er zog das Telefon aus der Tasche. „Ich rufe die Kollegen von hier an. Sie sollen die Spuren sichern und sehen, ob das Blut zu jemandem aus der Kartei passt. Das Opfer war vielleicht nicht der einzige Mitarbeiter von Barrington, der ein wenig auf dem Kerbholz hatte.“

Megan nickte und starrte auf den roten Türknopf. „Ist drinnen auch Blut?“

„Ich würde vorsichtig schätzen etwa ein Quadratmeter Boden ist voll davon."

Sie schluckte trocken. „Wie viel Blut kann man denn verlieren, ohne …"

„Ich würde sagen, nicht viel mehr. Ich gebe eine Fahndung raus. – Miss Fairchild, würden Sie mir einen Gefallen tun?"

Sie nickte.

„Warten Sie im Wagen. Sobald die Kollegen da sind, komme ich runter."

Wenn weniger Sorge in seinem Blick gestanden hätte, hätte Megan zweifellos widersprochen.

Aber so …

Sie nahm die Wagenschlüssel, die ihr entgegengestreckt wurden, und verschwand nach unten.

*

Aus dem Wagen konnte sie beobachten, wie schon nach weniger als zehn Minuten ein Streifenwagen vor dem Haus hielt.

Einer der Polizisten war sogar bewaffnet. Beide gingen nach oben zu Grant und kamen nicht mehr herab.

Grant selbst jedoch trat eine viertel Stunde später aus dem Haus und wirkte im tristen Grau der Stadt ebenfalls sehr mitgenommen.

„Geht's?", fragte sie, als er einstieg.

„Der Geruch schlägt einem ganz schön auf den Magen."

„Und das Blut?"

„Ja, das ist auch nicht grade schön. – Die Kollegen werden sich darum kümmern den Mann auf der Liste zu finden, der keine Adresse angegeben hat."

„Und was machen wir jetzt?“

„Wir trinken einen Tee.“

Megan zog die Brauen in die Stirn. „Und dann?“

„Fahren wir zur einzigen Frau auf der Liste. Die Adresse steht hier. Ihr Haus ist nicht weit entfernt von Fort Augustus. Mitten im Nirgendwo.“

Megan nickte.

Hoffentlich blieb ihnen dort ein ähnlich grausiger Fund erspart.

*

Sie hielten auf dem Rückweg in einem kleinen Restaurant und aßen einen Happen. Die Atmosphäre dort war warm und angenehm. Weihnachtsmusik lief im Hintergrund, Kerzen brannten und alle Menschen waren in fröhlicher Aufregung und Eile, wie üblich vor den Feiertagen.

Es war eine dringend nötige Ablenkung von dem, was sie gerade gesehen und erlebt hatten.

Megan rührte schweigend in ihrem Tee, während Grant ein kurzes Telefonat mit Kollegen führte. Als er auflegte, sah sie ihn abwartend an.

„Sie haben die Adresse ausfindig machen können“, antwortete er auf ihre ungestellte Frage.

„Waren sie schon dort?“

„Sie sind auf dem Weg. Ich bekomme danach Bescheid.“

Megan nickte und betrachtete mit wenig Interesse einen Salat, den sie sich tollkühn bestellt hatte.

„Wenn Sie noch mehr Gewicht verlieren“, stellte Grant auf ihren Blick hin fest, „wird Sie der raue schottische Wind noch fortwehen.“

„Der Anblick von Blut und einer mit Schimmel überzogenen, nach Verwesendem stinkenden Wohnung schlägt mir nun einmal auf den Magen."

„Sie müssen mich nicht begleiten, Miss Fairchild. Wirklich, ich fahre Sie sofort nach Hause, wenn Sie möchten."

Sie blickte ihn ungerührt an. „Sie wissen genau, dass ich das nicht will."

„Ich weiß es, ja. Aber ich verstehe es nicht."

„Es ist wie ein Zwang." Beinah wurde sie zu laut für die geruhsame Café-Umgebung. „Ich weiß auch nicht, aber obwohl ich mir schier in die Hose mache, muss ich der Sache nachgehen."

Er nickte. „Und ich vermute, das würden Sie auch auf eigene Faust tun, wenn ich Sie nicht mitnähme."

Megan gab ein abwägendes Geräusch von sich. „Ich könnte zumindest nicht dafür garantieren, dass es nicht passiert."

„Das habe ich befürchtet." Wieder klingelte sein Telefon. Er nahm ab und lauschte. Dann nickte er, sagte: „Danke für die Info" … und legte auf.

„Lassen Sie mich raten. Die Wohnung war leer."

„Ja, absolut leer."

„Gab es auch Blut?"

„Nein. Aber das Essen stand noch auf dem Tisch. Die volle Gabel lag neben dem Teller, als hätte sie jemand in allergrößter Eile weggeworfen, um zu fliehen."

„Das hat ihm vielleicht das Leben gerettet."

Grant nickte und zeigte auf Megans Salat. „Essen Sie das noch?"

Sie hob beide Hände. „Bedienen Sie sich."

Ihr Gegenüber war offenbar ziemlich hungrig. „Meine

unfreiwillige FKK-Einlage gestern hat mich reichlich Energie gekostet", erklärte er kauend.

„Kann ich mir vorstellen. – Was ich mir allerdings nicht vorstellen kann, wie der Mord, das Verschwinden der beiden Kollegen des Toten und das, was mit Ihnen gemacht wurde, zusammenpassen. Ich meine, wenn Sie sterben sollten: warum dann nicht einfach erstechen oder erschießen. Warum Sie in den Innenhof ketten und riskieren, dass Sie davonkommen?"

Er blinzelte. „Tut mir leid, dass nicht gründlich genug versucht wurde, mich umzubringen."

„Sie wissen genau, was ich meine. Das macht doch eigentlich keinen Sinn. Es sei denn …"

„Sie denken doch nicht an den Geist von John Malloy, oder?"

„Indirekt."

„Wie meinen Sie das?"

„Vielleicht identifiziert sich unser Mörder ja mit ihm. Es muss ja einen Grund geben, warum die Menschen sterben und verschwinden, die sich um sein Anwesen kümmern."

„Unwahrscheinlich."

„Aber möglich."

„Ja, unwahrscheinlich, aber möglich. – Kommen Sie!" Er legte einen Geldschein auf den Tisch und stand auf. „Wir statten der Vierten im Bunde einen Besuch ab."

VI

Megan stieg aus dem Wagen und blickte an der düsteren Fassade des kleinen Einfamilienhauses empor, in dem Elise McNeil – so der Name der Mitarbeiterin des Verwalters – offenbar wohnte.

„Das sieht ja aus wie *Tantallon Hall*, nur in … Mini."

Grant zog die Stirn kraus. „Falls Sie damit meinen, dass es düster und steinalt ist. Ja, allerdings."

Er nahm die Stufen zur Eingangstür und suchte vergebens eine Türglocke.

„Miss McNeil?", rief er gegen die dunkle Holztür und klopfte lautstark dagegen. „Miss McNeil!"

Auch in diesem Haus blieb es still und Megan begann sich zu fragen, was sie wohl erst erwartete, wenn sie dort hineingingen.

„Miss McNeil, hier ist Inspektor Grant von Scotland Yard. Wir müssen Sie dringend sprechen. Möglicherweise sind Sie in großer Gefahr!"

„Tiefenpsychologie", flüsterte Megan nickend. „Sehr clever."

Grant warf ihr einen bösen Blick zu und griff dann nach dem Türknopf, der sich wider Erwarten widerstandslos drehte und die Tür aufschwingen ließ.

Er machte eine Geste, die Megan unmissverständlich klar machen sollte, dass sie hinter ihm zu bleiben hatte.

Eine Anweisung, der sie unter den gegebenen Umständen gerne nachkam.

Der Flur des Hauses war im Gegensatz zur heruntergekommenen Fassade hell und aufgeräumt. Holzfußboden, weiße Wände und eine Garderobe mit einer nicht unbedeutenden Anzahl Schuhe darunter ließ darauf schließen, dass hier eine Frau wohnte. Vermutlich allein.

„Miss McNeil?“, fragte Grant noch einmal. „Sind Sie hier?“

Wieder gab es keine Reaktion.

Sie gingen durch den kleinen Flur, der zu einer verschlossenen Tür führte. Grant drehte sich kurz über die Schulter zurück, um sich zu versichern, dass Megan an Ort und Stelle war.

Sie nickte und er griff nach der Türklinke, drückte sie vorsichtig herab und ließ – indem er seitlich zurücktrat und Megan mit sich schob – die Tür aufschwingen.

Sofort schlug ihnen ein beißender, öliger Geruch entgegen.

Megan atmete ihn kurz ein und brach sofort in keuchendem Husten aus.

„Gas“, befand der Inspektor alarmiert und lief in den Raum. Megan, die noch immer mit Husten beschäftigt war, hörte, wie Vorhänge zurückgerissen und Fenster geöffnet wurden. Als die frische Luft von der Haustüre durch den Flur zog und die ärgste Atemnot mit sich nahm, wurde es etwas besser. Blinzelnd taumelte Megan ins Wohnzimmer, wo Grant plötzlich sehr ruhig dastand.

Wenige Schritte später begriff sie auch warum.

Eine Frau lag in der Mitte des Raumes. Ihr Haar war so golden, dass es aussah wie ein Heiligenschein, der ihren Kopf umrahmte.

Sie lag in ihrem eigenen Blut und auch aus dieser Entfernung war eindeutig, dass sie tot war.

Megan kam nicht näher. „Am Gas ist sie nicht gestorben“, erklärte sie noch immer keuchend.

Grant schüttelte den Kopf und ging neben der Leiche in die Knie. „Ihr wurde in die Brust geschossen."

„Wozu dann das Gas?"

„Vermutlich um die Sache wie einen Unfall aussehen zu lassen."

„Dafür müsste man das mit Gas gefüllte Haus aber erst noch in Flammen setzen, nicht wahr?", bemerkte Megan mit einem Hauch Ironie, der ihr jedoch schlagartig abhandenkam, als sie begriff, was das bedeutete. Gleichzeitig hörte sie den Piepton in der Küche.

Grant sprang auf die Füße.

„Raus hier!", rief er, und noch während Megan herumfuhr, wurde sie von ihm hart am Arm gepackt und mit nach draußen gezerrt.

Sie taumelte, fiel um ein Haar und lief dann, so schnell sie ihre Füße trugen.

Noch bevor sie durch die Tür ins Freie kamen, hörte sie ein Geräusch hinter sich, wie sie es noch nie gehört hatte. Ein Zischen, dem ein dumpfer Knall folgte, als wenn ein schwerer Stein zur Erde fällt.

Dann plötzlich ging alles ganz schnell. Das Zischen schwoll zu einem lauten Brausen an, und im selben Moment, da Megan die oberste Treppenstufe vor dem Hauseingang erreichte, erfasste sie eine Druckwelle, die sie mit einem heftigen Schlag von den Füßen riss und in die Luft katapultierte.

Hitze explodierte in ihren Lungen, versagte ihr Atemzug und Schrei gleichermaßen.

Instinktiv ruderte sie mit den Armen, suchte Halt, wo es keinen gab, und versuchte sich gleichzeitig gegen die sengenden Flammen zu schützen, die mit ihren glühenden Klauen nach ihr packten.

Plötzlich schlug sie auf. Unerwartet weich. Unerwartet kühl. Sie wollte den Kopf heben, doch Grant packte sie hart im Nacken und drückte ihr Gesicht in das, was offenbar Schnee war.

Die Hitze brauste, rollte über sie hinweg wie eine gigantische Tsunamiwelle, die alles verschlang, was ohne Schutz war.

Sie bekam keine Luft im Schnee, kämpfte gegen den harten Griff an, der sie festhielt, ohne jedoch erfolgreich zu sein. Die Sekunden zogen sich ins Ewige, bis sie endlich losgelassen wurde und den Kopf zu einem erlösenden Atemzug in die Luft reißen konnte.

Sofort packte die Hitze nach ihr. Der Schnee um sie herum schmolz, wie in einer Zeitrafferaufnahme und ließ die sengende Hitze mehr und mehr zu ihr durchdringen.

Wieder wurde sie am Arm gepackt und fortgezerrt. Sie kam strauchelnd auf die Beine und folgte Grant mit hölzernen Bewegungen und verschwommenem Blick.

Er schob sie hinter etwas, das die Hitze abschirmte, und drückte sie in die Knie. Es dauerte einen Augenblick, bis sie begriff, dass es sein Wagen war.

„Sind Sie okay?“, rief er über das Knacken des brennenden Holzes und das polternde Einstürzen der maroden Wände hinweg.

Megan nickte hektisch.

„Ja … ja, alles gut.“ Sie schluckte und hatte dabei das Gefühl, dass ihr Rachen genauso in Flammen stand, wie das Haus hinter ihnen. „Und Sie?“

„Alles gut. Ihre Haarspitzen sind ein bisschen angekokelt.“

„Na bravo.“

Sie griff sich an den Hinterkopf, wo zumindest der Hauptanteil ihrer Haarpracht noch unversehrt schien.

„Ihre Augenbrauen haben auch ein bisschen abbekommen“, stellte sie fest und sah zu ihm auf. Als er schwieg, überlief sie ein Schauer und sie sagte das, was ihr eigentlich in den Sinn kam.

„Das war verdammt knapp.“

„Ja, viel zu knapp.“

Megan wagte es über die Motorhaube zu dem Haus zu blicken, von dem praktisch nur noch das Skelett der Außenmauern übrig war. Das eingestürzte Dachgebälk knackte in den Flammen und der Schnee um das Haus herum war geschmolzen und gab eine beinah grotesk grüne Rasenfläche frei, die jedoch nach und nach ebenfalls verdorrte und braun wurde.

„Wir müssen zum Haus“, hörte sich Megan sagen, noch ehe sie begriff, warum sie dabei so entschlossen klang.

Grant schien es nicht anders zu gehen.

„Wie bitte?“, fragte er entgeistert.

„*Tantallon Hall*. Wir sollten sofort hinfahren.“

„Was wir tun sollten, ist eine Dusche nehmen, unsre Brandblasen kühlen und zusehen, dass wir von weiteren Mordanschlägen verschont bleiben.“

„Grant!“ Sie sah ihn fest an. „Sie glauben doch nicht eine Sekunde lang, dass die Morde nicht mit diesem Anwesen zusammenhängen. Irgendetwas ist dort. Und jetzt, wo all das …“ Sie breitete die Arme aus und schloss das Inferno in ihre Geste mit ein. „… geschieht, scheint mir die Spur besonders heiß zu sein. Irgendetwas geht dort vor. Und wenn wir zu lange warten, verlieren wir diese Spur womöglich.“

Er überlegte einen Augenblick lang und kämpfte sich dann mit etwas hölzernen Bewegungen auf die Beine. Erst jetzt sah Megan, dass seine Jeans zerrissen war und sein rechtes Knie blutete. Sie sah vermutlich ebenfalls reichlich ramponiert aus.

„Wenn wir Glück haben, sind die Kollegen noch oben am Anwesen", erklärte er und griff nach dem Handy.

Mit knappen Worten verständigte er Feuerwehr, Spurensicherung und Kollegen, um zu Miss McNeils Haus – oder dem, was davon übrig war – zu kommen, und sicherzustellen, was möglich war.

Dann stieg er in den Wagen und Megan eilte auf den Beifahrersitz.

„Tun Sie mir einen Gefallen. Machen Sie das Handschuhfach auf", bat Grant, als sie sich auf dem Weg Richtung *Tantallon Hall* befanden.

Megan tat, wie geheißen, und sah eine schwarze Pistole, die auf diversen Wagenpapieren und Bedienungsanleitungen lag.

„Ist die …"

„Geladen? Das hoffe ich."

„Sagten Sie nicht, dass Sie dafür eine Genehmigung brauchen?"

„Nach Mordanschlägen erteile ich mir diese Genehmigung selbst." Er beugte sich über ihren Schoß und nahm die Waffe an sich. „Da müsste auch noch ein passendes Halfter dafür sein. Vielleicht auch auf dem Rücksitz."

Megan schnallte sich ab und suchte den Rückraum des Wagens auf dem Sitz kniend ab, bis sie auf das entsprechende Zubehör stieß.

„Das hier?"

„Ja, genau."

Als sie sich wieder setzte, waren sie bereits auf der schmalen Landstraße, die auf *Tantallon Hall* endete.

„Sie wissen, dass ich Sie am liebsten in Ihrem Haus einsperren würde, bis die Sache erledigt ist?"

Megan zog die Stirn kraus. „Sie klingen ein bisschen wie die Irre aus Misery."

„Ich denke, Sie wissen, wie das gemeint ist."

„Ja, ich weiß. Aber Sie haben Ihre Waffe, wir sind schnell, niemand rechnet mit uns und außerdem wird *Tantallon Hall* ja sicher niemand so leicht in die Luft jagen."

Grant seufzte. „Ihr Wort in Gottes Ohr."

Nachdem die Spurensicherung, die Polizisten samt Othello und ebenfalls die Pathologen *Tantallon Hall* und das umliegende Gelände durchsucht hatten, war von dem eingeschneiten Geisterhaus nicht mehr viel übriggeblieben. Der Schnee um das Haus herum war weitestgehend abgetragen und die Wiese darunter teilweise zu Matsch zertreten. Im düsteren Dezembernachmittag wirkte die Fassade des Herrenhauses matt und dunkel.

„Was glauben Sie denn, was wir hier finden, das die Kollegen samt Spürhund nicht auch hätten finden können?", fragte Grant, während sie ausstiegen, und blickte an dem vierstöckigen Gebäude empor.

„Ich weiß nicht", gab Megan vage zurück. „Ich habe so ein Gefühl …"

„Der Herr verschone mich mit Ihrem dubiosen Gefühl, Miss Fairchild."

Indem sie seinen Sarkasmus geflissentlich ignorierte, steuerte Megan auf die Eingangstür zu.

Das Anwesen übte auch jetzt eine tiefe, unerklärliche

Faszination und Anziehungskraft auf sie aus. Und obwohl sie mittlerweile davon überzeugt war, dass ein sehr lebendiger Mörder für das Geschehene verantwortlich war, konnte sie doch den Glauben an Geister, der einen in diesen finsteren Mauern befiel, sehr gut nachvollziehen.

„Die Kollegen haben das komplette Haus durchsucht", setzte Grant nach, während sie das Haus betraten.

„Und wenn hier alles so wahnsinnig sicher ist, warum haben Sie dann Ihre Waffe in der Hand?"

„Eine reine Vorsichtsmaßnahme."

„So so." Sie ging schnurstracks in den großen Wohnraum, wo sie die Scheibe zerbrochen hatte, um in den Innenhof zu gelangen.

„Wissen Sie, ob das erste Opfer ebenfalls dort gefesselt war, wo der Mörder Sie … festgebunden hatte?"

Grant war unschwer anzusehen, dass er sich daran nicht gern zurückerinnerte. Dennoch nickte er.

„Es wurden unterschiedliche DNA-Spuren sichergestellt. Sie müssen zwar noch mit dem Opfer abgeglichen werden, aber es scheint wahrscheinlich, dass sie von ihm stammen."

Megan nickte und sah auf den Innenhof hinaus, überlegte, warum der Mörder ausgerechnet dort seine Opfer der Kälte ausgeliefert hat.

„Was denken Sie?", fragte Grant, als er neben sie trat.

„Nun, ich frage mich, warum das Opfer und auch Sie ausgerechnet dort festgebunden wurden."

„Gestern hätten Sie noch gesagt, dass das im Andenken an diesen irren John Malloy gemacht wurde."

„Ja, aber mittlerweile halte ich das bestenfalls für Ablenkung. Auch wenn ich zugebe, dass es einen Grund geben muss, warum der Mörder foltert. Denn nichts anderes ist es doch."

„Allerdings", stimmte Grant zu und sprach aus eigener Erfahrung.

„Und wenn der Mörder also eine Art Freude dabei empfindet zu foltern, sich sozusagen am Leid seiner Opfer ergötzt, dann muss er sie beobachten. Zumindest eine Zeitlang."

„Der Innenhof ist eingeschlossen von drei Räumen. Alle haben bodentiefe Fenster mit Blick auf die *Tatwand*, wenn Sie so wollen."

„Demnach muss er in einem der Räume gewesen sein; muss sich dort länger aufgehalten haben, um das zu beobachten, was er Ihnen und dem Opfer angetan hat."

Grant schluckte und nickte schweigend.

Megan trat nachdenklich vor. Die zerschlagene Scheibe war mit Flatterband abgesperrt. „Wurde denn irgendwo etwas gefunden? Ein Haar, ein Fingerabdruck?"

„Fingerabdrücke gibt es jede Menge. Das Haus wurde ja von unterschiedlichen Personen verwaltet, wie wir wissen, und für Reparaturen wurden Firmen angeheuert."

„Die Spuren sind also so zahlreich, dass sie schwer auszuwerten sind?"

„Sozusagen."

Megan nickte und griff nach dem schmiedeeisernen Fenstergriff, der sich noch immer nicht bewegte.

Dann ging sie zum nächsten Fenster, das ebenfalls nicht zu öffnen war, wie auch das dritte.

„Die Fenster haben keine Schlösser", befand sie nachdenklich.

„Nein, warum?"

„Weil sie sich nicht öffnen lassen. Ich meine, es macht doch keinen Sinn Fenster mit Griffen zu versehen, wenn sich diese nicht bewegen.“

„Eigentlich nicht.“ Grant trat neben sie und rüttelte an den Griffen, besah sich die Scharniere und schüttelte den Kopf. „Das sind Attrappen. Die Fenster haben sich noch nie öffnen lassen. Offenbar wurden sie schon so eingesetzt.“

Megan überlegte kurz, dann kam ihr ein Gedanke.

„Wie gelangt man in die anderen Räume?“, fragte sie. „Ich meine die, die ebenfalls Blick auf den Innenhof bieten.“

„Es gibt einen umlaufenden Flur, der -“

Bevor Grant seinen Satz beenden konnte, war Megan bereits auf dem Absatz umgekehrt und zurück in die Eingangshalle gelaufen.

Eine hohe Tür neben der Treppe schien ihr die einzige Möglichkeit. Als sie sie öffnete, lag ein langer Gang vor ihr, der trotz des einfallenden Lichtes düster und schaurig wirkte.

„Wo wollen Sie denn hin?“, rief ihr Grant nach.

„Mir die anderen Räume ansehen.“

Megan öffnete alle Türen, bis sie die fand, die tatsächlich in das an den Innenhof grenzende Zimmer führte. Es war ein verhältnismäßig kleiner Raum, wenn man die Ausmaße des Hauses bedachte. Vielleicht war es früher ein Schlafzimmer gewesen.

Megan eilte an die Fenster, die mit denen im Wohnsalon baugleich waren.

„Auch diese Fenster lassen sich nicht öffnen“, erklärte sie an Grant gewandt, der gerade hereinkam.

Dann lief sie wieder hinaus, zurück in die Halle und auf der anderen Seite in den langen Gang, fand das dritte Zimmer und strebte den Fenstern entgegen.

Doch bevor sie sie erreichte, wusste sie schon, dass es auch hier sein würde, wie in den anderen Räumen.

Sie blieb vor dem Fenster stehen und starrte hinaus in den Innenhof.

„Und?“, fragte Grant, der zu ihr trat.

Sie schüttelte den Kopf. „Nichts.“

„Das macht doch keinen Sinn.“

„Womöglich schon.“

Er zog die Stirn kraus. „Tatsächlich?“

Megan hob den Arm und zeigte durch die Scheibe.

„Dieser Innenhof war nur ein kleiner Teil von John Malloys Folterkammer. Vielleicht sogar der unbedeutendere. Die eigentliche Folter fand hier statt.“

„Hier?“

Sie nickte. „In diesen Räumen.“

„Ich fürchte, ich verstehe nicht.“

„Stellen Sie sich doch nur einmal vor …!“, rief sie regelrecht aus und konnte plötzlich nicht mehr stillstehen.

Indem sie auf und ab ging, blickte sie Grant an.

„In diesem Innenhof liegt ein armes Mädchen an die Wand gekettet da. Nackt. Gott allein weiß, was er mit ihr getan hat. Davor. Oder währenddessen. – Aber hier. Genau hier …“ Sie zeigte auf ihre Füße. „Waren offenbar Schlafräume. Von hier aus konnte man das Leiden betrachten. Oder vielmehr: Man musste es betrachten, denn es gab keine Winkel und Ecken, in denen man sich dagegen abschirmen konnte. Es gab nur dünnes Glas, durch das Schreie hereingellten und die schrecklichsten Bilder drangen auch durch geschlossene Lider.“

Grant fing an zu begreifen. „Sie meinen …, hier drin waren … andere Frauen?“

„Eingesperrt. Der Qual ausgesetzt das zu beobachten,

was ihnen womöglich bevorstand. Hier und auf der gegenüberliegenden Seite."

„Und in dem großen Wohnsalon saß er selbst", schlussfolgerte Grant.

Megan nickte.

„Ganz genau. So konnte er alles sehen; alles in seine dunkle, sadistische Seele aufsaugen. Das Leid der Gequälten und die Panik derer, die sahen, was ihnen bevorstand. – Es war das viktorianische Zeitalter, Grant, man zeigte nicht einmal einen Knöchel. Niemand hätte je Nacktheit thematisiert. Für diese Frauen war es schon ein Schock zu sehen, dass das Mädchen nackt war, aber wenn er seine Folter begann …" Sie schüttelte den Kopf. „Er zerstörte diese Frauen Stück für Stück von innen nach außen. Und in diesem Salon hat er gesessen und sein *Werk* genossen."

Grant schluckte. „Da will es einem ja schlecht werden."

„Will es und darf es. Aber die wichtigste Frage stellt sich noch immer."

„Welche sollte das wohl sein?"

„Wenn alle Fenster verschlossen waren, nicht zu öffnen, wie sind die Frauen in den Innenhof gekommen?" Sie trat etwas näher zu ihm und blickte ernst zu ihm empor, tippte gegen seine Brust und fragte: „Wie sind *Sie* dort hineingekommen, Grant?"

Er schwieg und ihm war unschwer anzusehen, dass er daran noch gar nicht gedacht hatte. Und natürlich kannte er die Antwort nicht. Denn eigentlich gab es keine.

„Kommen Sie!", sagte Megan und ging schnurstracks zurück in die Halle und von dort in den Wohnsalon. Sie kletterte vorsichtig durch das Absperrband an dem Fenster, das sie eingeschlagen hatte, und trat in den Innenhof.

Dass Grant ihr folgte, registrierte sie nur am Rande, denn sie war bereits damit beschäftigt jeden Winkel des teils noch mit Schnee bedeckten, teils durch die Spurensicherung akribisch gereinigten und untersuchten Hofes zu inspizieren.

Zugegeben: Viel gab es nicht zu sehen. Der Boden war gepflastert und die Wand, die nicht mit Fenstern versehen war, grob gemauert. Im Gegensatz zur Fassade des Hauses war sie nicht mit Schiefer verkleidet, als hätte die Rohheit des Ortes noch mehr betont werden sollen.

„Was ist hinter dieser Mauer?“, fragte Megan an Grant gewandt, der sich ebenfalls ratlos umsah.

„Die Küche“, antwortete er.

Megan nickte und wandte sich wieder dem Studium des unebenen Bodens zu.

Grant indes blickte nach oben.

„Wenn ich aus einem oberen Stockwerk abgeworfen worden wäre, würde ich wohl nicht mehr ganz so frisch aussehen“, mutmaßte er.

„Nein, wohl kaum. – Erinnern Sie sich denn an gar nichts?“

„An nichts nach dem Niederschlag, nein.“

Sie gab ein unzufriedenes Geräusch von sich und suchte weiter den Boden ab. Dann gab sie ein Kopfschütteln von sich.

„Hier ist absolut nichts“, erklärte sie frustriert.

„Was eigentlich nicht möglich ist.“

„Dann lassen Sie uns in der Küche nachsehen.“

„Aber zwischen der Küche und dem Hof ist nichts weiter als diese massive Steinwand.“

„Und doch ist es der einzige Raum, der sonst noch angrenzt. Ich möchte ihn gerne sehen.“

Grant fuhr schnaubend, aber ansonsten wortlos herum und ging zurück in den Wohnraum, durchquerte die Halle und brachte Megan durch den langen Gang, den sie vorher schon durchschritten hatten, auf die andere Seite des Innenhofs, wo die Küche lag.

Megan blieb in der Tür stehen und ließ den großen, verwinkelten Raum auf sich wirken, der trotz der Jahrzehnte des Verlassenseins noch eingerichtet war, als würde im nächsten Augenblick eine Köchin hereinkommen und ein Mahl für 20 Personen zubereiten.

Der Herd wirkte betriebsbereit, Töpfe hingen darüber an grob geschmiedeten Haken und der Kamin, der der Eisenkonstruktion darin nach zu urteilen, auch ein überdimensioniertes Kochfeuer war, war unzweifelhaft dazu geeignet, um den ganzen Raum mit wohliger Wärme zu erfüllen.

Wenn es einen Ort gab, an dem man sich in diesem grauenvollen Haus überhaupt längere Zeit aufhalten konnte, dann war es zweifellos die Küche.

Während Megan alle Winkel und Ecken, alle Details und Möbelstücke auf sich wirken ließ, trat Grant vor und inspizierte die massive Steinmauer, die sich über dem Kamin erhob.

„Von hier gibt es sicher keinen Weg in den Innenhof", bemerkte er und strich über die unverputzte Wand.

„Nein", stimmte Megan zu. „Ich denke nicht. Allerdings …" Sie trat näher und betrachtete den Kamin.

„Allerdings was?"

„Ich kann mir jetzt vorstellen, warum er die Frauen ausgerechnet dort an der Wand festgebunden hat."

„Warum?"

Megan beugte sich etwas vor und blickte in die riesige

Ausbuchung des Kamins. Sie konnte beinah darin stehen und er war breit genug, dass sie sich bequem hätte hineinlegen können.

„Ein derartig großes Feuer strahlt viel Hitze aus“, sagte sie und berührte die gusseiserne Wanne, die auf einem schwenkbaren Arm angebracht war. „Sicherlich auch durch die massive Wand hindurch.“

Grant begriff sofort, worauf Megan hinauswollte. Angewidert verzog er das Gesicht.

„Er hat sie … gewärmt.“

Sie nickte. „Im Winter hätte man da draußen höchstens ein paar Stunden überlebt und vermutlich nach viel kürzerer Zeit wäre man bewusstlos geworden. Aber so … mit der Wärme des Feuers im Rücken …“

„Widerliches Drecksschwein.“

„Ein allzu schmeichelhafter Begriff.“ Sie betrachtete den Boden des Kamins. Der Rost war gesäubert und die Steine von Ruß befreit. Megan ging in die Knie und befühlte die Hinterwand des Kamins.

„Könnten Sie wohl aus dem Ofen kommen, liebe Miss Fairchild? Der Anblick ist befremdlicher, als Sie es sich womöglich vorstellen können.“

Megan drehte sich über die Schulter zu ihm um.

„Er ist so … sauber. Finden Sie nicht?“

„Er wurde ja auch seit fast 100 Jahren nicht benutzt.“

„Aber müssten hier nicht die Wände von den aufschlagenden Flammen geschwärzt sein? Müsste nicht der Boden zerkratzt und der Rost verbeult sein?“

Widerwillig ging Grant in die Hocke und betrachtete sich die verlassene Feuerstelle von Nahem.

„Er ist zugegebenermaßen in außergewöhnlich gutem Zustand erhalten“, räumte er ein, woraufhin Megan sich ihm zuwandte. In der finsteren Enge des Kamins waren sie sich nah und von den groben Wänden wurde das Geräusch ihres Atems beinah genauso laut zurückgeworfen, wie ihre Stimmen.

„Woran könnte das wohl liegen?“, fragte sie. „Ich meine, das hier ist die Küche. Das Feuer muss täglich gebrannt haben.“

„Vielleicht nur für Großereignisse. Das tägliche Mahl kann an dem kleinen Ofen zubereitet worden sein. – Wie Sie wissen, war John Malloy kein Mann, der viele Freunde hatte. Oder überhaupt einen Freund.“

Megan gab ein unzufriedenes Geräusch von sich. Diese Erklärung erschien ihr doch reichlich dünn.

„Haben Sie eine Taschenlampe?“

„Nein.“

„Können Sie mir sonst irgendwie Licht besorgen?“

Er schnaubte. „Ich bin nicht McGyver, Miss Fairchild. Ich bastle Ihnen nicht aus einem Lappen und einem Benzinschlauch eine Fackel, falls Sie das meinen.“

Bevor sie auf seine ironische Feststellung angemessen antworten konnte, kam ihr ein Gedanke.

Sie griff sich in die Innentasche ihrer Jacke und förderte ihr Handy zutage, dessen Display eine durchaus hilfreiche Helligkeit erzeugte.

„Sehen Sie sich das an!“ Sie zeigte auf die Ecke des Kamins.

Grant schüttelte den Kopf. „Was soll ich mir da ansehen?“

„Sie sind zu weit weg. Kommen Sie rein. Im Kamin ist Platz genug für uns beide.“

„Das klingt ziemlich schräg, falls Sie mir den Ausdruck gestatten.“

„Weil es schräg ist. Aber wahr ist es außerdem. - Oder haben Sie Angst?“

Der letzte Satz war das Totschlagargument für jedes männliche Ego. Und auch bei Grant wirkte es angemessen.

Mit einem gemurmelten Fluch ging er in die Knie und kroch neben Megan in den Kamin.

„Und was soll ich mir jetzt so schrecklich Wichtiges ansehen?

Megan zeigte wiederum auf einige geschmiedete Haken und Ösen an der Rückseite des Kamins.

„Zu welchem Zweck könnten die wohl gedient haben?“, fragte sie.

„Vielleicht hat man daran Töpfe aufgehängt? Oder Pökelfleisch. Miss Fairchild, es wird Sie verwundern, aber ich bin kein besonders guter Koch.“

„Das musste ich bereits am eigenen Leib erfahren.“

„Also können wir jetzt wieder raus aus diesem Ofen, oder muss ich hier noch länger mit Ihnen Hänsel und Gretel spielen?“

„Hm“, antwortete Megan, die Grant nicht wirklich zugehört hatte. Sie streckte die Hände nach den Eisenhaken aus und berührte sie vorsichtig. Sie waren tief in die Wand eingelassen, wirkten unbeweglich und damit nutzlos und deplatziert an einer Kochstelle.

„Das macht doch überhaupt keinen Sinn“, murmelte sie dabei.

„Ich gebe Ihnen Recht: Es macht absolut keinen Sinn, dass wir in einem Kamin sitzen.“ Grant drehte sich umständlich herum und schob den schmiedeeisernen Arm samt Kochschüssel beiseite, um endlich dem beengenden Kamin zu entfliehen, als sich jäh hörbar eine Verriegelung löste.

Er und Megan erstarrten gleichermaßen.

„Was war das?", fragte sie.

Doch noch ehe Grant zu einer Antwort ansetzen konnte, rieselte Staub aus den Fugen der Steine und ein schabendes Geräusch war zu hören.

„Ach, du Scheiße!" Megan packte nach seinem Arm, denn der Boden unter ihnen bewegte sich plötzlich. Sie wollte aus dem Kamin fliehen, doch er hielt sie zurück; im letzten Augenblick, bevor sie sich irgendein lebenswichtiges Körperteil, vermutlich den Kopf, zwischen den sich verschiebenden Wänden eingeklemmt hätte, während der Kamin sich wie eine plumpe, steinerne Ballerina um die eigene Achse drehte.

Ehe sie noch richtig begriff, was geschah, wehte Megan der eisige Novemberwind um die Nase.

„Was …?"

Sie blinzelte gegen die Sonne an, die in den Schneebergen des Innenhofs reflektierte. Ihr Blick fiel auf Flatterband, kleine Fähnchen, die irgendetwas markierten und nicht zuletzt auf die Glasscheibe, die sie selbst eingeschlagen hatte.

„So bin ich also in den Innenhof gekommen", erklärte Grant leicht entgeistert und kletterte aus dem beengenden Kamin, drehte sich ungläubig um die eigene Achse und warf Megan einen Blick zu.

Sie hatte zugegebenermaßen mit vielem gerechnet. Aber damit definitiv nicht.

„Warum so umständlich, um alles in der Welt?" Sie saß noch immer im Kamin und starrte ungläubig in den verschneiten Hof.

„John Malloy war offenbar wahnsinnig, da fällt es schwer nach Vernunft zu suchen; noch schwerer sie zu finden."

„Aber woher weiß unser Mörder, wie der Kamin funktioniert?"

Grant stieß ein freudloses Lachen aus. „Zufällig hat er das sicher nicht herausgefunden."

„Nein, wohl kaum." Megan betrachtete den schmiedeeisernen Arm neben sich voller Unbehagen. „Das würde auch für die Schatzsucher-Theorie sprechen."

„Sie meinen, der Mörder hat nach Malloys Reichtümern gesucht?"

Sie nickte. „Hat sie womöglich sogar gefunden."

„Aber wo?"

„Das fragen Sie mich ja wohl nicht ernsthaft."

Er schüttelte den Kopf. „Kommen Sie aus dem Ofen, Miss Fairchild. Der Anblick befremdet mich nur allzu sehr."

„Verständlicherweise." Sie verlagerte das Gewicht, um aus dem Kamin zu krabbeln.

Doch offenbar setzte sie damit einen neuen Mechanismus in Gang.

„Oh, verflucht!", keuchte sie, wollte sich dabei nach Grant strecken, der ihr einen hastigen Schritt entgegen kam.

Doch mit einer Bewegung, die so schnell war, dass sie im Kamin regelrecht umgestoßen wurde und mit dem Kopf schmerzhaft gegen die Steine stieß, sauste der Boden unter ihren Füßen plötzlich nach unten.

Sie hörte sich schreien, als Grant aus ihrem Sichtfeld verschwand und nichts als Dunkelheit zurückblieb, während sie unaufhörlich tiefer raste.

Panisch versuchte sie, an irgendetwas Halt zu finden. Doch sie war völlig orientierungslos und als der freie Fall, so fühlte es sich zumindest an, plötzlich mit einem harten Aufprall und einem ohrenbetäubenden Knall stoppte, fiel sie vornüber, stürzte ein paar Steinstufen hinab, die sich als schmerzhafte Kanten in ihren Rippenbogen rammten und ihr für Sekunden die Luft nahmen.

Es war stockfinster. Nicht einmal die Hand vor Augen konnte sie sehen, und als dann plötzlich das Schaben der Steine neben ihr wieder zu hören war und sich nach oben entfernte, begriff sie, dass der Kamin zurück in die Höhe fuhr und sie in diesem dunklen Loch allein zurückließ.

„Grant!“ Es war eine Mischung aus Rufen und Schluchzen, die sie hervorbrachte. Die Luft war stickig, abgestanden und schimmlig. *„Grant!“*

Noch immer war das Schaben des Kamins zu hören. Unmöglich, dass sie das Geräusch mit ihrer Stimme übertönte.

Sie schlang die Arme um sich und blieb zitternd genau dort sitzen, wo sie war.

Weder wagte sie ihre Umgebung zu betasten, noch sich zu bewegen.

Wer konnte schon wissen, ob in der dunkelsten Finsternis nicht ein tödlicher Abgrund lauerte?

In diesem verfluchten Haus war alles möglich.

„Miss Fairchild! - Megan!“

Grants Stimme war leise, doch vernehmlich und so erlösend, dass sie aufschluchzte, bevor sie antworten konnte.

„Ich … ich bin hier unten.“ Sie zog die Nase hoch und wischte sich die Nässe aus dem Gesicht.

„Geht es Ihnen gut? Sind Sie verletzt?“ Metallenes Klirren war zu hören, als würde er fieberhaft an allen Haken und Ösen zerren, die ihre jähe Abfahrt hatten auslösen können.

„Ich bin okay. – Es … es ist ganz dunkel hier.“

Es war ihr herzlich gleichgültig, wie jämmerlich sie klang.

„Wie haben Sie das gemacht? Mit dem Kamin?“

„Ich weiß nicht, ich …“ Die abgestandene Kellerluft machte ihr das Atmen schwer. „Ich wollte aus dem Kamin klettern und hab mich nach vorne gebeugt und dann … ist es einfach passiert.“

Ihre Brust bebte vor Angst, und auch wenn Grants Stimme sie tröstete, so war die Dunkelheit wie ein Damoklesschwert, das bedrohlich über ihr schwebte.

Plötzlich ertönte ein Knall und der Kamin setzte sich mit dem schabenden Geräusch, das sie nun schon kannte, in Bewegung und fuhr hinab.

Erleichterung wallte durch Megans Brust und sie nahm sich vor, sich zu beherrschen, wenn sie Grant sah.

Doch in dem Augenblick, da der warme Schein ihres Handydisplays sie zusammen mit seinem besorgten Blick traf, brach sie in Tränen aus.

„Kommen Sie zu mir!“, verlangte er, wagte nicht den Kamin zu verlassen und zu riskieren, dass sie dann beide hier festsaßen.

Megan kletterte die zwei groben Steinstufen, die sie heruntergefallen war, hinauf und kam zu ihm, krabbelte in die steinerne Ausbuchtung und ließ sich widerstandslos in seine Umarmung ziehen.

„Verdammt nochmal“, fasste er die Situation zusammen und presste sie fest genug an sich, um ihren bebenden Körper zu beruhigen.

„Was haben Sie sich dabei nur gedacht?“

Sie zog die Nase hoch und blickte zu ihm auf. Sein Gesicht wirkte im spärlichen Handylicht scharfkantig und todernst vor Sorge.

„Sie haben gesagt, es gäbe hier keinen Keller“, rechtfertigte sie sich für ihre unfreiwillige Abfahrt, woraufhin Grant nickte.

„Das war zumindest mein Kenntnisstand bis vor fünf Minuten. Ja.“

Megan löste sich ein wenig von ihm.

„Sind Sie wirklich in Ordnung?“, hakte er noch einmal nach.

„Ein paar blaue Flecken mehr, vielleicht. Sonst ist alles gut.“ Um von ihrem jämmerlichen Zustand abzulenken, wandte sie sich Richtung Dunkelheit. „Wollen Sie mal ein wenig herumleuchten?“

Grant hob die Hand mit dem Handy und der schwache Lichtkegel fiel auf einen groben Steinboden, der von zwei Wänden eingegrenzt ins Dunkle führte.

„Eine Art Flur“, überlegte er dabei laut.

„Vielleicht ein Fluchtweg“, mutmaßte Megan. „Sowas gab es doch damals in Herrenhäusern des Öfteren, nicht?“

„Ja, zweifellos. – So oder so muss das untersucht werden. Wir fahren jetzt zurück und rufen die Kollegen an.“

Als er die Hand mit dem Telefon sinken ließ, griff Megan nach seinem Handgelenk.

„Warten Sie!“, flüsterte sie dabei und hielt das Handy wieder höher. „Was ist das da hinten?“

„Was?“

„Das da auf dem Boden.“ Sie zeigte so gut es ging in die Richtung. „Da glänzt doch was. Ist das …“

„Sieht aus wie eine Münze“, stellte Grant nachdenklich fest.

„Eine goldene?“

„So sieht es aus.“

„Verdammt!“, murmelte Megan. „Und wir sitzen hier im Kamin fest.“

„Ich kann gerne hier warten, während sie hinlaufen und nachsehen.“

Sie stieß ein Schnauben aus. „Verzichte!“

„Sehr vernünftig. Hören Sie, Miss Fairchild, unsere neuerlich lebensbedrohliche Mörder- und Schatzsuche in allen Ehren, aber ich muss jetzt die Kollegen anrufen und dann muss ich jemanden organisieren, der Mairead von ihrer Freundin abholt.“ Er schnaufte. „Wenn meine Exfrau mitbekommt, dass ich mich nicht einmal dann richtig um sie kümmern kann, wenn ich sie mal über Weihnachten habe, ist das Wasser auf ihre Mühlen.“

„Ich kann sie doch abholen“, hörte sich Megan sagen, noch ehe sie darüber nachgedacht hatte.

„Sie?“, fragte Grant verwundert.

„Nun, … ich habe einen Führerschein und Ihre Tochter kennt mich, also …“

„Aber Sie wurden gerade beinah in die Luft gesprengt.“

Megan gab ein Achselzucken von sich. „Sie doch auch.“

Darauf wusste er tatsächlich einmal nichts zu sagen.

„Es sei denn natürlich, Sie halten mich als Lehrerin nicht dazu in der Lage, Ihre Tochter abzuholen. Oder natürlich Sie möchten, dass ich hier bin, wenn die Kollegen anrücken. Oder aber Sie denken, dass ich das Haus der Freundin Ihrer Tochter nicht finde. Oder -“

„Ja, schon gut. Es tut mir leid.“ Er schnaufte hörbar. „Es ist nur, … die Mutter von Kendra, Maireads Freundin, ist mit meiner Exfrau noch immer in Kontakt."

„Achsooooo." Megan nickte wissend. „Sie denken, dass ich ein schlechtes Licht auf Ihre Fürsorgepflicht werfe?"

„Nicht unmittelbar", relativierte er überlegt. „Eher in der Form, dass ich einfach nicht da bin."

„Vertrauen Sie mir?", fragte Megan dagegen.

„Widerwillig aber uneingeschränkt. Ja."

„Dann lassen Sie mich nur machen."

Grant seufzte schicksalsergeben. „Es bleibt mir nichts anderes übrig."

„Nicht unbedingt der Ausbruch an Dankbarkeit, den ich mir gewünscht hätte."

„Ich -"

„Ja, ja. Ich verstehe schon." Sie tätschelte in einer großmütterlichen Geste sein aufgeschürftes Knie. „Wenn Sie uns heil aus dieser stickigen Dunkelkammer befreien, verzeihe ich Ihnen alles."

*

Nachdem Grant sie mit einer Gewichtsverlagerung – offenbar saß der Mechanismus unter einem der Steine – aus dem Abgrund befreit und zurück in die Küche befördert hatte, rief er die Kollegen und gab Megan zusammen mit einer detaillierten Wegbeschreibung seine Wagenschlüssel.

Sie sprang in den Jeep und fuhr zurück auf die Hauptstraße. Erst nachdem sie einige Minuten unterwegs war, überlief sie ein Zittern, ja schüttelte sie regelrecht, saugte das Adrenalin aus ihrem Körper und ließ sie als bibberndes Bündel zurück, dem allmählich klar wurde, in was für eine verrückte Sache sie da hineingeschliddert war.

Obwohl sie weniger geschliddert, als vielmehr hineingelaufen war.

Aus freien Stücken war sie hineingesprungen.

Kopfüber mit einem Jubelschrei.

Sie dämliche Kuh!

Unzufrieden wischte sie sich die Locken aus dem Gesicht und kontrollierte ihr Lächeln im Spiegel.

Grant hatte sie von der Mutter der Freundin, deren Name ihr spontan entfallen war, gewarnt. Sie wäre die Light-Version seiner Exfrau, hatte er gemeint, und das war das zweitübelste *Kompliment*, das man sich wohl einfangen konnte.

Megan hielt vor dem nagelneu wirkenden Sandstein-Einfamilienhaus, dessen Einfahrt und Zuwegung akribisch vom Schnee befreit worden waren.

Elegante Weihnachtsbeleuchtung schmückte Fenster und Türbogen und schaffte es trotzdem nicht, einladend zu wirken.

Als Megan ausstieg, setzte ein Bewegungsmelder eine elegante Wandbeleuchtung in Gang, die ihr klar machte, dass es bereits dämmerte. Sie war ziemlich lange mit Grant unterwegs gewesen. Aber – das musste man dazu sagen – sie hatten auch eine verdammte Menge erlebt. Mehr, als einem lieb sein konnte.

„Miss Fairchild!“

Megan wusste nicht, was sie mehr überraschte: Das strahlende Lächeln von Grants Tochter, die ihr vom Hauseingang entgegenwinkte. Oder die Tatsache, dass sich das Mädchen noch an ihren Namen erinnerte.

Unwillkürlich hob sie die Hand und erwiderte die freundliche Begrüßung.

„Mairead!“, rief sie zurück und kam zum Eingang.

Es dauerte nur wenige Sekunden, bis eine verkniffen wirkende Mittdreißigerin im Türrahmen auftauchte, um Megan mit dem abfälligsten Blick zu mustern, den es auf Gottes Erde geben konnte.

„Wer sind Sie denn?“, spie sie regelrecht.

Ja, auch der Tonfall passte zum Gesicht.

„Ich bin Megan“, sprang die Selbige über ihren Schatten und hielt der Fremden die Hand zum Gruß entgegen. Diese ignorierte die versöhnliche Geste geflissentlich.

„Na und?“

„Megan Fairchild, die neue Lehrerin im Ort. Sie kennen mich vermutlich nicht. Ich unterrichte nur die kleinen Kinder, und wenn ich Sie so ansehe, müsste Ihr Nachwuchs bereits längst aus dem Grundschulalter heraus sein.“

Süßer Triumph wallte durch ihre Adern, als ihrem Gegenüber für einen Sekundenbruchteil die Gesichtszüge entgleisten.

„Woher soll ich also wissen, dass Sie nicht eine dahergelaufene Kindesentführerin sind?“

„Miss Fairchild ist eine Freundin meines Vaters“, warf Mairead schnell ein, woraufhin sich die Gesichtszüge ihres Gegenübers dramatisch verdüsterten.

„Freundin“, echote sie und presste die Lippen zu einem dünnen Strich zusammen. „Ja, Finley hat meistens die ein oder andere Freundin.“

Grant hatte nicht übertrieben, ganz im Gegenteil, bei dieser vertrockneten Bissgurke hatte er ganz offensichtlich sogar *unter*trieben.

„Mairead, komm mal zu mir“, sagte Megan, woraufhin das Mädchen schnell gehorchte. Mit einer sanften, aber unnachgiebigen Bewegung hielt sie Grants Tochter die

Ohren zu und sah wieder auf.

„Jetzt hören Sie mir mal gut zu, Sie kratzbürstige, schmallippige Ziege“, zischte sie. „Wenn ich noch einmal höre, dass Sie vor Mairead derartig über ihren Vater sprechen, wird das Konsequenzen haben. Für Sie und für Maireads Mutter. Und falls Sie mit der Bemerkung über Finley andeuten wollen, dass er wechselnde Bekanntschaften hat und Sie auch zum erlesenen Kreis der Auserwählten zählen, so darf ich Sie beglückwünschen. Denn dann hat sich offenbar irgendwann in den letzten Jahren jemand erbarmt. Wenn ich mir Ihr verkniffenes Gesicht jedoch so ansehe, muss das schon länger zurückliegen.“

„Also -“

„Ich bin noch nicht fertig, Sie klapperdürres Elend!“ Megan riss die Augen auf. „Denn ich warne Sie ein letztes Mal: Sprechen Sie vor Mairead gut über ihren Vater. Oder glauben Sie etwa, Ihnen stehen irgendwelche Sonderrechte zu, weil Sie einen kurzen Blick auf den herzförmigen Leberfleck in Finleys Intimregion erhascht haben? – Ich rate Ihnen, reißen Sie sich zusammen!“

Ihr Gegenüber schnappte nach Luft.

„Drohen Sie mir etwa?“

„Oh, allerdings!“ Megan nahm die Hände von Maireads Ohren, die das Vorgehen unerwartet ruhig über sich hatte ergehen lassen. „Wir gehen“, sagte sie an das Mädchen gewandt und würdigte die noch immer sprachlose Frau im Türrahmen keines Blickes.

VII

„Sie sind ziemlich cool für eine Lehrerin“, befand Mairead einige Minuten später und betrachtete Megan mit einem prüfenden Blick.

„Vielen Dank.“

„Wissen Sie, Kendras Mutter mag meinen Dad nicht. Sie und meine Mutter sind Freundinnen.“

„Das gibt ihr aber nicht das Recht schlecht über ihn zu sprechen.“

„Nein, das gefällt mir auch nicht. Meine Mutter spricht oft schlecht über ihn.“

Megan warf ihr einen kurzen Blick zu. Sie konnte sich bei den hohen Schneewehen nur wenige Seitenblicke erlauben.

„Aber du magst ihn doch trotzdem, oder?“

Mairead nickte. Für einen Augenblick wurde sie sehr still, dann sagte sie: „Er fehlt mir.“

Megan nickte leise. Sie hatte in den letzten Jahren als Lehrerin viele Scheidungskinder erlebt und fast alle kamen damit nur schwer klar. „Ja, das verstehe ich. Würdest du dir wünschen, sie wären noch zusammen? Deine Eltern?“

„Nein, das nicht. Sie haben sich immer schrecklich gestritten. Haben sich schlimme Sachen gesagt.“

„Vor dir?“

„Nein. Naja, … sie dachten ich würde schlafen, aber wenn das Geschrei losging, hab ich mich immer an die Treppe geschlichen und zugehört. – Ich wollte nicht lauschen“, setzte sie schnell nach, „aber …“

„Du wolltest aufpassen“, wusste Megan, der ihre eigene Kindheit plötzlich wieder viel zu gegenwärtig war. „Damit sie sich nichts antun.“

Mairead nickte. „Sie waren so schrecklich wütend.“

„Das tut mir sehr leid.“

Als das Mädchen nickte, wirkte sie viel zu erwachsen für ihr Alter.

„Drum ist es gut, dass sie auseinander sind. Aber Dad ist so weit weg von Edinburgh und meine Mutter will sowieso nicht, dass er mich sehen kann.“

„Da hast du ja auch noch ein Wörtchen mitzureden, nicht?“

„Meine Mutter hat einen Anwalt und der sagt, wenn sie ihren Freund heiratet, hat sie ganz gute Chancen, dass Dad mich gar nicht mehr sehen darf.“ Traurig blickte sie auf ihre Hände, die gefaltet in ihrem Schoß lagen.

„Weiß dein Dad das?“ Megan versuchte sich auf die eingeschneiten Serpentinen zu konzentrieren, die hinauf zu Grants Haus führten, während sie gleichzeitig Maireads Reaktion abschätzte.

Sie nickte.

„Ja, er weiß das. Er hat überlegt, ob er zurück nach Edinburgh gehen soll, damit er näher bei mir ist.“

Megan schluckte. Fort Augustus ohne Grant war für sie eine trostlose Vorstellung.

„Aber?“, fragte sie hoffnungsvoll.

„Naja, er ist gerne hier, glaube ich. Und er sagt immer, dass es hier auf dem Land viel schöner wäre für mich. Zum groß werden, wissen Sie?“

Megan nickte.

„Aber meine Mutter will das nicht. Sie streiten immer um mich. Die ganze Zeit.“

„Das tun sie nur, weil sie dich so sehr lieben." Megan wusste selbst, dass das ein schwacher Trost war. Umso erleichterter war sie, als sie endlich Grants Cottage erreichten und es einen Grund zum Themawechsel gab.

Er war noch nicht zuhause.

„Weißt du, wo er die Haustürschlüssel hat?"

Mairead nickte und lief zu einem wenig geschmackvollen Steintroll, der unter dem Fenster stand. Sie kippte ihn ab und zog einen einzelnen Schlüssel darunter hervor.

„Soll ich dir etwas zu Essen machen?", fragte Megan, nachdem sie im Haus waren.

Sie hatte zwar keine Ahnung, ob Grant etwas Essbares im Haus hatte, aber sie fühlte sich verantwortlich genug, um wenigstens zu fragen.

Zu ihrer Erleichterung schüttelte Mairead den Kopf. „Wir haben bei Kendra schon gegessen. – Darf ich fernsehen?"

„Ähm, natürlich."

Während sich das Mädchen ins Wohnzimmer verzog, sich Schuhe und Jacke abstreifte und aufs Sofa setzte, warf Megan einen Blick auf ihr Telefon.

Es war schon nach acht Uhr abends und stockfinster. Trotzdem fehlte von Grant jede Spur. Megan wählte kurzentschlossen seine Nummer, doch nach schier endlosem Tuten nahm nur die Mailbox ab.

Wenn sie bedachte, was ihnen heute geschehen war, sorgte sie sich unwillkürlich um ihn. Doch andererseits war die Verstärkung ja praktisch unmittelbar nach ihrer Abfahrt angerückt. Also hatte er wohl einfach noch zu tun.

Sie nahm das Telefon und ging damit ins Wohnzimmer, legte es so auf den Tisch, dass sie einen Anruf oder eine Nachricht sofort sehen würde.

„Was läuft denn?“, fragte sie Mairead und setzte sich neben sie.

„Masterbrain.“

Megan lächelte. Sie liebte es, bei den rasanten Fragen mitzuraten.

„Na, dann lass uns mal sehen, ob wir auch mithalten können.“

*

Megan spürte ein unangenehmes Kribbeln an der Schulter, das sie im Halbschlaf versuchte wie eine Mücke zu verscheuchen. Allerdings hörte es dennoch nicht auf.

„*Miss Fairchild.*“

Die Stimme kam ihr bekannt vor, trotzdem hielt sie die Augen geschlossen.

„Miss Fairchild, wachen Sie auf!“

Als ihr einfiel, wer da mit ihr sprach, hob sie unter maximaler Anstrengung ein Augenlid.

„Grant?“

Sie quälte sich auf der Couch in eine aufrechte Position und strich mit beiden Händen über ihr zerknautschtes Gesicht.

„Wie spät ist es?“

„Kurz vor elf. Ich habe Ihren Anruf erst so spät gesehen, sonst hätte ich zurückgerufen. Tut mir leid.“

„Kein Problem.“

Er sah sich etwas unsicher um. „Sie haben Mairead doch abgeholt, oder?“

„Klar.“ Megan zeigte hinter sich gegen die Wand. „Sie schläft.“

Erleichtert zog er seinen Reißverschluss auf und setzte

sich auf den Sessel. „Vielen Dank. Ich hätte wirklich nicht gewusst, wie ich es hätte anstellen sollen mit der Arbeit und allem. – Wie war das Aufeinandertreffen mit Kendras Mutter?"

„Frostig."

„Tut mir leid, dass ich Sie in diese Situation gebracht habe. Ich mache es wieder gut. Wie wäre es, wenn ich Sie mit allen aktuellen, den Fall betreffenden Informationen versorge?"

Megan schmetterte sein Lächeln mit einem finsteren Blick ab.

„Ich fasse es nicht, dass Sie mit dieser Vogelscheuche im Bett waren", erklärte sie leise genug, dass Mairead es niemals hören konnte, selbst mit angelehnter Zimmertür.

Grant blinzelte, schwieg für Sekunden, als würde er seine Antwort ganz genau überdenken wollen.

„Das … ist schon lange her. – Woher wissen Sie das?"

„Spielt das eine Rolle?"

„Irgendwie schon."

Megan setzte sich weiter auf, fühlte sich plötzlich absolut wach. „Diese Schreckschraube spricht nicht gerade gut über Sie, wenn Sie es genau wissen wollen. Und es ist ihr dabei scheißegal, ob Mairead danebensteht, oder nicht. Also habe ich Sie verteidigt."

„Und Mairead hat das alles gehört?"

„Ich habe ihr die Ohren zugehalten, bevor ich persönlich geworden bin."

Er seufzte und nickte langsam. „Danke."

„Sie sind nicht gerade schlau, Grant. Wissen Sie das? Eine abservierte Frau ist schon schlimm genug, aber zwei davon, die sich dazu auch noch kennen und verbünden, ist eine ganz miese Kombination. – Ich habe die dürre Zicke mit einigen Beleidigungen bedacht und Sie dazu angehalten in Maireads Gegenwart lieber gut von Ihnen zu sprechen, wenn sie keine Konsequenzen befürchten will."

Seine Brauen schossen in die Stirn. „Das haben Sie?"

„Allerdings. Ich mag klein sein, aber ich wirke durchaus angsteinflößend in der entsprechenden Stimmung."

„Wem sagen Sie das!"

Sie nickte. „Abschließend habe ich der Frau dann gesagt, dass Sie sich nichts darauf einbilden muss, Ihren herzförmigen Leberfleck gesehen zu haben. Damit habe ich meinen Einfluss auf Sie und Ihre Tochter quasi erhärtet und meine Drohung handfest gemacht."

Er zögerte. „Sie haben meinen … Leberfleck gesehen?"

„Mein lieber Inspektor, wenn Sie sich an Ihren gestrigen Badetag erinnern, wissen Sie, dass ich nicht umhin konnte."

Mit zusammengezogenen Braunen nickte er. „In der Tat."

„Und warum dies Wissen nicht nutzen, um der blöden Kuh vor den Kopf zu stoßen?"

Grant stand auf, streifte die Jacke ab und setzte sich neben Megan. Er roch noch immer nach Keller und winterlicher Kälte. Seine Hose war zerrissen und das Knie darunter blutig verkrustet.

„Ich weiß wirklich nicht, wie ich Ihnen danken soll", sagte er sehr ernst. „Ich liebe Mairead. Sie ist das einzig Gute, das ich in meinem Leben bisher zustande gebracht habe. Und dass Ihre Mutter sie mir wegnimmt …" Er schüttete den Kopf und ließ den Satz in der Luft hängen.

Megan erinnerte sich nur zu gut an die traurigen Worte des Mädchens. Und nicht zuletzt an ihre eigene Kindheit.

„Sie müssen um sie kämpfen", sagte sie. „Nicht gegen

ihre Mutter. Aber *für* Mairead. Nehmen Sie sich Zeit, wann immer Sie können. Ich helfe Ihnen, wo es geht. Also, … falls Sie das wollen." Sie gab ein Achselzucken von sich. „Ich bin immerhin Lehrerin, habe viel Freizeit und weder Freunde noch Familie. Ich bin die ideale Unterstützung."

Grant betrachtete sie aus seinen dunklen Augen. „Sie haben in mir einen Freund, Miss Fairchild. Einen, der Ihnen tiefer verbunden ist, als Sie sich vielleicht vorstellen können."

Sekundenlang wusste sie nichts zu sagen, dann lächelte sie etwas halbgar.

„Wenn ich von mir auf Sie schließen kann, dann stelle ich es mir womöglich doch richtig vor."

Er zog sie in eine feste Umarmung. Und obwohl ihre Nase gegen seinen schmutzigen Pulli gepresst wurde und er so viel Kälte verströmte, wie ein Gefrierschrank, genoss sie die Berührung und erwiderte sie ruhig.

Als er sie wieder losließ, nickte er. „Ich bin sehr froh, dass Sie hier sind. Wenn es mehr Menschen wie Sie gäbe, wäre die Welt eine bessere."

„Hören Sie auf!" Megan winkte ab. „Sonst fange ich an zu heulen. Und das, bevor ich die Gelegenheit hatte, Ihr Knie zu verarzten und Sie nach allen neuen Informationen auszuquetschen, die es über *Tantallon Hall* zu erzählen gibt. Die gibt es doch, nicht wahr?"

Er lächelte und streifte sich die Schuhe ab.

„Ich dachte schon, Sie fragen nie."

*

Während sich Grant umzog, goss Megan aus einer Karaffe zwei angemessen großzügige Gläser Whisky ein.

Als er in ein Shirt und eine rechts über das Knie hochgekrempelte Pyjamahose gekleidet zurückkehrte, trug er eine Spraydose und eine Pflasterpackung vor sich her.

„Ich kann das natürlich auch alleine", stellte er heldenhaft fest, während Megan ihm das Verbandszeug abnahm.

„Ich verarzte und Sie erzählen. Das ist doch eine durchaus akzeptable Arbeitsteilung."

„Für mich auf jeden Fall."

„Nun denn." Sie machte eine undefinierbare Geste. „Legen Sie das Bein über meine."

Er wirkte leicht verwirrt, so dass sie ihre Geste wiederholte. „Na, … so!", sagte sie dazu.

Grant rutschte näher und legte sein Bein über Megans Knie. Es war unerwartet schwer, doch sie ließ sich nichts anmerken und sprühte das Desinfektionsspray auf ein Tuch, das sie auf sein Knie presste.

Als er das Gesicht verzog, fragte sie: „Brennt es?"

„Nein, ich schneide nur der Unterhaltung wegen ein paar Grimassen für Sie."

„Achso." Sie nickte auffordernd. „Dann erzählen Sie mal!"

„Nun, ich fange am besten vorne an. Der vierte Mitarbeiter des Verwalters, der der so überstürzt aus seiner Wohnung geflohen ist, hatte sich dort offenbar unter falschem Namen eingemietet. Auch bei Barrington wurde der Name falsch angegeben. Nun, zumindest wohnt niemand in Edinburgh, der so heißt. Nur ein Rentner, der definitiv nicht auf die Beschreibung passt. Wir haben dem Verwalter jetzt also einen Zeichner geschickt, der ein Phantombild anfertigt, das wir dann mit der Kartei abgleichen. Denn wenn jemand schon so ein großes Geheimnis um seine wahre Identität macht …"

„Wäre es gut möglich, dass er etwas zu verbergen hat", komplettierte Megan seinen Satz, während sie Wundsalbe aus einer Tube drückte.

„Ganz genau."

„Das Opfer der Gasexplosion, respektive der Schüsse ist in die Pathologie überführt. Oder zumindest das, was von ihr übrig ist. Wir hoffen sie anhand der Zahnabdrücke identifizieren zu können, aber da sie laut der Beschreibung von Barrington blond und schlank war, vermute ich, dass sie es war."

„Wer auch sonst", stimmte Megan nachdenklich zu.

„Wir suchen also nach wie vor den vierten Mitarbeiter des Verwalters und da er vermutlich als Einziger nicht tot, sondern vielmehr offensichtlich auf der Flucht ist, macht ihn das doch sehr verdächtig."

„Ja, in der Tat." Megan zog die Folie vom Pflaster und strich es vorsichtig über Grants Knie glatt. „Und *Tantallon Hall*?", fragte sie gleichzeitig.

Grant nickte. „Dort waren wir bis jetzt gerade. Die Spurensicherung und Othello waren auch mit von der Partie."

„Oh, wie geht es ihm?", fragte Megan wehmütig.

„Genauso gut wie Gestern, würde ich sagen. Wobei er definitiv lieber mit Ihnen als mit mir zusammengearbeitet hätte, meinte sein Hundeführer."

Megan lächelte. Sie hätte den wuscheligen Kerl gerne noch einmal getroffen. „Hat er etwas gefunden?"

„Im Obergeschoss nicht. Aber im Keller. Was Sie dort hatten glitzern sehen, war eine Goldmünze."

„Tatsächlich?", fragte Megan plötzlich aufgeregt. „Was für eine?"

„Keine Ahnung, die Spurensicherung hat sie mit, aber ich habe ein Bild gemacht.“

Megan krempelte die Pyjamahose über sein Bein herunter. „Fertig“, sagte sie dabei.

„Es ist wie neu. Vielen Dank.“ Er beugte sich zum Sessel hinüber und zog sein Telefon aus der Jackentasche. „Hier, das ist die Münze.“

Megan musterte das glänzende Geldstück mit dem unregelmäßigen Rand und der Abbildung eines Tieres. Es war schwer zu sagen, ob es ein Hund, ein Pferd oder ein Hirsch war.“

„Sagt Ihnen die Münze etwas?“

„Ich fürchte, an mir ist keine Numismatikerin verloren gegangen“, entschuldigte sie sich.

Grant nickte.

„An mir auch nicht. Morgen wissen wir sicher mehr. – Was jedoch interessant ist, ist, dass auf der Münze Blut war.“

Ihre Brauen schossen in die Stirn. „Menschliches?“

„Wissen wir noch nicht. Aber da es weit und breit kein Tier gibt in und um *Tantallon Hall*, speziell nicht im Keller, nehmen wir das an.“

„Was war sonst noch dort?“

„Nichts. Eine Wand.“

Megan zog die Stirn kraus. „Eine Wand?“

„Ja, dieser finstere Raum, in den wir hinuntergefahren sind, ist höchstens vier mal vier Meter groß und keine zwei Meter hoch.“

„Es muss noch mehr Räume dort unten geben. Vermutlich mit einem Mechanismus zu erreichen, wie der, der im Kamin eingebaut ist.“

„Das dachte ich ebenfalls. Also haben vier Kollegen,

Othello nicht mitgezählt, und ich über zwei Stunden nach irgendeinem Anhaltspunkt gesucht und nichts dergleichen gefunden."

Sie zog die Unterlippe zwischen die Zähne und reichte Grant eines der Whiskygläser.

„Das macht eigentlich keinen Sinn."

„Nun, zumal das Goldstück dort gefunden wurde, wäre es höchstens vorstellbar, dass der Raum unter dem Kamin als eine Art Schatzkammer gedient hätte."

Megan stieß ihr Glas gegen seines und nahm einen Schluck.

„Daran glaube ich aber nicht", befand sie gleichzeitig.

„Das habe ich befürchtet." Grant trank sein Glas mit einem gierigen Schluck leer und blickte Megan dann lange an.

Angespannte Stille entstand zwischen den beiden, die Megan mit einem etwas unschlüssigen Lächeln zu überbrücken versuchte.

„Erweisen Sie mir die Ehre, hier zu übernachten?"

Ihr blieb schier das Herz stehen.

Fieberhaft versuchte sie in Grants Augen abzulesen, wie sie diesen bedeutungsvollen Satz interpretieren sollte.

„Ob ich … ich …?"

„Es ist spät und noch ein Taxi zu rufen, würde dauern. Miss McDermitt schläft wahrscheinlich auch schon."

Megan schluckte und zeigte wieder gegen die Wand. „Mairead schläft im Gästezimmer", erklärte sie etwas zittrig. Plötzlich schwirrten tausende Möglichkeiten durch ihren Kopf und sorgten dafür, dass sich ihre Welt bedenklich drehte. „Aber ich könnte hier auf dem Sofa -"

„Sie könnten schlafen, wo auch immer Sie möchten."

Er machte eine lange Pause, bevor er mit etwas leiserer

Stimme sagte: „Wo auch immer Sie möchten, Miss Fairchild.“

Plötzlich musste sie für einen Moment die Augen schließen. Zu übermächtig war die Welle brodelnden Adrenalins, das jäh durch ihre Venen rollte und ihr eine hitzige Röte in die Wangen trieb.

„Ich … ich …“ Sie deutete ein Kopfschütteln an, als sie ihr Sprachvermögen jäh auf Nimmerwiedersehen verließ.

Die Couch bewegte sich, und obwohl ihre Augen noch immer geschlossen waren, spürte sie Grant plötzlich sehr nah. Ein Prickeln überlief ihren Nacken und ihr Brustkorb hob und senkte sich über einem bebenden Atemzug. Unweigerlich schoss das Bild seines nackten Körpers in ihren Kopf, der sich über ihr bewegte und ihr lustvolles Keuchen mit seinen Lippen erstickte.

„*Daddy!*“

Die beiden fuhren gleichermaßen zurück, sahen sich für einen langen Augenblick an, bevor Grant mit einem Räuspern aufstand und Mairead ansah, die im Türrahmen wartete. Sie trug ein Nachthemd und das Haar hatte sie zu einem Zopf geflochten. Das hatte Megan auf Wunsch vor dem Schlafengehen erledigt.

„Du solltest längst schlafen, Schatz.“

„Ich konnte nicht gut schlafen, weil du noch nicht zuhause warst.“

Vater und Tochter wechselten ein paar Worte, die an Megans Ohren vorbeitanzten, ohne sie zu erreichen. Es kostete sie reichlich Kraft, ihren rauschenden Puls unter Kontrolle zu bringen. Gleichzeitig wusste sie nicht, ob sie enttäuscht oder erleichtert sein sollte. Sie war wider jede Vernunft beides.

„Schläft Miss Fairchild auch hier?“

Erst als Mairead ihren Namen erwähnte, hob Megan den Blick und zwang sich, sich zu konzentrieren.

„Ja“, antwortete ihr Vater und warf Megan einen kurzen Blick zu, bevor er weitersprach. „Sie kann mein Bett haben. Ich schlafe auf der Couch.“ Dann fasste er Mairead um die Schulter. „Komm, ich bringe dich zurück ins Bett.“

VIII

Nachdem der vorige, aufregende Tag mit noch mehr Aufregung geendet hatte, war Megan unerwartet schnell und selig in Grants Bett eingeschlummert.

Als sie morgens aufwachte, stieg ihr der Duft von frisch aufgesetztem Tee in die Nase und das Murmeln zweier Menschen, die sich Mühe gaben, leise zu sein, drang an ihr Ohr.

Es war ein angenehmes Geräusch, das ihr ein herrlich wohliges Gefühl verlieh. So wohlig, dass sie gar nicht aufstehen wollte.

Doch der Blick auf die Uhr riet ihr dringend dazu. Denn wenn sie zum letzten Schultag vor den Weihnachtsferien nicht zu spät kommen wollte, dann musste sie sich beeilen.

Sie schwang die Beine aus dem Bett, streckte sich, band sich die Haare so gut es ohne Spiegel ging zusammen und öffnete die Schlafzimmertür.

Zum Teeduft gesellte sich der herrliche Geruch von frisch aufgebackenem Frühstücksbrot.

Außerdem lief Dean Martins *Let it snow* im Radio, bei dessen Refrain Grant mit einem vollen Bariton überraschte.

„Miss Fairchild ist aufgestanden“, rief Mairead unverhältnismäßig erfreut und strahlte Megan über das ganze Gesicht an.

„Ein Glück.“ Grant bog um die Ecke. Sein Haar war noch feucht und aus dem Gesicht zurückgekämmt. Über seinen hohen Wangenknochen strahlte er sie aus dunklen Augen verschmitzt an. „Eine Minute später und ich hätte

Ihnen einen Kübel Eiswasser überschütten müssen.“

Megans Mundwinkel zuckten amüsiert, während sie sich zum Frühstückstisch schleppte. „Das wäre dann das Ende Ihres bequemen Bettes gewesen.“

„Wo gehobelt wird … - Setzen Sie sich doch! Mairead hat die angenehme Angewohnheit Frühaufsteherin zu sein. Wir haben also ein opulentes Frühstücksmahl vorbereitet.“

Mit einem dankbaren Nicken setzte sich Megan. Grants Tochter goss ihr lächelnd Tee ein und Megan wurde das Gefühl nicht los, dass das Mädchen die Idylle des Morgens genauso sehr genoss, wie sie selbst.

„Dankeschön“, sagte sie und ließ ein Stück Würfelzucker in ihre Tasse gleiten.

Gleichzeitig kam Grant mit einem Korb frischer Brötchen an den Tisch.

„Bedienen Sie sich“, bat er und setzte sich.

Megan griff sich das hellste Brötchen und legte es auf ihren Teller.

„Backen Sie jetzt auch zuhause?“, fragte sie und griff nach dem Messer.

„Ich habe beschlossen, nur noch zuhause zu backen.“

Megan und Mairead blickten ihn beide überrascht an.

„Warum?“, fragte seine Tochter.

„Damit ich mehr Zeit mit dir verbringen kann.“

Ein haltloses Strahlen spannte sich über das Gesicht des Mädchens. „Echt?“

„Mhm.“

„Cool!“ Sie warf Megan einen freudigen Blick zu, die ihn ebenfalls strahlend erwiderte.

„Eine sehr gute Idee“, sagte sie an Grant gewandt, der verständig nickte.

„Ich habe oft gute Ideen“, erklärte er, „manchmal auch mit gedanklicher Unterstützung.“ Bei diesen Worten zwinkerte er sie an. „Ich werde die Bäckerei abgeben und nur noch das Postamt leiten. Das hat eigentlich nur vormittags auf, aber da ich ja ohnehin immer dort war, kamen die Leute den ganzen Tag. Das müssen sie eben ändern.“

„Finde ich klasse.“ Megan nickte und war beinah ein wenig stolz. „Sehr klasse sogar.“

„Ich find's auch cool!“, sagte Mairead und biss in ihr Brötchen.

Nach dem Frühstück verschwand Megan kurz ins Bad, um aus dem, was von ihren Kleidern übriggeblieben war, etwas Vorzeigbares für die Schule zu zaubern.

Leider war ihr Pulli von diversen Rettungsaktionen und unfreiwilligen Kellerabfahrten schmutzig.

„Ich kann Ihnen einen leihen“, erklärte Mairead.

Megan zog die Stirn kraus. „Du bist elf Jahre alt.“

„Aber Sie sind klein und schlank.“

Sie hob den Blick zu Grant, der ein Achselzucken von sich gab. „Sie ist nicht viel kleiner als Sie, Miss Fairchild.“

Das stimmte allerdings.

Also verschwand sie mit Mairead ins Gästezimmer und zog sich einen ihrer schwarzen Pullis über. Er war etwas schmal, und als sie ihn über den Kopf zog, knackten die Nähte. Nichtsdestoweniger passte sie hinein.

„Und?“, fragte sie Grant, als sie zurück in die Küche kam.

Er zog den Reißverschluss seiner Jacke zu und gab ein abwägendes Geräusch von sich.

„Sehr körperbetont.“

„Zu viel?“

„Nicht für den geneigten Betrachter. Wenn Sie meine chauvinistische Einschätzung hören wollen: Es sieht ziemlich scharf aus. – Achten Sie aber besser darauf, nicht zu tief einzuatmen."

Während Mairead kicherte, schüttelte Megan mit einem amüsierten Grinsen den Kopf.

Grant winkte mit dem Wagenschlüssel und die beiden beeilten sich. In weniger als zehn Minuten begann der Unterricht.

*

Der letzte Schultag ließ Megan die aufwühlende und teilweise lebensbedrohliche Gefühlsachterbahn des Vortages vergessen.

Die Kinder waren in euphorischer Weihnachtsstimmung. Sie waren alle noch so klein, dass der Heilige Abend etwas Mysteriöses und absolut Fantastisches für sie war. Geschenke, Weihnachtsmänner, geschmückte Bäume und duftende Abendessen warteten auf sie. Drei Tage im Kreis der Familie und einem zeitlichen Idyll der Nächstenliebe und Versöhnung.

Ein herrlicher Gedanke.

Als die Glocke das Ende des Unterrichts verkündete, sprangen alle von ihren Stühlen und Megans segensvolle Weihnachtswünsche gingen sämtlich im euphorischen Gekreische der Kinder unter.

Megan fing an aufzuräumen, während sich die Kinder ihre Straßenschuhe, Jacken und Mützen überzogen und nach und nach die Eltern kamen, um sie abzuholen.

Zu ihrer großen Überraschung wurde Megan mit leckeren Weihnachtsplätzchen und kleinen Geschenken bedacht, für die sie sich freudig bedankte.

„Schönen Tag in der Schule gehabt?“

Megan fuhr herum und blickte in Grants strahlendes Lächeln.

Zur Antwort hielt sie ihre glitzernden Tütchen und Päckchen hoch.

„Ich wurde reich beschenkt.“

„Soll ich Ihnen etwas abnehmen?“

„Das wäre klasse. Ich muss meine Jacke noch finden.“

Sie kam auf Grant zu und lud ihm ihre Geschenke auf den Arm.

„Wie ich sehe, hat Maireads Pullover den Vormittag über gehalten.“

Megan lächelte. „Ja, auch wenn ich befürchte, dass ich ihn ein wenig ausgeleiert habe.“

„Sie hat etwa 1000 Pullover. Das wird nicht auffallen. – Kommen Sie!“

Er hatte es ziemlich eilig, Megan aus dem als Schule dienenden Gemeindesaal zu führen.

„Wo wollen wir denn hin?“

„Wir essen eine Kleinigkeit. Ich habe Mairead zu meiner Mutter gebracht und wir haben reichlich Zeit uns den Ermittlungen zu widmen.“

Ihre Brauen schossen in die Stirn.

„Sie klingen, als gäbe es interessante, neue Entwicklungen.“

„Wie gut Sie mich doch schon kennen, meine liebe Miss Fairchild.“

Er öffnete ihr die Beifahrertür und stieg dann ebenfalls ein.

„Hören Sie, bevor wir losfahren. Wegen gestern …“

Sie hob beinah erschrocken die Hand. „Sie brauchen

nicht -“

„Ich weiß! Aber ich möchte nicht einfach so stehen lassen, was ich gesagt habe. Ich …“ Er deutete ein Kopfschütteln an. „Ich wollte Sie keinesfalls bedrängen.“

Megan erwiderte seinen Blick. „Das haben Sie nicht.“

„Sicher?“

„Ganz sicher.“

„Dann bin ich beruhigt. Ich wollte keinesfalls eine Situation ausnutzen, die sich nach diesem verrückten Tag ergeben zu haben schien. Und ich möchte nicht, dass Sie es so empfinden. Gleichwohl was Sie von mir denken, Miss Fairchild, das mit dem innig verbundenen Freund habe ich ernst gemeint. Sehr ernst. Und ich möchte nicht, dass Sie das in Zweifel ziehen, wegen … weswegen auch immer.“

Sie lächelte und griff nach seiner Hand, die etwas verspannt auf dem Schalthebel leg. „Ich weiß es sehr zu schätzen, dass Sie das sagen. Und ich versichere Ihnen, ich habe mich weder bedrängt gefühlt, noch ändert der gestrige Abend irgendetwas an der Freundschaft, die wir füreinander empfinden.“

Nun lächelte auch er. „Das freut mich. Aufrichtig.“ Er startete den Wagen und blickte dann noch einmal Megan an. „Nur aus Neugierde“, sagte er, versucht beiläufig zu klingen. „Was hätten Sie mir denn geantwortet, wenn Mairead nicht hereingekommen wäre? So unter uns Freunden?“

Megan verschränkte lächelnd die Arme vor der Brust. „Das werden wir jetzt wohl nie erfahren.“

„Vielleicht ja doch eines Tages.“

Sie deutete ein Kopfschütteln an. „Wollten wir nicht etwas essen?“

„Schon gut. Ich verstehe“, erklärte er und fuhr den Wagen aus der Parklücke.

*

„Also!“ Megan hielt es keine Sekunde länger aus und verschränkte die Arme auf dem kleinen Diner-Tisch, nachdem sie bestellt hatten. „Spannen Sie mich nicht länger auf die Folter!“

„Sie wollen wissen, was es Neues gibt?“

„Davon können Sie ausgehen!“

Grant nahm einen Schluck von seinem Wasser. „Das Interessanteste vorneweg. Die Frauenleiche, die wir in Miss McNeils Haus entdeckt haben, war nicht sie selbst.“

Megan starrte ihn verblüfft an. „Wirklich?“

„Wirklich. Die Leiche hatte ein Zahnimplantat, das noch verblüffend unversehrt war. Diese Implantate haben eine Registrierungsnummer, die auf dem Stift eingeprägt ist, der in den Kiefer geschraubt wird.“

Megan verzog angewidert das Gesicht, als sie sich den Vorgang vorstellte, nickte dann aber.

„Die Tote ist eine 22-Jährige namens Francis Morgan. Sie hatte am Trinity College ein Stipendium, das sie zwar antrat, aber nach einiger Zeit musste sie die Uni verlassen, weil sie wegen Drogenproblemen mehrmals auffällig geworden war. Danach versumpfte sie immer tiefer im Teufelskreis. Diebstahl, Gewalt, Drogen, wieder Diebstahl, noch mehr Gewalt und so weiter.“

„Oh weh.“

„Das Implantat wurde ihr eingesetzt, nachdem ihr ein Dealer das Gesicht regelrecht zerschlagen hatte. Offenbar hatte sie versucht Stoff zu verschneiden und selbst weiterzuverkaufen, um an ein wenig Geld zu kommen."

„Das kam sicher nicht gut an."

„Nein. – Es gibt jetzt mehrere Möglichkeiten, wie und warum die Dame erstens in Miss McNeils Haus kam und zweitens warum sie erschossen wurde. – Entweder sie wollte Drogen verkaufen oder sie wollte stehlen, oder -"

„Oder sie wurde unter einem Vorwand von Miss McNeil in ihr Haus gelockt, um dort kaltblütig ermordet zu werden und den Eindruck zu erwecken, dass sie selbst bei dem tragischen Gasunfall gestorben wäre."

Grant nickte langsam. „Ja, das wäre die dritte Möglichkeit."

„Und die wahrscheinlichste."

„Zumindest diejenige, die die wahre Miss McNeil zur Hauptverdächtigen machen würde, *wenn* da nicht noch eine Kleinigkeit wäre."

„Was für eine Kleinigkeit?"

Er breitete die Arme aus. „Ich."

„Wie bitte?"

„Haben Sie denn schon vergessen, dass ich K.O. geschlagen und ganz offenbar vom Treppenabsatz den weiten Weg durch den Flur, in die Küche und durch den Kamin in den eisigen Innenhof befördert wurde? Miss Fairchild, ich wiege über 80 Kilo."

„Die sich auf bestmögliche Weise verteilen."

Er nickte. „Versteht sich von allein. – Dennoch."

„Ja, ich weiß, was Sie meinen. Allein hätte sie das nicht hinbekommen. Aber wenn sie einen Komplizen hat …"

„Sie denken an den bisher unauffindbaren Mitarbeiter von Barrington?"

„Zum Beispiel."

„Möglich. Was aber nicht erklärt, warum er so überstürzt geflohen ist."

„Nein, das nicht."

Die beiden unterbrachen ihr Gespräch, als die Kellnerin das Essen brachte. Megan lief das Wasser im Munde zusammen, als sie auf ihre Spaghetti Arrabiata hinabblickte. Grant hatte sich derweil eine Pizza in Übergröße bestellt, die er gierig musterte.

„Was ist denn die zweite interessante Information?"

„Die Münze."

„Oh, die Goldmünze."

„Gold. Genau. Denn eigentlich, wohlgemerkt *eigentlich*, handelt es sich bei der Münze um eine indische *Anna*, eine Währung, die ab 1906 in Indien unter britischer Herrschaft geprägt wurde. Diese Münzen waren aber eigentlich aus Kupfer."

„Aber diese aus Gold?"

Er nickte. „Es gab offenbar eine kleine Serie goldener Münzen. Wertanlagen und Zahlungsmittel unter den vermögendsten Geschäftsleuten gleichermaßen. Ich muss Ihnen nicht sagen, wie sich der Wert in den letzten Jahren entwickelt hat."

Megan drehte ihre Gabel in die Spaghetti. „Steil nach oben, wie ich vermute."

„Ja, kometenhaft. Eine Handvoll dieser Münzen würde uns bequem bis ins Rentenalter tragen."

Megan nickte nachdenklich und kaute ihre Nudeln. Die Schärfe des Chilis fuhr ihr in die Nase und ließ sie blinzeln.

„Zu scharf?", fragte Grant.

„Perfekt." Sie schluckte und deutete mit der mit Soße verschmierten Gabel auf sein Gesicht. „So eine Münze würde man doch nicht zurücklassen, wenn man so eine

Schatzkammer entdeckt und ausräumt."

„Es sei denn, man hat es sehr eilig. – Wir wissen ja nicht, wann der Raum unter dem Kamin leergeräumt wurde. Vielleicht hat der Mörder – oder die Mörderin – ja das Gold entdeckt und wurde von unserem ersten Opfer überrascht. Als wir dann auf *Tantallon Hall* aufmerksam wurden, sollte der nächste Störenfried beseitigt werden."

„Sie meinen sich selbst."

Er nickte. „Sollte ich beseitigt werden, genau. Und da unserem Bösewicht die Sache nun zu heiß wurde, hat er oder sie in großer Eile alles zusammengerafft und mit sich genommen, bevor ein großes Polizeiaufgebot alles auf den Kopf stellte, wie wir es ja auch einen Tag später getan haben."

Megan nahm noch einen Bissen. „Oder aber", sagte sie kauend, „das ist alles totaler Quatsch und auf *Tantallon Hall* liegt noch das riesige Vermögen, das unser Mörder zu beschützen versucht. Wir haben es nur einfach noch nicht gefunden."

Grant faltete sich eine Pizzaecke in den Mund. „Mögliff", befand er dabei, kaute und schluckte schließlich. „Aber unwahrscheinlich."

„So oder so, wir müssen zum Haus. Ich muss mich selbst davon überzeugen, dass dort unten wirklich nichts weiter ist als der muffige Kellerraum, in den ich hineingepurzelt bin."

Entgegen Megans Erwartung widersprach Grant ihr nicht. „Da ich das vorausgesehen habe, liegen Taschenlampen im Wagen."

„Und Ihre Waffe?"

Er schob die Jacke beiseite und legte den Blick auf sein Pistolenhalfter frei.

Megan nickte beruhigt.

„Dann kann's ja losgehen."

*

„Obwohl hier schon Dutzende Polizisten alles umgegraben und der Schnee braun und plattgetreten ist, sieht es immer noch aus wie eine unheimliche, dunkle Festung."

Grant musterte Megan etwas zweiflerisch. „Sie denken an Wuthering Heights?"

Sie blickte überrascht zu ihm auf. „Ein bisschen, in der Tat. – Ich hätte nicht gedacht, dass Sie Brontë lesen."

„Ich habe den Film gesehen. – Kommen Sie!"

Er schob Megan die letzten Meter bis zum Hauseingang hinauf. Wie immer saugte sich ihr Blick halb fasziniert, halb ängstlich an der pechschwarzen Schieferfassade empor, die in der Sonne majestätisch glänzte. Unwillkürlich musste sie an einen Drachenpanzer denken, denn das Haus war genauso furchteinflößend und majestätisch. Und irgendwie hätte es sie gar nicht so sehr gewundert, wenn es Feuer gespien hätte.

Von den Eiszapften tropfte Wasser und aus den Schneeresten auf den Stufen waren kleine Pfützen geworden.

„Wo wollen Sie denn zuerst nachsehen?", fragte Grant und blieb auf der obersten Treppenstufe stehen. „Wir haben den kompletten Außenwandbereich freigelegt, um zu sehen, ob es von dort einen Zugang zu einem möglichen Keller gibt. Dabei haben wir allerdings nichts gefunden."

Megan nickte nachdenklich und ließ ihren Blick über das Außengelände schweifen. Unter den Schneemassen waren nur auffällige Konturen sichtbar. Etwas Unauffälliges war unmöglich zu entdecken.

„Am besten wir sehen einfach den Raum unter dem Kamin noch einmal an. Vielleicht entdecke ich ja etwas, das Sie übersehen haben."

„Das kann ich mir zwar nicht vorstellen, aber von mir aus."

Grant erklomm die letzte Treppenstufe und im selben Augenblick knackte etwas über ihnen. Dumpf und gleichzeitig laut.

Megan fuhr zusammen, und noch ehe sie recht begriff, welche Gefahr nun eigentlich drohte, warf sie sich gegen Grant und fiel mit ihm die Treppe hinunter.

Während sie glücklicherweise sanft in einem Schneehaufen landeten, ertönte über ihnen ein ohrenbetäubendes Klirren, als wären plötzlich zehn Fensterscheiben gleichzeitig zerborsten.

Megan, die auf Grant im Schnee lag und sich an ihn krallte, fuhr bei dem lauten Geräusch zusammen und vergrub instinktiv das Gesicht an seiner Brust.

Doch wider ihre Angst geschah nichts weiter. Es war absolut still, so dass sie sich von Grant löste und ihm prüfend in die Augen sah. Sein Gesicht war von Schneeflocken überzuckert.

„Sind Sie okay?", fragte sie atemlos.

Er nickte, zeigte dann auf ihre Hände, mit denen sie sich auf seiner Brust abstützte.

„Sie sind schwerer, als man beim Anblick Ihres zarten Körpers vermuten möchte", befand er.

„Sehr freundlich." Sie kletterte von ihm herunter und

klopfte sich den Schnee aus den Kleidern, während sie zum Hauseingang sah, wo einer der gigantischen Eiszapfen in unzählige Splitter zerborsten war.

Plötzlich stockte sie.

„Es war ein Unfall", sagte sie mehr zu sich selbst, als zu Grant, der neben ihr auf die Beine gekommen war.

„Ja, aber dank Ihrer flinken Reaktion ist ja nichts passiert."

Sie fuhr zu ihm herum. „Nein, ich meine nicht uns. Ich meine das erste Opfer." Sie erklomm die erste Treppenstufe und hob den Blick zu den gigantischen Eiszapfen, die gut drei Meter über ihrem Kopf begannen zu schmelzen.

„Das sind verdammte tickende Zeitbomben, die jederzeit hochgehen können. Und wenn man gerade drunter steht, so wie wir …"

„Das wäre doch ein sehr großer Zufall."

„Oder auch nicht. Der Eingangsbereich ist über diese beiden Streben mit dem Dachüberhang verbunden. Wenn der Boden durch Schritte erschüttert wird …" Sie hüpfte zweimal auf und ab und sprang zur Seite, als sich ein weiterer Eiszapfen löste und praktisch vor ihren Füßen zersplitterte.

Sie wurde am Arm gepackt und zurückgerissen. „Hören Sie auf damit!"

Megan sah zu Grant auf. „Ich muss auf und ab hüpfen, aber Sie sind schwerer. Da ist die Wahrscheinlichkeit größer. – Wie schwer ist das Opfer?"

Grant gab ein abschätzendes Geräusch von sich. „Der gute Mann hatte definitiv ein Figurproblem."

„Das ihn das Leben gekostet hat. Wenn auch auf eine ungewöhnliche Art und Weise. – Rufen Sie den Pathologen an!"

„Bitte?"

„Den Pathologen. Ich will mit ihm sprechen." Als Grant zögerte, schob sie ein „Bitte" nach.

„Sie wollen ihn sprechen?"

„In meiner Eigenschaft als polizeiliche Beraterin und – nicht zu vergessen – als Ihre Lebensretterin." Sie deutete auf die Reste des Eiszapfens. „Zweifache Lebensretterin."

Seufzend holte er das Handy aus der Tasche und wählte eine Kurzwahltaste.

„Doktor Logan, hier ist Grant. Störe ich? – Gut, ich oder vielmehr meine … Beraterin …" Er warf Megan einen kurzen Blick zu, die triumphierend grinste, „… hat eine Frage an Sie das erste Opfer betreffend. – Ich stelle Sie auf Lautsprecher."

Er hielt das Handy zwischen sie beide und machte eine auffordernde Kopfbewegung.

„Ähm, hi, Doktor Logan. Ich bin Megan Fairchild."

„Oh, eine Landsfrau. Es ist mir eine Freude in diesem barbarischen Land eine kultivierte Person zu treffen."

Als Megan über die schmeichelhaften Worte des englischen, der Stimme nach bereits älteren Pathologen kicherte, rollte Grant nur mit den Augen.

„Was kann ich für Sie tun?"

„Doktor, ich habe eine Frage zum ersten Opfer. Ich habe ja die Vermutung, dass er mit einem Eiszapfen ermordet wurde."

„Ach, diese Theorie stammt von Ihnen? Sehr scharfsinnig, meine Liebe, ich muss schon sagen. Und möglich überdies. Absolut möglich."

„Doktor Logan, in diesem Zusammenhang. Wäre es nicht möglich, dass es sich um einen Unfall gehandelt hat?"

„Aber die Hände wurden abgetrennt.“

„Aber doch erst im Nachhinein, also …“ Sie überlegte kurz. „Postmortem.“

„Ja, ja, allerdings.“ Der Doktor klang, als würde er grübeln. *„Der Gegenstand hätte ihn aber mit beachtlicher Geschwindigkeit treffen müssen.“*

Megan hob unwillkürlich den Blick. „Sagen wir der Eiszapfen, der mehrere Kilo schwer ist, hängt in einer Höhe von ungefähr drei bis dreieinhalb Meter und löst sich dann plötzlich durch Erschütterung, saust ungebremst und pfeilgerade auf jemanden herab. Könnte er dann nicht genau die Verletzungen verursachen, die entstanden sind?“

Wieder verfiel der Gerichtsmediziner in grüblerisches Murmeln. *„Nun …“*, erklärte er nach einiger Zeit. *„Wenn ich mir die Eintrittswunde und den Winkel ansehe, wäre es durchaus möglich. Und es würde auch noch zwei weitere Dinge erklären.“*

„Die da wären?“, fragte Megan fast ein wenig zu begeistert, wenn man den Gegenstand ihrer Überlegungen bedachte.

„Nun, zum einen gab es keinerlei Abwehrverletzungen am Opfer. Man möchte ja meinen, dass man sich zumindest versucht zu wehren, wenn man mit einem derartig gefährlichen Gegenstand angegriffen wird. Doch das Opfer hat nichts dergleichen. – Und zum Zweiten wäre dann noch der Winkel zu bedenken. Das Opfer war fast 1.90 Meter groß. Um einen Gegenstand von dieser Größe und mit diesem Gewicht an der Seite des Halses hinab in den Brustkorb zu stoßen, müsste der Mörder schon ein Riese gewesen sein oder aber deutlich erhaben auf einem Vorsprung, einem Felsen, einer Treppe gestanden haben.“

„Oder aber es gab gar keinen Mörder und das Opfer wurde von einem Eiszapfen getötet, der sich vom Dachüberhang gelöst hat“, erklärte Megan.

„Ja, meine Liebe. Ich gebe zu, das wäre eine Möglichkeit. Und wenn ich die gerade eben angesprochenen Punkte bedenke, womöglich nicht die unwahrscheinlichste."

„Sie haben mir sehr geholfen, Doktor. Vielen Dank."

„Ich danke Ihnen."

Megan legte auf und blickte zu Grant empor.

„Aber das macht doch überhaupt keinen Sinn!", erklärte er nachdrücklich.

„Wenn es ein Unfall gewesen wäre, hätte er nicht nur von irgendjemandem gefunden werden müssen. Er hätte überdies von jemandem gefunden werden müssen, der ihm die Hände abgetrennt und zwischen die Felsen gesteckt hat. Und warum all das?"

„Das weiß ich nicht. Noch nicht!" Sie hob den Zeigefinger. „Aber deswegen nennt es sich ja Ermittlung, was wir hier machen."

„Was wir hier *führen*."

„Wie auch immer." Sie umrundete mit einem prüfenden Blick nach oben die Eiskristalle, die sich zu ihren Füßen in Wasserpfützen auflösten, und ging zum Eingang.

Grant folgte ihr.

Die Innenräume von *Tantallon Hall* waren düster und beklemmend wie eh und je, doch Megan war zu fokussiert, um sich lange mit der niederdrückenden Umgebung aufzuhalten.

Zielstrebig eilte sie in die Küche und auf den Kamin zu. Unweigerlich befiel sich beim Anblick des dunklen Loches ein Zögern, das mit den Gefühlen einherging, die sie bei ihrer gestrigen unfreiwilligen Abfahrt empfunden hatte.

„Na, kommen Sie schon!" Grant schob sich an ihr vorbei, kletterte in den Kamin und lächelte sie auffordernd an. „Die Fahrkarten bitte! Die Fahrkarten!"

Megan kniff die Augen zusammen. „Wer auch immer sich über den englischen Humor beschwert, hat keine Ahnung vom schottischen."

„Das empfinde ich als persönliche Beleidigung."

„Hoffentlich!"

Sie fasste sich ein Herz und kletterte zu Grant in die Ausbuchtung des Kamins, ließ sich eine der kleinen Taschenlampen in die Hand drücken, die sie sogleich auf Funktionalität überprüfte.

„Kann's losgehen?", fragte Grant.

„Ungern."

„Na, dann los. – Treten Sie zurück, die Türen schließen!"

„Großer Gott!"

Mit einem Ruck und einem schabenden Geräusch, das Megan nur zu lebhaft im Gedächtnis geblieben war, setzte sich der Kamin in Bewegung und sauste ungebremst – so fühlte es sich zumindest an – nach unten.

Kurz bevor sie zum zweiten Mal in zwei Tagen kopfüber die Steinstufen hinabpurzeln konnte, packte Grant sie am Arm und bewahrte sie vor dem Sturz.

Gleichzeitig traf sein Lichtkegel auf den kleinen Raum.

„Fährt der Kamin wieder hoch, wenn wir beide aussteigen?" Der Satz klang ausgesprochen genauso dämlich, wie in ihren Gedanken.

„Nein, er kann arretiert werden."

Die Polizisten hatten in dieser muffigen Gruft genug Zeit verbracht, um das herauszufinden. Grant fixierte den Stein, den es zu bewegen galt mit einem kleinen Metallhaken, der sich darunter schieben ließ und krabbelte aus dem Kamin.

Megan folgte ihm zögerlich.

Auf den ersten Blick war es genau, wie Grant berichtet hatte. Anstelle des ausufernden, gruseligen Kellerlabyrinths, das sich in Megans Gedankenwelt manifestiert hatte, stand sie lediglich in einem kleinen Abstellraum.

Es gab keine Konturen, kein Licht, keine Hebel oder Halterungen. Nichts, an dem sie rütteln konnte, das sie verschieben oder betätigen konnte, um einen wie auch immer gearteten Geheimgang aufzuspüren.

Widerwillig tastete sie die feuchten, nach Schimmel riechenden Wände ab, stellte ihre erfolglosen Bemühungen mit einem angewiderten Gesichtsausdruck und dem dringenden Bedürfnis sich die Hände zu waschen bald wieder ein.

„Und?“, fragte Grant, der sie mit beinah sadistischer Freude beobachtet hatte.

„Es muss einen weiteren Raum geben“, beharrte sie. „Es kann nicht anders sein.“

„Ist es aber.“

Megan warf Grand einen finsteren Blick zu, woraufhin er abwehrend die Hände hob.

„Was denn? – Nicht alle Ihre Theorien können stimmen!“

„Sagt wer?“ Sie stemmte die Fäuste in die Hüften und drehte sich um die eigene Achse. „Wir müssen nochmal mit dem Verwalter sprechen.“

„Tatsächlich?“

„Tatsächlich. – Er sagt, seine Firma nimmt seit John Malloys gewaltsamem Ableben sämtliche Reparaturen und Instandhaltungsmaßnahmen am Gebäude vor. Es muss also eine Vielzahl von Unterlagen, vielleicht sogar Baupläne geben. Und wenn irgendwer sie hat, dann Barrington.“

„Denken Sie nicht, dass es mehr Sinn machen würde, uns mit den beiden verschwundenen Mitarbeitern zu beschäftigen?“

„Da Sie es erwähnen“, nickte sie. „Ich würde mir gerne die Akten durchlesen; *nachdem* ich mir die ganzen Unterlagen vom Haus angesehen habe.“

Grant verschränkte die Arme vor der Brust. „Ihnen ist aber klar, dass Sie meine Beraterin sind, und nicht ich Ihr persönlicher Hausdiener.“

„Glasklar. – Und jetzt lassen Sie uns diese muffige Dunkelkammer verlassen, bevor …“ Sie schüttelte den Kopf. „Keine Ahnung. Einfach raus hier!“

Nachdem sie den Keller, die Küche und schließlich das ganze verdammte Haus verlassen hatten, konnte Megan wieder befreit aufatmen.

Grant indes griff nach dem Telefon, wohlgemerkt, nachdem sie die Eiszapfen-Gefahrenzone verlassen hatten. Megan zog ihren Kragen hoch und stellte sich gegen den eisigen Wind, der plötzlich eingesetzt hatte und die Sonne innerhalb von Sekunden hinter einer dichten Wolkenbank verschwinden ließ.

„Barrington nimmt nicht ab.“

„Hm.“

„Ich versuche es im Wagen noch einmal. Kommen Sie!“

Doch auf im Wagen war Barrington nicht zu erreichen, so dass es Grant auf dem Revier versuchte. Er wies die Kollegen an eine Streife bei Barringtons Verwaltungsbüro vorbeizuschicken und sich zu versichern, dass alles in Ordnung war. Gleichzeitig erkundigte er sich nach dessen Privatadresse.

„Das ist auf halbem Weg nach Edinburgh“, sagte er mehr zu sich selbst. „Danke, Jim.“

Nachdem er aufgelegt hatte, warf er Megan einen fragenden Blick zu.

„Ich fahre auf gut Glück bei Barrington vorbei. Soll ich Sie vorher zuhause absetzen?“

Megan lachte. „Ich mag Ihren Sinn für Humor, Grant.“

Er schüttelte amüsiert den Kopf und startete den Wagen.

*

„Das nenne ich mal einen echt riesigen Kasten“, erklärte Megan und blickte an der cremefarbenen Front der Villa empor, die der Verwalter offenbar bewohnte.

Grant nickte. „Ich glaube, mein Haus ist kleiner als die Garage.“

„Ich würde sogar sagen, es passt zweimal hinein.“

Megan zögerte nicht länger und ging voran zum Eingangsportal. Den Titel hatte es sich durch Säulen im griechischen Stil und einen imposanten Marmoraufgang redlich verdient.

Sie betätigte die Türklingel und blickte zu Grant auf, der neben sie trat.

„Ob uns wohl ein Butler die Tür öffnet?“, witzelte sie und blickte auf die milchgläserne Scheibe, die in die schwere Eichentür eingelassen war.

„Ob uns überhaupt jemand öffnet“, entgegnete Grant einige Sekunden später, als das Haus still und dunkel blieb.

Er klingelte noch einmal. Und dann ein zweites Mal. Bevor er lautstark gegen die Tür pochte.

„Mr. Barrington? – Mr. Barrington, sind Sie hier?“

Aus dem Haus kam keine Reaktion.

„Können Sie die Tür nicht aufbrechen?“

„Ich habe keinen Durchsuchungsbefehl.“

„Und?“

„Und?“ Er schüttelte den Kopf und nahm Megans Oberarm. „Wir versuchen es an der Hintertür.“

Beim Umrunden des Hauses begriff sie erst, wie groß es wirklich war. Und es bestätigte ihren Verdacht.

„Wenn Sie noch eine Sekunde länger glauben, dass dieser Kerl Malloys Treuhandfond nicht als sein persönliches Sparschwein nutzt, dann sind Sie nicht bei Verstand.“

„Ich bin sehr wohl bei Verstand und sehe es genauso. Allerdings sind wir nicht hier, um eine Veruntreuung aufzuklären, sondern vielmehr einen Mord. Oder derer zwei.“

Die mit dunklen Steinen gepflasterte Terrasse führte zu einer schmalen, gläsernen Hintertür. Megan beschattete die Augen mit beiden Händen und blickte hindurch.

„Wow!“

„Was ist?“, fragte Grant.

„Der Fernseher ist größer als der Hyde Park.“

Er gab ein ungeduldiges Geräusch von sich und schob sie beiseite.

„Es scheint niemand hier zu sein“, erklärte er.

„Könnten wir nicht mal kurz reinschauen?“

„Miss Fairchild, ich breche hier sicher nicht ein.“

Sie ließ ihren Blick über die Terrasse schweifen, die penibel von Schnee befreit war.

„Kann es nicht ganz leicht passieren, dass so ein Gartenstuhl durch die Scheibe fliegt, wenn er vor so fiesen Schneestürmen nicht weggeräumt wird.“

Grant zog die Stirn kraus. „Miss Fairchild, ich warne Sie!“

„Wovor?“

„Ich müsste Sie festnehmen.“

Sie verschränkte die Arme vor der Brust. „Und wenn Sie es gar nicht mitbekommen? – Ich meine, könnten, ja *müssten* Sie nicht sogar ins Haus sehen, wenn Sie feststellen, dass vorher von einem Unbekannten eingebrochen wurde? Sozusagen, um Mr. Barringtons Wertgegenstände auf Vollständigkeit zu überprüfen.“

Grant beugte sich etwas zu ihr herab. „Miss Fairchild!“, wiederholte er.

Doch sie griff bereits nach dem filigranen Metallstühlchen, das vor dem Tisch stand.

„Ja, bitte?“

„Zwingen Sie mich nicht, Sie festzunehmen.“

„Sie machen am besten die Augen zu. Ich schlage vor bei Drei! – Eins!“

„Das können Sie nicht machen!“

„Zwei!“

„Wie soll ich das den Kollegen erklären?“

„Drei!“

Mit voller Wucht warf sie den Stuhl durch die Terrassentür, die klirrend zersprang und sich in tausend Scherben auf einen kunstvollen Perserteppich verteilte.

Megan drehte sich zu Grant um. „Hatten Sie die Augen zu?“

Er gab ein unzufriedenes Geräusch von sich. „Die Sonne hat mich geblendet, während die Scheibe zersprang.“

„Sehr gut. – Kommen Sie!“

Als sie durch den vom Glas befreiten Türrahmen steigen wollte, hielt er sie am Arm fest.

„Ich gehe voran! Und das ist nicht verhandelbar!"

„Sehr wohl, Inspektor", erklärte sie nicht ohne spöttischen Unterton, was ihr einen düsteren Blick einbrachte.

Gleichzeitig zog Grant seine Waffe.

„Mr. Barrington, sind Sie hier?"

„Er ist nicht hier", flüsterte Megan, was ihr ein wütendes „Pssst!" einbrachte.

Je weiter sie in das Haus eindrangen, desto umfassender wurde das Maß an exklusivster Ausstattung, das Barrington sich gegönnt hatte. Nichtsdestoweniger fehlte von ihm selbst jede Spur.

Die beiden durchsuchten das Untergeschoss und schlichen sich dann nach oben.

Megan hatte herzlich wenig Lust dort einen ähnlich grausigen Fund wie im Haus von Miss McNeil zu machen, weswegen sie sich tatsächlich hinter Grant hielt. Doch nachdem sie auch oben alle Räume durchsucht und dabei das gigantischste Badezimmer gesehen hatten, das es auf diesem Planeten geben konnte, atmete sie auf.

„Er ist wirklich nicht da."

„Hm." Grant hatte die Brauen zusammengezogen und ging wieder nach unten. Als er sich im üppigen Wohnraum umsah, fragte er: „Fällt Ihnen etwas auf?"

„Sie meinen außer dem Marmor und dem goldenen Klimbim?"

Er nickte. „Es gibt keinen Schreibtisch."

Sie stockte. Da hatte er tatsächlich Recht.

„Vielleicht nimmt er keine Arbeit mit nach Hause."

„Soll das ein Witz sein? Sehen Sie sich die Bude an? Die

paar Telefonate, die er für seine Handvoll Kunden zu erledigen hat, kann er auch sehr gut von hier aus machen."

Er fing an im Raum herumzugehen, betrachtete sich Möbelstücke und Wände.

„Was um alles in der Welt treiben Sie da?", wollte Megan wissen.

„Ich ermittle. Deswegen sind wir ja hier."

„Bei den Möbeln?"

„Unter anderem."

„Ich kann Ihnen so schon sagen: Es ist nicht das billige Zeug."

Ohne auf ihre ungeduldige Nörgelei zu reagieren, was ohnehin schon eine Frechheit war, verließ er überdies den Raum.

„Wo wollen Sie denn hin?"

Er stand vor einer mit gelbem Samt bezogenen Esstischgruppe im Chippendale-Stil und gab ein nachdenkliches „hm" von sich.

„Was heißt *hm*?"

„Der Raum ist ein wenig kurz, finden Sie nicht?"

„Also ich wäre mit diesem Raum absolut zufrieden."

Anstatt ihr zu antworten, steckte der Inspektor die Waffe weg und fing an, gegen eine der Wände zu klopfen.

„Hören Sie das?", fragte er dann.

Megan musste nicken. Tatsächlich klang das Geräusch etwas eigenartig. Ganz sicher nicht, als klopfte man gegen Mauerwerk.

„Vielleicht eine Leichtbauwand", mutmaßte sie.

„Ja, sehr leicht." Er betastete das hohe Regal, das mit unzähligen Gläsern bestückt war. „Ich wette …"

Megan trat langsam näher. „Sie wetten was?"

Doch Grant brauchte nichts weiter zu sagen.

Offenbar hatte er vielmehr gefunden, wonach er gesucht hatte, und das Regal schwang mit einem Mal zurück, als wäre die Wand dahinter verschwunden; was sie genaugenommen ja auch war.

„Eine Geheimtür?“, brachte Megan staunend hervor. „Abgefahren!“

„Oh, allerdings.“

Megan versuchte über Grants Schulter zu lugen. Doch er versperrte den schmalen, niedrigen Eingang wirkungsvoll.

„Was ist denn da?“, fragte sie.

„Neugierig aufs Wunderland, Alice?“

„Ich mag vielleicht klein und blond sein“, erklärte sie grimmig, „aber glauben Sie ja nicht, dass ich Sie nicht gehörig in die E -“

Bevor sie ihren Satz beenden konnte, trat er zur Seite. Megan stockte. Sie kannte ähnlich eingerichtete Räume von Serienkillern oder Terrororganisationen. Auf jeden Fall von solchen Menschen, die von etwas besessen waren.

„Ich schätze, hier dürften die gewünschten Baupläne dabei sein“, befand Grant nüchtern und ließ den Blick über die drei Schreibtische schweifen, die genauso mit Unterlagen, Berechnungen und Fotos gepflastert waren, wie die Wände darüber.

„Sieht ganz so aus, als hätte uns der gute Mr. Barrington ein wenig angeflunkert“, sagte Megan und beugte sich über eine Grundrisszeichnung, die mit Strichen, Zahlen und Bemerkungen beinah bis zur Unkenntlichkeit übermalt worden war.

„Fassen Sie nicht zu viel an, wenn es geht“, sagte Grant und betrachtete die Wände, die mit Fotos tapeziert waren.

„Natürlich.“

„Sehen Sie hier!“ Er zeigte auf eine der Fotografien. Es

war der Kellerraum, der unter dem Kamin lag.

„Dort war er also auch."

Der Inspektor nickte. „Sollte es wirklich einen Raum in, unter oder um *Tantallon Hall* herum geben, von dem wir noch nichts wissen, müssten wir hier fündig werden."

„Oder auch nicht. Barrington war ja offensichtlich nach wie vor noch auf der Suche."

„Naja, er ist weder im Büro, noch ist er hier. Also … hat er vielleicht schon gefunden, was er gesucht hat."

Megan betrachtete die Tische und schüttelte den Kopf. „Glaube ich nicht."

„Warum nicht?"

„So ein Gefühl." Seufzend ließ sie ihren Blick durch den Raum schweifen. „Es wird eine verdammte Ewigkeit dauern, dies alles durchzu -"

„Ssscht!"

Sie reckte das Kinn. „Warum ssschschen Sie mich an?"

„Ich habe etwas gehört."

„Sie? – Sie sind doch taub wie ein Maulwurf."

„Das heißt *blind* wie ein Maulwurf."

Sie legte den Kopf schräg. „Worauf wollen Sie hinaus?"

Mit einem ungeduldigen Geräusch zog er die Waffe und ging zurück zur Geheimtür.

Megan folgte ihm zögerlich.

„Sie meinen, Sie haben wirklich etwas gehört?"

„Welchen verdammten Teil von *Ssscht* haben Sie nicht verstanden?", zischte er und beugte sich vor ins Esszimmer, das still und leer genauso vor ihnen lag wie vor zwei Minuten.

Megan verharrte sekundenlang regungslos.

Dann wollte sie gerade den Mund öffnen, um Grant eine spöttische Antwort zu verpassen, als er jäh mit einem unverständlichen Fluch nach vorne schoss und zur zerbrochenen Terrassentür lief.

So schnell sie konnte, stolperte Megan hinter ihm her und konnte nicht fassen, wie blitzartig Grant aus dem Haus gelaufen und um eine Ecke gebogen war.

Als sie atemlos die Auffahrt erreichte, sah sie erst, dass er jemandem auf den Fersen war, der sich für die Worte „Stehenbleiben! Polizei“ nur sehr marginal interessierte.

So schnell sie konnte, folgte sie den beiden. Den Mann, der floh, konnte sie im vollen Lauf kaum erkennen. Er wirkte jedoch unsportlich und sein Vorsprung auf Grant schwand bedenklich.

Mit brennenden Lungen und schmerzenden Oberschenkeln versuchte Megan Schritt zu halten und stolperte beinah über ihre eigenen Füße, als Grant plötzlich absprang, mit einem katzengleichen Satz im Rücken des Gejagten landete und ihn mit sich zu Boden riss.

Als sie atemlos dazukam, presste Grant gerade reichlich unsanft sein Knie in den Rücken, des am Boden Liegenden, der schmerzhaft aufschrie und die Welt mit einigen nicht jugendfreien Flüchen bedachte.

„Wow“, befand Megan nach Luft schnappend, während der Inspektor die beiden Arme seiner Beute auf den Rücken drehte. Als er zu ihr emporsah, gestikulierte sie bedeutungsvoll.

„Das sah ganz schön … professionell aus.“

Er lächelte, selbst ein wenig außer Atem. „Macht Sie das an?“

„Ein bisschen.“

„Verfickte Scheiße, wer ist die Schlampe?“, kam es vom Boden.

Grant verlagerte sein Gewicht und die Beschimpfungen unter ihm glitten ansatzlos in einen Schrei über.

„Was wollten Sie in Mr. Barringtons Haus? Wo ist er?“

„Ich sag euch gar nichts, verfickte Scheißbullen!“

Noch eine Gewichtsverlagerung.

Noch ein Schmerzensschrei.

„Er spricht so undeutlich“, erklärte Grant mit einem gespielt bedauernden Gesichtsausdruck.

„Ja, ganz undeutlich.“

„Verdammt nochmal, runter von mir!“

Der Inspektor machte keinerlei Anstalten und reichte Megan sein Telefon.

„Die Kollegen erreichen Sie auf Kurzwahltaste 1, Miss Fairchild.“

„Sehr wohl.“

*

„Miss Fairchild …“

„Mr. Grant“, echote Megan, während er den Wagen vor dem Polizeirevier parkte.

„Ihnen ist klar, dass Sie bei der Befragung nicht dabei sein dürfen.“

„Ich dachte, ich bin polizeiliche Beraterin?“

„In erster Linie sind Sie diejenige, in deren Vorgarten die erste Leiche gefunden wurde. Ich kann Sie nicht mit hineinnehmen und so tun, als könnten Sie den Kerl mitverhören.“

„Ihnen werden wichtige Details entgehen, wenn Sie es nicht tun.“

„Ihr übersteigertes Selbstbewusstsein in Ehren, Miss Fairchild, aber …“ Er schüttelte den Kopf und zeigte dann an ihr vorbei durch die Beifahrerscheibe. „Dort hinten ist ein ganz entzückendes Café. Was halten Sie davon, wenn ich Sie abhole, wenn das Verhör gelaufen ist?"

Sie kniff die Lippen zusammen. „Was halten Sie davon, wenn Sie sich ins -"

Er presste ihr seine Hand auf die Lippen und schüttelte den Kopf. „Wenn Sie diesen Satz zu Ende führen, bringe ich Ihnen nicht das Verhörvideo mit."

Megan stockte.

„Sie bringen mir ein Video mit?", nuschelte sie gegen seine Handfläche.

„*Wenn* Sie aufhören, mir Verletzungen im Genitalbereich anzudrohen."

Ein Video, überlegte sie.

Sie würde sich jedes Wort, jeden Wimpernschlag, jedes Zögern dieses Kerls genauestens ansehen können.

Langsam nickte sie und Grant nahm seine Hand weg.

„Ein Café, sagen Sie?"

Er nickte und sie fiel in sein Nicken mit ein.

„Was denken Sie, wie lange es dauert?"

„Weniger als eine Stunde."

*

Grant war schockierend pünktlich. Nach dem dritten Kaffee und ziemlich exakt 56 Minuten kam er durch die gläserne Eingangstür des angemessen mit Weihnachtsschmuck überladenen Gästeraums und steuerte auf ihren Tisch zu.

„Miss Fairchild", grüßte er mit einem verschmitzten Lächeln. Schneeflocken hingen in seinem dunkel gewellten Haar, das er sich aus dem Gesicht gestrichen hatte.

„Sie sehen gut aus, Grant."

Etwas verdutzt setzte er sich ihr gegenüber. „Wie komme ich zu diesem unerwarteten Kompliment?"

„Impulsive Ehrlichkeit unter Freunden. – Wie ist es gelaufen?"

„Glatt."

Sie blinzelte ungeduldig. „Geht es noch etwas aufschlussreicher?"

Er zog einen USB-Stick aus der Tasche und legte ihn auf den Tisch. „Sehen Sie es sich am besten selbst an."

„Es dauert noch eine Stunde, bis wir zuhause sind. - Und da Sie genau wissen, für welche Sorte Details ich mich interessiere, unterhalten Sie mich doch ein bisschen, bis meine Tasse leer ist."

„Nun, wie es aussieht, ist der gute Mann der vierte Verwaltungsmitarbeiter."

„Der, der seine Wohnung während des Essens so fluchtartig verlassen hat?"

„Genau der. Er meinte, er hätte einen Anruf bekommen von seinem Kollegen. Er hätte ihn warnen wollen, schnell zu verschwinden. – Der Menge Blut in der Wohnung des anderen nach zu urteilen ist ihm selbst das nicht gelungen."

„Warum verschwinden?"

„Laut seiner Aussage wollte Barrington ihn umbringen. Oder umbringen lassen."

„Was?" Megan schüttelte den Kopf. „Der fette Verwalter?"

„Kann ich Ihnen etwas bringen?"

Megan hatte gar nicht bemerkt, dass die Kellnerin an den Tisch gekommen war. Ihr Lächeln jedoch, das Grant scham- und ansatzlos viel mehr in Aussicht stellte, als ein warmes Getränk, fiel ihr jedoch direkt auf.

„Wir gehen“, erklärte sie fast etwas zu impulsiv, bevor er auch nur die Chance hatte zu antworten. Gleichzeitig zog sie einen zerknüllten Geldschein aus ihrer Hosentasche und gab ihn der nun etwas enttäuscht wirkenden Bedienung.

Mit einem wenig freundlichen „Stimmt so.“ erhob sie sich und wartete, bis Grant es ihr gleich tat.

Dass er dabei amüsiert lächelte, empfand sie als äußerst störend.

„Es bestand kein Grund zur Sorge“, stellte er fest, als sie auf die Straße traten. Der eisige Dezemberwind fuhr ihr ins Haar und ließ sie frösteln, während sie aufsah.

„Sorge weswegen?“

„Dass mich die Kellnerin im Café bespringt.“

Sie lachte kurz. „Dem Gesichtsausdruck nach war das durchaus nicht unmöglich …“

„Hätte Sie das denn gestört?“

„Allerdings.“

Er lächelte. „Tatsächlich?“

„Natürlich. Den armen Gästen hätte das sicherlich den Appetit verdorben.“

Unweigerlich musste Grant lachen. „Nur deswegen?“

Sie waren am Wagen angekommen, so dass Megan stehenblieb und zu ihm empor sah.

„Lassen Sie uns fahren, Grant“, erklärte sie und stieg ein.

*

Grants Cottage lag dunkel in der Dämmerung und wirkte vor dem Hintergrund der mit Schnee bedeckten Felsen des Hochlandes außergewöhnlich malerisch.

„Wo ist denn Mairead?“, fragte sie, denn im Haus war offenbar niemand.

„Bei meiner Mutter.“ Er sah auf seine Armbanduhr. „Etwa noch eine Stunde. Wir können uns also noch gut das Verhör ansehen.“

„Perfekt.“

Megan streifte sich drinnen die Jacke ab und eilte schnurstracks zu Grants Computer.

„Sie kennen sich hier schon erstaunlich gut aus.“

Sie hob den Blick, während sie ungefragt den Rechner hochfuhr. „Ist das schlimm?“

„Ich empfinde es als außerordentlich angenehm.“

Er zog sich einen Stuhl heran, setzte sich neben sie und steckte den Stick ein.

Zwei Sekunden später blickte Megan das erste Mal in das Gesicht desjenigen, den Grant gestellt hatte.

Der Mann war schätzungsweise etwas über 40, das hellbraune Haar war vor allem an den Schläfen von grauen Fäden durchzogen und begann an der Stirn bereits dünn zu werden. Er wirkte groß und war definitiv kein Leichtgewicht, ohne zu fett zu wirken. Megan konnte sich vorstellen, dass der Kerl vor 20 Jahren und nach einer Dusche gar nicht so übel ausgesehen hatte.

Dann kam Grant ins Bild gelaufen. Er wirkte ruhig und beherrscht, blickte in eine Akte, während er den anderen Mann sekunden- ja vielleicht minutenlang keines Blickes würdigte. In dieser Stimmung war er durchaus respekteinflößend.

„Mr. Simmons“, hob er an und setzte sich dem Mann gegenüber. „Das ist doch Ihr richtiger Name, nicht wahr? Larry Simmons, geboren in Sussex, 1972.“

Das Nicken seines Gegenübers war kaum zu sehen.

„Sie haben schon einige Dinger gedreht, wenn ich mir Ihre Akte so ansehe. Diebstahl, bewaffneter Raubüberfall, Kreditkartenbetrug, Körperverletzung und schwere Körperverletzung in mehr als einem Dutzend Fällen.“ Er schlug die Akte zu und verschränkte die Arme auf dem Tisch, blickte seinem Gegenüber direkt in die hellen Augen. „Waren Sie deswegen bei Mr. Barrington auf dem Grundstück? Wollten Sie einbrechen?“

Simmons gab ein abfälliges Geräusch von sich, das ein wenig an ein Lachen erinnerte.

„Bei diesem Scheißkerl einzubrechen habe ich nicht nötig.“

„Natürlich nicht“, entgegnete Grant. „Sie haben ja Ihre eigene Villa, nicht wahr?“

Sein Gegenüber schlug so hart mit der Faust auf den Tisch, dass Megan vor dem Rechner zusammenzuckte. Grant auf dem Band jedoch verzog keine Miene.

„Dieser Scheißkerl will mir das Licht auspusten! Uns allen vieren!“

„Könnten Sie das etwas präzisieren?“

Es war Simmons unschwer anzusehen, wie wütend und aufgebracht er war. Aber da regte sich noch etwas anderes in seinem angespannten Gesicht.

„Er hat ziemliche Angst, oder?“, fragte Megan an Grant gewandt. Dieser nickte.

„Todesangst. – Hören Sie zu, was er erzählt.“

„Mit meiner Vorgeschichte ist es nicht leicht, einen Job zu finden. Zumindest nicht einen, für den ich nicht gleich wieder einsitzen muss, wenn man mich erwischt. Kapieren Sie?“

Grant nickte.

„Also hab ich mich auf die Anzeige von diesem Immobilienfutzi gemeldet. Renovierungsarbeiten auf Abruf. Barzahlung. Keine dummen Fragen. – Genau das Richtige für mich.“ Er rieb die Hände ineinander. „Und anfangs lief auch alles gut. Ich hab

vielleicht keinen Beruf gelernt, aber die Dachrinne an diesem hässlichen Kasten zu flicken, das hab ich auch noch hinbekommen."

Als er schwieg, lehnte sich Grant in seinem Stuhl zurück und sagte: „Das klingt nach einem Aber."

Simmons lachte freudlos. „Oh, ja. Und was für eines! – Barrington schickte uns immer öfter zum Haus."

„Uns?"

„Mich und die anderen drei, die sich darum kümmerten. Ohne, dass es etwas zu reparieren gab. Vielmehr bekamen wir Anweisung Räume zu durchsuchen, Löcher im Garten zu graben und Rohre und Leitungen an und abzuschrauben."

„Warum hat er das wohl getan?"

„Weil er besessen war." Simmons lehnte sich über den Tisch und fixierte Grant. „Er war total durchgeknallt. Er suchte etwas. Suchte das Vermächtnis von John Malloy."

„Sein Vermächtnis?"

„Sein Vermögen. Ich weiß nicht, was er sich darunter vorstellte. Geld, Gold, Juwelen. Keine Ahnung. Er war total bekloppt. Sie waren in dem Geheimzimmer in seinem Haus. Sie haben es gesehen."

Grant antwortete nicht und hob ein Blatt in seiner Akte, um darunter etwas zu lesen.

„Wo ist denn Ihr Kollege, der Sie gewarnt hat?"

Simmons sah ernst auf, wirkte dabei nicht, als würde er lügen.

„Wenn Sie ihn nicht gefunden haben, ist er wahrscheinlich tot."

„Was bringt Sie zu der Annahme?"

„Wie ich schon sagte: Barrington will uns allen das Licht ausblasen. Und nachdem er Elise mitsamt ihrer Bruchbude in die Luft gejagt, so zumindest verstehe ich die Nachrichtenbeiträge, und Jason zu Tode gefoltert hat, ist Carter offenbar spurlos verschwunden. Und wenn ich mir das so überlege und mir klarmache, in welcher Situation ich mich selbst befinde, dann war es vielleicht mein

verdammt nochmal größtes Glück, dass Sie mich aufgehalten haben.“

„Aufgehalten? Was hatten Sie denn vor?“

Simmons Gesicht verzerrte sich vor Wut. „Ich wollte ihm zuvorkommen, dem elenden Bastard.“

„Sie wollten ihn töten?“

„Nein!“ Simmons wedelte mit dem Zeigefinger vor Grants Gesicht herum. „Nein, nein! Das lasse ich mir auch nicht anhängen. Von mir aus schließen Sie mich an einen Lügendetektor an, wenn Sie wollen. Aber wegen sowas lasse ich mich nicht in den Bau schicken!“

Grant hob beschwichtigend die Arme. „Wie wollten Sie ihm denn dann zuvorkommen?“

„Ich wollte mit ihm reden.“

Sogar von hinten war Grant anzumerken, dass er das nicht glaubte. „Mr. Simmons, Sie können für keine Tat angeklagt werden, die Sie nicht begangen haben. Auch wenn es nur daran liegt, dass Sie nicht dazu gekommen sind.“

Sein Gegenüber gab ein unzufriedenes Geräusch von sich und strich sich mit beiden Händen durchs Haar.

„Ich wollte ihm aufs Maul hauen, wenn Sie es genau wissen wollen. – Für Mord bin ich nicht! Ich bin Christ, müssen Sie wissen!“

„Was Sie nicht sagen!“

„Mir egal, was Sie mit Ihrem überheblichen Bullengrips denken. Aber einen umbringen, das mach ich nicht. Aber eine ordentliche Abreibung, das hat noch keinem geschadet. Vor allem nicht, wenn er mir ans Leder will. – Ich wollte Barrington klar machen, dass er besser die Finger von mir lässt. Ist mir doch scheißegal, was er in dem alten Kasten findet. Ich will davon nichts haben. Nur meine Ruhe will ich! Und zwar für immer.“

Grant machte sich eine Notiz und nickte beiläufig. „Aber dazu kam es nicht.“

„Was für ne blöde Frage. Sie waren doch dabei!“

Wieder ein Nicken. Grant schrieb noch immer, als Simmons eine ungläubige Kopfbewegung machte und ohne gefragt worden zu sein, sagte: „Ich hätte nicht gedacht, dass der Alte ernst macht. Ich dachte, es ist nur eine fixe Idee mit dem Haus und wenn er schon jemanden dafür bezahlen musste, dass ihm da einer den Boden umgräbt, dann gerne mich. Aber dann …"

Nun sah Grant ihn unverwandt an.

„Er hatte was übrig für Elise. Ich meine, klar: Sie war scharf. Und halb so alt wie er. Aber jedes Mal, wenn ich die beiden sah, hat er sie ordentlich behandelt und angehimmelt hat er sie." Er lachte freudlos. „Angehimmelt wie ein pubertierender Vierzehnjähriger, der die Finger nicht von seinem Schwanz lassen kann. – Als ich gehört habe, dass er sie umgebracht hat, da war mir klar, er macht vor nichts und niemandem halt."

Grant musterte ihn schweigend. „Und Sie waren der Einzige, der noch fehlt."

„Ich bin es noch. Wenn Sie mich laufenlassen, kann es gut sein, dass er mich doch noch kriegt. – Er hat nämlich Geld. Damit kann man viel bewerkstelligen."

„Seien Sie unbesorgt. Sie bleiben noch mindestens 48 Stunden in Untersuchungshaft."

Simmons atmete geräuschvoll aus. „Na, Gott sei Dank."

„Eine Frage noch, Mr. Simmons. – Wenn Barrington plötzlich weg wäre, was würden Sie annehmen, wo er ist?"

„Glauben Sie mir, dieser fette Idiot geht nirgendwohin, solange er nicht das gefunden hat, was er sucht. Er sucht es seit Jahren, Jahrzehnten, und es gibt nichts, vor dem er zurückschreckt. Wenn er weg ist …, dann hat er gefunden, wonach er all die Zeit gesucht hat."

Grant nickte, schlug die Akte zu und erhob sich. Leise klopfte er gegen eine verspiegelte Scheibe.

„Constable, Sie können Mr. Simmons -"

Grant drehte das Video ab und lehnte sich im Stuhl zurück.

„Und, was halten Sie von unserem Mr. Simmons?“

„Seit meiner letzten Einschätzung bin ich vorsichtig“, erklärte Megan nachdenklich und sog ihre Unterlippe zwischen die Zähne.

„Warum?“

„Weil ich mir sicher war, dass Barrington unschuldig ist. Ich bin aber gleichzeitig davon überzeugt, dass dieser Mann die Wahrheit spricht, was ja beides nicht miteinander zu vereinbaren ist.“

Er nickte. „Einer lügt.“

„Ja.“ Megan blickte auf das Standbild auf dem PC. „Aber welcher?“

„Das ist die Frage. – Barringtons kleines Zimmer haben die Kollegen ausgeräumt. Ein vierköpfiges Team katalogisiert die Unterlagen, wertet sie aus und schickt sie mir dann als Scan rüber. Das müsste ich morgen haben.“

Megan nickte. „Darauf bin ich sehr gespannt. Vielleicht gibt es doch noch eine Geheimtür hinter dem Keller. Wenn es so leicht wäre, sie zu finden, hätte Barrington ja nicht Jahrzehnte danach gesucht.“

„Sie wissen aber schon, dass morgen der Tag vor Heiligabend ist?“

Megan stockte. Daran hatte sie ja überhaupt nicht mehr gedacht. „Oh.“

„Ist Ihnen denn nicht aufgefallen, dass die Leute ihre Häuser mit Lichterketten behängen und alberne, aber trotzdem dekorative Weihnachtsmänner in ihre Vorgärten stellen?“

„Sehr witzig. – Ich hab eben nur nicht mehr dran gedacht. Ich habe keinen Bezug zu Weihnachten.“

„Als Kind immer die falschen Geschenke gekriegt?“, witzelte er, wurde aber sofort ernst, als er ihren Gesichtsausdruck bemerkte.

„Tut mir leid.“ Er griff nach ihrer Hand. „Ich glaube, ich habe gerade etwas ziemlich Unpassendes gesagt.“

Megan winkte ab. Ihr Lächeln war anstrengend und das Herz schwer. Sie war in ihrem Leben um einiges betrogen worden; schöne Kindheitserinnerungen gehörten definitiv dazu.

„Machen Sie sich keinen Kopf. Ich bin ja jetzt erwachsen.“

„Unser Weihnachtsfest wird Ihnen gefallen. Meine Mutter kocht, alles ist laut und durcheinander. Kinder laufen schreiend durchs Haus und meine Schwester und ihr Mann schmettern die alten Bing-Crosby-Songs in allen möglichen und unmöglichen Tonlagen.“

Als Megan nicht antwortete, schob er mit einem prüfenden Blick sein Gesicht vor ihres.

„Sie haben es meiner Tochter versprochen, Miss Fairchild.“

Sie gab ein unzufriedenes Geräusch von sich. „Es ist ja nicht so, dass ich nicht will. Aber ich … ich fühle mich -“

Sie kam nicht dazu, ihren Satz zu Ende zu führen. Denn jäh flog die Haustür auf und Maireads und noch eine weitere Stimme waren zu hören.

„Meine Mutter“, sagte Grant leise und stand auf.

Unwillkürlich überfiel Megan Nervosität. Sie rief sich in Erinnerung, dass sie nicht mit Grant zusammen war und dass das hier kein Treffen mit der potentiellen Schwiegermutter in spe war.

Doch ihr Puls ließ sich von dieser lahmen Ausrede nicht beeindrucken.

„Finn! – Wo steckst du?“

Grants Mutter hatte eine volle, warme Stimme, die zweifellos dazu in der Lage war ein Haus voller Kinder unter Kontrolle zu halten.

„Kommen Sie“, sagte er leise. „Sie beißt nicht, auch wenn sie so klingt!“

Grant gab Megan einen Schubs, der sie aus dem Gästezimmer, wo der PC stand, hinaus in den Gang und direkt in das Blickfeld seiner Mutter beförderte.

Beide Frauen erstarrten gleichermaßen. Gottseidank trat Grant hinter Megan und Mairead kam zu ihnen.

„Das ist Miss Fairchild, Oma. Von der ich dir erzählt habe.“

Megan lächelte etwas angespannt und streckte die Hand von sich.

„Freut mich, Sie kennenzulernen, Mrs. Grant.“

Grants Mutter überragte Megan um einen halben Kopf. Ihr dunkles, von einigen grauen Fäden durchzogenes Haar, fiel dick und schwer über ihre Schultern. Sie hatte dunkle Augen und volle Lippen. Die Ähnlichkeit mit ihrem Sohn war erst zu sehen, als sie lächelte.

„Miss Fairchild“, sagte sie und schüttelte Megans Hand. „Mairead hat mir erzählt, dass Sie Finley vor Kendras Mutter verteidigt haben.“

Megan zog die Stirn kraus. „Ich hatte dir doch die Ohren zugehalten“, sagte sie an das Mädchen gewandt, die verschmitzt lächelte.

„Nicht fest genug“, stellte sie dabei fest.

Unweigerlich fiel Megan die Salve an Schimpfwörtern ein, die sie der dürren Zicke vor den Bug geknallt hatte.

„Du weißt natürlich, dass du viele der Wörter, die ich benutzt habe, nicht sagen darfst.“

„Klar."

Grants Mutter lachte.

Es war ein herzliches, volltöniges Geräusch, das gleichermaßen ansteckte und entspannte.

Dass sie dabei noch Megans Schulter klopfte, verdutzte Letztere doch sehr.

„Sie gefallen mir, Mädchen. Und ich freue mich sehr, dass Sie den Heiligabend mit uns feiern."

„Oh … ich …, wissen Sie …"

„Sie brauchen nichts mitzubringen, außer guter Laune und einer klaren Singstimme."

„Ich kann überhaupt nicht singen", gab Megan zu.

„Dann passen Sie stimmlich gut zu Finleys Schwester. – Finn, wir haben Plätzchen gebacken." Sie stellte eine Dose auf den Küchentresen.

„Vielen Dank."

„Die mit Schokoglasur habe ich ganz alleine gemacht", befand Mairead stolz, zog den Deckel der Dose ab und reichte Megan einen der Kekse.

Das Letzte, wonach ihr nach diesem langen, ereignisreichen Tag der Sinn stand, war ein Schokokeks. Doch das freudige Gesicht des Mädchens stimmte sie um.

„Der ifft gut", erklärte sie mit vollem Mund und klang dabei überraschter, als geplant.

„Danke."

Mrs. Grant winkte ab.

„Ich lass euch jetzt in Ruhe. – Finn, morgen holt Fiona Mairead ab. So gegen acht Uhr."

Er nickte dankbar. „Ich versuche spätestens gegen drei Uhr nachmittags fertig zu sein."

„Tust du das nicht immer?" Seine Mutter lächelte gütig und küsste ihren Sohn auf die Stirn. Dann noch Mairead.

Megan, die das familiäre Zusammenleben mit Staunen und Neid gleichermaßen betrachtete, verabschiedete sie mit einem ehrlich freundlichen Lächeln.

„Hat mich sehr gefreut, Miss Fairchild."

„Mich auch."

„Und vergessen Sie nicht. Übermorgen um 5 Uhr nachmittags geht es los. Finley wird Sie ja sicher mitnehmen, nicht wahr, Finn?"

„Aber sicher doch."

„Gut, gut! Schlaft gut, Kinder!"

Mit diesen Worten verschwand Grants Mutter aus dem Haus und ließ die Drei zurück.

„Also", sagte Grant und klatschte dabei in die Hände. „Wer hat Hunger?"

„Mir ist ein bisschen schlecht von den ganzen Keksen", räumte Mairead ein, woraufhin ihr Vater die Stirn krauszog.

„Zu schlecht für Pizza?"

Seine Tochter lächelte. „Ich glaube nicht."

IX

Als Megan an diesem Abend in Grants Bett lag, das er ihr freundlicherweise wieder überlassen hatte, um auf dem Sofa zu übernachten, erinnerte sie sich an den Abend mit ihm und Mairead.

Sie kannte Familienidylle nicht. Es war etwas, das man in seinem Leben schmerzlich vermisste, auch wenn man es nur aus zweiter Hand erlebt hatte. Und auch wenn sie das Erleben solch harmonischen Zusammenseins meist mit Traurigkeit erfüllte, so war es heute doch anders gewesen. Denn auf eine seltsame, vielleicht sogar auf eine Weise, die ihr nicht zustand, hatte sie sich als ein Teil davon gefühlt.

Ein Umstand, der ihr ein wohliges Gefühl gab und sie gleichzeitig zuversichtlich für das bevorstehende Weihnachtsfest machte.

Als sie die Augen schloss, dachte sie zum ersten Mal seit Tagen nicht an die Aufklärung der Morde. Sie fühlte sich einfach wohl … und schlief ein.

*

Als Megan am nächsten Morgen aus dem Bett kroch, sich in Grants kleines Badezimmer schleppte, um sich ein wenig frisch zu machen und anschließend in die Küche kam, war Mairead offenbar schon weg.

Wie schon am vorigen Morgen war der Kaffeeduft ein herrlicher Wachmacher.

„Guten Morgen, Grant.“

Er sah von seinem Kaffeebecher und seinem Handy auf und lächelte so einnehmend, dass ihr Herz widerrechtlich schneller schlug.

„Haben Sie gut geschlafen?“

Sie ging zur Kaffeemaschine. „Wie ein Murmeltier. – Darf ich?“

„Bedienen Sie sich.“

Megan goss sich Kaffee ein, löffelte Zucker und goss großzügig Milch dazu. Dann setzte sie sich zu Grant.

„Was gibt es denn so Interessantes?“ Gottlob war sie nicht neugierig.

Er blickte vom Miniaturdisplay seines Telefons auf. „Die Kollegen haben die Unterlagen von *Tantallon Hall*, oder viel mehr all das, was Barrington darüber zusammengetragen hat, eingescannt und geschickt. Die Auswertung läuft noch.“

„Haben Sie denn irgendetwas herausgefunden?“

„Noch nicht. Jedenfalls nichts, was wir nicht schon wüssten. Der Kellerraum wird aufgeführt und es scheint, als wäre er von den Maßen und dem Aufbau der Wände regelrecht besessen gewesen.“

„Vielleicht hat er vermutet, dass es einen Geheimraum gibt, der seinem eigenen ähnlich ist.“

„Vielleicht zu Anfang. Mittlerweile, so sehen es jedenfalls die Kollegen, sieht es so aus, als hätte er vermutet, dass der Schatz – wenn Sie ihn so nennen wollen – irgendwie in das Haus selbst eingearbeitet ist.“

Megan zog die Stirn kraus. „Inwiefern eingearbeitet?“

„Mit in die Wände verputzt, unter die Böden verlegt, in stillgelegte Leitungen gefüllt … - etwas in der Art.“

„Das würde eine Menge nicht funktionierender Dinge zur Folge haben. Denn vieles wäre ja dann Attrappe. Das müsste auffallen.“

„Vermutlich hat er deswegen so viel von seinen Mitarbeitern *reparieren* lassen. Er hat laut der Aufstellung fast 200.000 Pfund ausgegeben in diesem Jahr."

Megan zog nachdenklich die Lippe zwischen die Zähne.

„Wenn John Malloy das wüsste", erklärte sie mit gespieltem Tadel.

Grant lachte. „Ich zeig Ihnen die Sachen gleich auf dem großen Bildschirm. Lassen Sie uns erst etwas essen."

Er stand auf und brachte einen Korb Brötchen an den Tisch. Orangenmarmelade und Butter folgten.

„Mairead mag Sie sehr gerne", stellte Grant fest, indem er sich wieder setzte.

„Das beruht auf Gegenseitigkeit." Megan nahm sich ein Brötchen und halbierte es.

„Ich wollte mich noch für meine Bemerkung gestern Abend entschuldigen. Wegen der Weihnachtsgeschenke."

Sie machte eine abtuende Kopfbewegung. „Schon in Ordnung. Es ist ja nicht schlimm. Meine Kindheit war nicht fröhlich und bunt. Sie musste ganz ohne familiären Zusammenhalt und idyllische Weihnachtsfeste auskommen." Als sie den Blick hob, musterte er sie nachdenklich. „Ich bin nicht naiv genug, um zu glauben, dass ich das hinter mir gelassen habe. Es fehlt mir und ich fühle mich darum betrogen. Von wem auch immer."

„Das tut mir leid."

Sie nickte. „Wie gesagt: kein Problem."

„Unser Weihnachtsfest wird Ihnen bestimmt gefallen. Meine Familie ist groß und chaotisch."

Unweigerlich musste sie lächeln. „Das klingt vielversprechend."

Megan biss in ihr Brötchen und ließ den Blick auf die Tischplatte sinken.

Es klang tatsächlich vielversprechend.

*

Grant schaffte es nach einigen Fehlversuchen den Rechner an seinen Fernseher anzuschließen, so dass die eingescannten Dokumente in Übergröße zu sehen waren.

„Der hat vielleicht eine Sauklaue“, beschwerte sich Megan, als sie versuchte die unzähligen und kreuz und quer verfassten Notizen zu entziffern, mit denen Barrington den Grundriss des Westflügels verunstaltet hatte.

„Wollen Sie wissen, wie viele Zimmer das Haus hat?“

Megan nickte.

„92.“

„Wow.“

„Den Kellerraum nicht mitgerechnet.“

„Erinnern Sie mich bloß nicht an den.“ Sie nahm Grant die Maus ab und fing an langsam durch die Seiten zu scrollen. Es waren über zweihundert.

„Gut“, sagte sie dabei. „Dann wollen wir mal.“

Die Unterlagen durchzusehen war müßig und nach einiger Zeit schrecklich langweilig. Jedenfalls langweilig genug, dass es schwerfiel, sich auf irgendwelche Details zu konzentrieren. Barrington hatte alles, aber auch wirklich jedes Detail des Hauses, des Grundstücks, des verbauten Materials und der Schnitte der Räume aufgeführt und bis zum Erbrechen analysiert.

„Warten Sie!“

Grants Ausruf kam so überraschend, dass Megan regelrecht zusammenzuckte.

„Was ist denn?“

Er stand auf und ging zum Fernseher. „Zoomen Sie hier mal näher ran!“

Megan tat, wie geheißen und runzelte die Stirn.

„Das ist der Kamin“, stellte sie überflüssigerweise fest.

„Ja, aber es ist nicht *der* Kamin.“

„Falls Sie mit *der* Kamin meinen, dass das der mit der ungemütlichen Abfahrtsmöglichkeit ist, dann muss ich Sie leider korrigieren.“

„Und dabei heißt es immer, Frauen hätten so ein gutes Auge für Details. – Sehen Sie diese Aufhängung?“

„Für den Topf?“

„Genau die. – In dem Kamin, der nach unten in den Keller führt, ist sie in der Ecke angebracht. Nicht seitlich. – Moment!“ Er nahm ihr die Maus ab und scrollte zurück. „Da! – Sehen Sie?“

„Sie haben Recht.“ Megan stand auf und ging näher an den Fernseher. „Aber welcher Kamin ist das dann?“

Grant fing wieder an, nach oben und dann nach unten zu scrollen. Megan überflog mit ihm zusammen alle Seiten, die relevant sein konnten, doch sie fanden nicht heraus, wohin das gute Stück gehörte.

„Hm“, erklärte Sie nachdenklich.

„Dieses *hm* kenne ich.“ Grant sah zu ihr auf. „Es verkündet Probleme und Unheil.“

„Keineswegs. Es bedeutet nur, dass wir hoch zum Haus fahren müssen, um diesen Kamin zu finden. Und zur Not müssen wir alle 92 Zimmer durchsuchen.“

Er nickte. „Gibt es denn bei dem Kamin Anmerkungen, warum genau Barrington sein Augenmerk auf ihn gerichtet hat?“

Beide nahmen das Bild unter die Lupe.

Obwohl der Verwalter praktisch alle Seiten per Kugelschreiber verunstaltet hatte, war ausgerechnet diese Seite unbefleckt.

Grant richtete sich auf und nahm seine Jacke, die auf der Sessellehne lag.

„Ich lasse mal den Wagen an, damit die Scheiben auftauen."

*

„Okay." Megan hielt die wenigen Seiten in der Hand, die sie für relevant befunden und ausgedruckt hatte, und blickte an der finsteren Fassade von *Tantallon Hall* empor.

„Müsste man nicht die Kamine anhand der Schornsteine lokalisieren können?"

„Mal davon abgesehen, dass in diesem verwinkelten Kasten nicht die ganze Dachfläche zu sehen ist, ist die Frage, ob ein möglicherweise funktionsloser Kaminschacht einen Schornstein hat."

Megan nickte bedauernd. „Okay, dann mal los."

Sie betraten das finstere Gemäuer. Unweigerlich fiel der erste Blick durch die beiden Türen auf den Innenhof und die noch immer mit Flatterband abgeklebte Fensteröffnung.

Neben sich zog Grant seine Waffe.

„Sicherheitshalber", antwortete er auf Megans Blick.

„Sehr gut."

Obwohl es unwahrscheinlich war, den Kamin in den Räumen zu finden, die sie bereits durchsucht hatten, fingen sie im großen Salon und in den an den Innenhof grenzenden kleinen Schlafräumen an. Dann gingen sie in die Küche, um das Bild nochmals mit dem Fahrstuhlkamin abzugleichen und festzustellen, dass es tatsächlich nicht der auf dem Bild war.

Also traten sie den Gang durch das komplette Haus an. Und je weiter sie kamen, desto mehr verschwand das mulmige Gefühl in Megans Brust und wich ehrlichem Erstaunen, was die Pracht und Detailverliebtheit in *Tantallon Hall* anging. Natürlich war noch immer alles düster und man durfte gar nicht daran denken, welcher Gräuel in diesen Räumen stattgefunden hatte, aber das Haus selbst war ein Kunstwerk; wenn auch eines von der ganz düsteren Art.

„Man wundert sich, dass hier niemand einbricht und die ganzen Wandteppiche und Schnitzereien und was hier sonst noch so herumsteht, stiehlt. Die Dinge sind ja schließlich von nicht unerheblichem Wert, vermute ich."

Als sie zu Grant aufblickte, lächelte er. „Unterschätzen Sie niemals den Aberglauben, der tief in uns Schotten verwurzelt ist. – Oder würden Sie es riskieren wollen, John Malloys Rachelust auf sich zu ziehen?"

„Um das nicht zu wollen, muss man nicht schottisch sein", erklärte sie und griff nach dem Handlauf der Treppe. Da sie im Erdgeschoss alle Räume durchsucht hatten, gingen sie jetzt in den ersten Stock.

„Eigentlich ist es ein wirklich schönes Haus", befand Grant, der gerade Megan in ein Badezimmer folgte, das für die damalige Zeit ein absoluter Luxustempel gewesen sein musste. Der Boden war marmorgefliest, die Emaillewanne stand auf goldenen Löwenklauen und die Spiegel waren mit üppigen Mustern umrahmt.

Unweigerlich musste Megan einen der Wasserhähne berühren, die in Form eines brüllenden Löwenkopfes gearbeitet waren.

„Ja, in der Tat.“

Grant ging zur Wanne. „Ich bin nicht der Typ für duftende Schaumbäder, aber diese Wanne hat einen ganz besonderen Charme.“

Megan trat neben ihn.

„Soll ich Ihnen Wasser einlassen?“, fragte sie, woraufhin er sich mit einem Lächeln zu ihr beugte.

„Nur wenn Sie mitmachen, meine liebe Miss Fairchild.“

Bevor sie zu einer Antwort ansetzen konnte, gab es einen Knall.

Sie fuhr zusammen und Grant herum. Er hielt die Waffe auf die offenstehende Tür gerichtet und schob Megan hinter sich, legte dabei den Zeigefinger auf die Lippen.

Beides war gar nicht nötig. Megan versteckte sich gern hinter ihm. Und in diesem Haus mit einem lauten Geräusch ungeklärten Ursprungs hielt sie auch gern die Klappe.

Glücklicherweise waren ihre Schritte auf den Fliesen absolut lautlos, während sich Grant zur Tür schlich und Megan ihm folgte. Er schob sie neben den Türrahmen und linste selbst nach links auf den Flur, dann machte er einen Satz hinaus und drehte sich nach rechts.

Erst als er ausatmete, setzte auch Megans Atmung wieder ein.

Er nahm sie am Arm und zog sie aus dem Zimmer. Vermutlich sollte das bedeuten, dass sie weiterhin still sein musste.

Das Geräusch war ganz klar vom Ende des Flurs gekommen und anstatt die Flucht anzutreten, wie es Megans vernünftige, innere Stimme vorschlug, taten sie genau das Gegenteil.

Sie schlichen sich weiter vorwärts zu dem Ort, wo Grant den Ursprung des Geräuschs vermutete.

Da es nur eine Tür gab und die überdies geschlossen war, hielt Grant seine Waffe schussbereit. Als sie nur noch wenige Meter entfernt waren, schob er Megan gegen die Wand und bedeutete ihr sich dagegenzustellen, möglichst flach zu machen, wie sie vermutete.

Beim nächsten Schritt, den er tat, war unschwer zu bemerken, dass jeder Muskel in seinem Körper gespannt war. Er atmete nicht, blinzelte nicht. Sein Blick war auf die Tür gerichtet, die er mit einem kräftigen Tritt aus dem Schloss springen und gegen die Wand donnern ließ.

Megan fuhr unweigerlich zusammen, doch als kein Schuss zu hören war, setzte zumindest ihre Atmung wieder ein. Grant verschwand für endlose Sekunden in dem Zimmer. Als er wieder im Türrahmen auftauchte, winkte er Megan zu sich, die ihm schnell folgte.

In unmittelbarer Gegenwart des Inspektors und nicht zuletzt seiner geladenen Schusswaffe fühlte sie sich doch am sichersten.

„Der Raum ist leer“, erklärte er knapp und gab ein ratloses Schulterzucken von sich. Megan sah sich in dem kleinen Salon um. Ein Zimmer mit eindeutig weiblicher Einrichtung, einem Paravent und einer geblümten Stofftapete, die auch nach all den Jahren nicht vergilbt war und in verschiedenen Rosétönen schimmerte.

„Vielleicht hat der Fensterladen geklappert“, mutmaßte Megan. Einer der Läden war offenbar zugefallen und trommelte auch jetzt noch gegen den Fensterrahmen. Sie ging zum Fenster und öffnete es, schob den Laden hinaus und blickte hinab.

Sie waren offenbar auf der Rückseite des Hauses, wo sich eine schier endlose Rasenfläche erstreckte und die verdorrten Überreste einer ehemals sicher wunderschönen Parklandschaft. Es musste traumhaft gewesen sein. Oder vielmehr hätte es das sein können, wenn nicht Mord und Totschlag geherrscht hätten.

Ein erstauntes Geräusch von Grant hinter ihr brachte sie wieder zurück ins Hier und Jetzt.

„Was ist?“

Grant war hinter den Paravent verschwunden und stand vor etwas, das ein Kamin war.

„Haben Sie das Bild?“

„Klar.“ Megan wühlte sich durch ihre Umhängetasche und gab es Grant.

„Sieht aus“, stellte er wenige Sekunden später fest, „als wären wir fündig geworden.“

Megan ging vor dem Kamin in die Hocke und blickte prüfend hinein. „Sehe ich auch so.“

„Machen Sie bitte die Tür zu, Miss Fairchild.“

„Warum?“

„Falls das Klappern doch nicht der Fensterladen war, möchte ich nicht, dass plötzlich jemand hinter mir steht.“

Megan nickte. „Gutes Argument.“

Flink verschloss sie die Tür und schob der Sicherheit halber noch einen Stuhl davor. So würde man wenigstens hören, wenn jemand hereinkommen wollte.

Grant indes war schon in den Kamin geklettert. Als er Megans zweiflerischen Gesichtsausdruck bemerkte, machte er eine auffordernde Geste.

„Springen Sie rein!“

Sie zögerte. „Wie kommen Sie denn erstens darauf, dass dieser Kamin auch irgendwohin fährt, und zweitens, dass es uns diesmal nicht wirklich umbringt."

„Ich vermute, dass er in eine Art Kammer fährt, irgendwo zwischen den Wänden des Erdgeschosses."

„Vermutungen, mein lieber Grant, können auch Mal tödlich enden."

„Sie können ja hier warten. Und falls nötig, retten Sie mich."

„Sie meinen, so wie vorgestern?"

Er nickte ironisch. „Hätte es beinah vergessen. – Nun denn …"

Während Megan abwartend die Arme vor der Brust verschränkte, fing der Inspektor an, an allen möglichen Haken und Ösen herumzuwackeln, zu ziehen und sie zu drehen.

Doch im Gegensatz zum Küchenkamin tat sich hier nichts.

„Vielleicht funktioniert der Mechanismus – so es denn einen gibt – auch über Gewichtsverlagerung. – Wackeln Sie doch mal ein bisschen!"

Er warf ihr einen zweiflerischen Blick zu, fing dann jedoch an gekrümmt auf den Steinen herumzuwippen und zu drücken. Das Ganze dauerte so lange, bis es Megan zu dämlich wurde.

„Lassen Sie mich mal!" Sie gestikulierte vielsagend, bis Grant aus dem Kamin gekrochen war. Dann kletterte sie selbst in die muffige Steinausbuchtung.

„Manchmal frage ich mich wirklich, was zum Teufel wir hier eigentlich machen", beschwerte sie sich, während sich ihre Finger schwarz verfärbten, weil sie an jedem der staubigen Teile herumhantierte, das im Kamin angebracht war.

„Versuchen Sie es mal an den Bodensteinen“, empfahl Grant, der seinerseits ebenfalls wieder in die Hocke gegangen war, um die Seiten des Kamins zu untersuchen.

Megan schüttelte den Kopf. „Da sitzt alles bombenfest.“

Da plötzlich kam ihr eine Idee. Sie hob den Kopf und befühlte den Abzug.

„Was tun Sie denn da?“

Sie streckte den Arm noch etwas höher und befühlte die raue Oberfläche der Wände. Kleine Rußwolken lösten sich, rieselten auf sie herab und versauten ihre Kleidung dauerhaft.

„Vielleicht ist der Mechanismus diesmal oben angebracht.“

„Kann ich mir kaum vorstellen.“

Grant hatte den Satz kaum zu Ende gesagt, da gab es einen Knall. Megan wurde am Arm gepackt und aus dem Kamin gerissen, noch ehe sie begriff, was passierte.

Dann war es wieder still.

„Alles okay?“, fragte Grant.

Megan blinzelte. Der Ruß war ihr in die Augen gerieselt, doch sonst war alles bestens. Sie nickte.

„Was war das denn?“

„Ein Mechanismus.“

Megan hob den Blick. „Aber der Kamin ist doch noch da.“

Vorsichtig beugte sich Grant vor. Als er den Kopf nach oben drehte, kamen ihm ein paar unverständliche Worte über die Lippen.

„War das ein gälischer Fluch?“, erkundigte sie sich.

„Eher ehrliche Worte des Erstaunens. – Sehen Sie sich das an!“

X

Megan ging einmal mehr an diesem Tag in die Knie, um in einem gräulichen Kamin zu starren. Doch diesmal war der Anblick ein wahrhaft unerwarteter. Diesmal …

„Heilige Scheiße!“, erklärte sie inbrünstig und starrte nach oben.

Ganz offenbar war der Kamin eine Attrappe. Doch diesmal war es nicht, wie in der Küche. Es ging nicht hinab in finstere Kellerräume, vielmehr ging es nach oben. Ein Schacht, beklemmend schmal und mit Haken ausgestattet, die offenbar dem Zweck dienten, daran nach oben zu klettern, führte weit hinauf. Offenbar direkt bis zum Dach, denn Schnee rieselte herab und sammelte sich als kleines Häufchen auf dem Steinboden.

„Das sind mindestens zehn Meter“, befand Grant und gab ein abwägendes Geräusch von sich. „Haben Sie Höhenangst?“

Megan schluckte trocken und blickte den finsteren Schacht hinauf, an dessen Ende das Sonnenlicht als heller Punkt zu erkennen war.

„Vor fünf Minuten hätte ich gesagt: nein. Aber jetzt bin ich mir plötzlich nicht mehr so sicher.“

„Sollen wir warten und die Kollegen holen?“

„Sie glauben ja wohl nicht ernsthaft, dass ich hier stehenbleibe und abwarte, wenn da oben vielleicht die Lösung unserer Fragen wartet.“

„Vielleicht wartet dort auch gar nichts.“

„Das werden wir ja gleich wissen. – Soll ich voraus?“

„Davon träumen Sie!“

Grant bückte sich unter der Kaminmauer hindurch und richtete sich in dem schmalen Schacht auf.

Er atmete noch einmal tief durch, dann machte er sich an den Aufstieg.

Als er hoch genug war, folgte ihm Megan in die beklemmende Enge.

„Sind die Haken auch richtig fest in der Wand?" Ein Sturz aus dieser Höhe war sicher nicht zu empfehlen.

„Wenn sie mich halten, halten sie auch Sie, meine liebe Miss Fairchild."

Gutes Argument, dachte sich Megan und griff nach dem ersten Metallhaken.

Sie ermahnte sich stetig, auf gar keinen Fall hinabzublicken, bevor sie nicht oben angekommen waren.

„Was murmeln Sie denn da?", fragte Grant. „Das ist ja wohl hoffentlich kein Gebet!"

„Eher ein … Mantra", brachte Megan schwer atmend hervor. Das Emporklettern an den rostigen Haken ging ganz schön in Arme und Beine.

Im oberen Drittel des Schachtes bekam sie allmählich Angst, dass ihre schmerzenden Finger womöglich nachgeben könnten. Was dann passierte, wagte sie sich kaum auszumalen.

„Ach, du Scheiße!"

Grant sah über die Schulter. „Was ist denn?"

„Ich hab runtergesehen!"

„Und jetzt?"

„Ist mir ein bisschen schwindelig!"

„Verdammt nochmal, beeilen Sie sich, bevor Sie mir hier noch abschmieren!"

„Sie haben so eine … schonende Art", erklärte Megan keuchend und blinzelte gegen den dumpfen Himmel an, der immer deutlicher erkennbar wurde.

Grant über ihr verschwand plötzlich. Ein untrügliches Zeichen, dass er wohl oben angekommen war. Er beugte sich in den Schacht und streckte ihr die Hand hin, die Megan jedoch vorerst ignorierte und sich so weit an den Haken hinaufzog, wie nur irgend möglich war.

„Geben Sie mir schon Ihre Hand!“, verlangte er.

„Können Sie mich auch sicher halten?“

„Ich kann Sie zu einem dreifachen Salto in die Luft werfen, wenn es sein muss, also geben Sie schon her!“

„Gerade jetzt lege ich überhaupt keinen Wert darauf in die Luft geworfen zu werden!“

„Miss Fairchild!“

Seufzend und mit zitternden Fingern löste sie eine ihrer Hände, die Grant schnell packte. Sie wollte noch Anweisungen geben, wie er sie am besten in die Höhe ziehen konnte, da hatte er sie schon mit einem beachtlichen Ruck zu sich nach oben befördert.

Megan landete weich. Und nach Sekunden war ihr auch klar warum. Sie hob den Kopf und strich sich das Haar aus der Stirn, blickte dabei auf Grants etwas schmerzverzerrtes Gesicht hinab.

„Oh“, erklärte sie. „Entschuldigung.“

Er nickte etwas gepresst. „Sie knien auf meinem …“

„Oh, das tut mir leid.“ Sie verlagerte ihr Gewicht, was für sichtliche Entspannung in seinen Zügen sorgte. Dann stand sie vorsichtig auf und streckte ihm die Hand hin, die er zum Aufstehen ignorierte.

Ihre Hände waren vom Rost der Haken kupferrot und würden es wohl vorerst auch bleiben.

Erst als ihr der eisige Wind ins Gesicht fuhr, blickte sie auf.

„Verdammt nochmal“, erklärte sie atemlos. „Sind wir auf dem …“

„Dach?“ Grant nickte. „Würde ich sagen.“

Die begehbare, ebene Fläche war nicht groß und schlängelte sich zwischen den mit Schieferplatten gedeckten Dachschrägen, die so hoch waren, dass sie wie Wände wirkten. Man konnte nicht sehen, was sich hinter der nächsten Ecke verbarg.

„Sie glauben doch nicht etwa, dass sich der vermeintliche Schatz auf dem Dach befindet“, erklärte sie zweiflerisch.

„Nein. Aber ich hätte auch nicht gedacht, dass dieser Kamin einen zehn Meter hohen Schacht aufs Dach verbirgt, von daher …“

„Ja, ich verstehe, was Sie meinen.“

Grant zog seine Waffe und nickte ernst. Es hatte wieder angefangen zu schneien und dicke Flocken tanzten um sie herum, hier oben, wo der Wind noch viel stärker war. „Wo wir schon Mal hier sind, schlage ich vor, wir sehen uns um!“

„Guter Plan.“

Grant zeigte nach links und ging voran. Der Wind brauste und pfiff so laut in Megans Ohren, dass sie ihr eigenes Wort kaum verstehen konnte.

Niemand der halbwegs bei Verstand war, kam auf die Idee, sein Vermögen hier oben zu bunkern, wenn sein Haus 92 verdammte Zimmer hatte. Andererseits war John Malloy ganz offensichtlich nie bei Verstand gewesen. Von daher …

Dass Grant gestoppt hatte, merkte sie erst, als sie gegen ihn lief. Über die Schulter warf er ihr einen grimmigen Blick zu.

„Entschuldigung“, murmelte sie, was im Schneegestöber restlos unterging.

Grant zeigte vielsagend nach vorne, wo nichts weiter zu sehen war, als eine weitere Kurve, wo das Dach in den Westflügel von *Tantallon Hall* überging.

Als er Megans Verständnislosigkeit bemerkte, zeigte er auf seine Ohren.

Er sollte etwas gehört haben? Bei diesem Wind? … unmöglich.

Dennoch folgte sie ihm vorsichtig, schielte etwas paranoid hinter sich, wo nichts als brausende Schneeflocken und das kahle Dach zu sehen waren.

Als er diesmal stehenblieb, bemerkte es Megan. Und obwohl sie sein Gesicht nicht sehen konnte, war ihm sein Erstaunen anzumerken.

„Was ist denn?“, fragte sie, versuchte über seine Schulter zu linsen.

„Heilige Scheiße.“

„Was ist denn da?“

Da er seine Waffe hatte sinken lassen, schien von aus auch immer er sah, keine Gefahr auszugehen. Megan schob sich also an ihm vorbei und erstarrte.

Am Ende des begehbaren Dachabschnitts war eine Art Kammer. Es war unschwer zu erkennen, dass sie genauso alt war wie das Haus. Die schmale zweiflüglige Tür stand offen. Und aus ihr heraus ergoss sich ein Strom, ja eine regelrechte Lawine, die auf den ersten Blick wie aus purem Gold wirkte.

Auf den zweiten Blick erkannte Megan unter den Schneeflocken alte Münzen, Kelche, goldene Messer und Gabeln, aber auch Gegenstände, die wie aus einem archäologischen Fund wirkten mit kunstvollem Steinbesatz und verschlungenen Ornamenten.

„Sowas … habe ich noch nie gesehen“, brachte se fassungslos hervor.

„So etwas werden Sie auch nie wieder sehen!“

Grant fuhr zur Seite, riss die Waffe in die Höhe, noch ehe Megan begriff, woher die Männerstimme gekommen war.

„Barrington!“, stieß sie erstaunt aus, als sie den dicken Verwalter im Schneegestöber erblickte. Er war nicht außer Atem, aber sein Gesichtsausdruck wirkte irre und rastlos, wie der eines Besessenen. Sie konnte sich gut vorstellen, dass Malloys Gesicht ebenfalls so ausgesehen hatte.

„Warum so überrascht?“, fragte er mit seiner viel zu sonoren Stimme. „Sie waren ja wohl zwischenzeitlich in meinem Haus.“

„Keine schnellen Bewegungen, Barrington. Kommen Sie hier herüber und nehmen Sie die Hände hoch, so dass ich sie sehen kann.“ Grant war ganz offensichtlich überhaupt nicht nach dem Gespräch, das der Verwalter anzuzetteln versuchte.

Barrington streckte langsam seine Hände von sich, wirkte dabei aber nicht wirklich überrumpelt.

„Ich hätte nicht gedacht, dass Sie es bis hier hinauf schaffen“, erklärte er gleichzeitig.

„Dass ich mir das von jemandem sagen lassen muss, der den gleichen Durchmesser wie der Schacht hat“, gab Megan trocken zurück, was den Verwalter gar nicht amüsierte.

„Wann haben Sie das Gold gefunden?“, fragte Grant.

„Nach über zwanzig Jahren Suche, habe ich all das hier …“ Er breitete die Hände in Richtung der Kammer aus. „… erst vor wenigen Tagen gefunden.“

„War das bevor oder nachdem Sie alle umgebracht haben, die Sie zuerst danach haben suchen lassen?“

Barrington lächelte etwas schräg. „Das spielt doch jetzt überhaupt keine Rolle mehr. Ich habe, was ich gesucht habe. Und alles, was jetzt noch stört, sind Sie beide.“ Er schüttelte bedauernd den Kopf. „Warum haben Sie es nicht gutseinlassen?“

„Wenn Menschen erschossen und in die Luft gesprengt werden, dann suche und finde ich diejenigen, die es getan haben. Das ist nun Mal mein Job“, sagte Grant. „Und wo wir schon dabei sind: Legen Sie sich mit dem Gesicht auf den Boden, Hände auf den Rücken, Finger ineinander verschränkten. – Ich fürchte, von Ihrem Gold werden Sie im Gefängnis nichts mehr haben.“

Megan betrachtete das Gesicht des Verwalters. Sein Blick wirkte nicht ängstlich, im Gegenteil, es wirkte selbstsicher, regelrecht … triumphierend.

Als seine glasigen Pupillen nach rechts drifteten, drehte sie ihren Kopf unwillkürlich in dieselbe Richtung.

Und erstarrte.

Sie hatte bis zu diesem Augenblick keine Ahnung gehabt, wie es war, in den graphitgrauen Lauf einer geladenen Pistole zu blicken, doch nun war es soweit.

Und es erfüllte sie mit einer Panik, die so vollkommen Besitz von ihr ergriff, dass sie nicht einmal einen Ton herausbrachte oder vermochte zu blinzeln.

An der Bewegung hinter sich registrierte sie dennoch, dass Grant offenbar bemerkte, was vor sich ging.

Als er sich herumwerfen wollte, straffte sich der Arm, der die Pistole auf Megan richtete.

„Das würde ich lieber lassen!“ Egal wie hübsch und mädchenhaft das Gesicht der blonden, jungen Frau war, ihre Stimme verriet, wie eiskalt sie in Wahrheit war. Falls das nach der Waffe, die sie auf Megans Gesicht richtete, noch nicht klar war.

„Sie sind dann wohl Elise McNeil", schlussfolgerte Grant. Er war um eine ruhige Stimme bemüht, doch Megan spürte das Beben darin mehr, als sie es hörte.

Die junge Frau nickte mit einem ironischen Lächeln. „Ganz schlau, der Constable."

„Inspektor, wenn ich so frei sein darf."

Ihr Gesicht verlor das Lächeln. „Mir scheißegal", erklärte sie. „Die Kugeln machen da keinen Unterschied. – Wenn Sie doch nur ein paar Sekunden länger im Haus geblieben wären, dann müsste ich dieses lästige Gespräch überhaupt nicht führen."

„Sie meinen bei dem armen Mädchen, das Sie kaltblütig ermordet haben?", hörte sich Megan sagen und wunderte sich selbst über ihren kämpferischen Tonfall.

„Die kleine Schlampe wird wohl keiner vermissen", spie sie. „Dumm wie ein junger Köter, dem man ein Spielzeug vor die Nase hält, hat sie sich von der Aussicht auf ein Tütchen Crack zu mir lotsen lassen." Sie gab ein gleichgültiges Achselzucken von sich. „Den Rest kennen Sie ja. Und nehmen ihn mit ins Grab, wie Sie sich vorstellen können."

„Sie vergessen da nur eine Kleinigkeit", sagte Grant und blickte kurz zu Barrington hinüber, der neben seinem Gold mit vor der Brust verschränkten Armen das Schauspiel betrachtete.

„Ich habe auch eine Waffe. Und die halte ich auf Ihren Komplizen gerichtet, falls Ihnen das noch nicht aufgefallen ist."

„Ist mir aufgefallen“, nickte sie knapp, während Megans Panik ständig anwuchs und sich bereits unerträglich anfühlte.

„Und was machen wir jetzt?“, fragte Grant. „Ich meine, wenn ich ihn erschieße …“

„… dann erschieße ich Ihre kleine Freundin hier.“

„Und ich erschieße danach Sie.“

„Soweit werden Sie es wohl nicht kommen lassen. Das würden Sie sich nie verzeihen.“ Sie gab ein Achselzucken von sich. „Bei mir ist das wiederum ganz anders. Ob Sie Lionell abknallen oder nicht, ist mir scheißegal.“

Megans Blick zuckte unwillkürlich nach links, wo Barrington neben dem Gold plötzlich etwas unsicher wirkte.

„Sie wären eine ganz ausgezeichnete Pokerspielerin“, lobte Grant düster.

„Ich bin in vielem ausgezeichnet. – Dies ist allerdings kein Bluff.“

„Natürlich nicht“, gab er ironisch zurück.

Worauf sie keine Miene verzog. Stattdessen sagte sie: „Ich beweise es Ihnen.“

Megan beobachtete erleichtert, wie der Pistolenlauf vor ihrem Gesicht verschwand und nach rechts schwenkte. Dann gab es plötzlich einen lauten Knall, der sie zusammenzucken ließ. Ihr Ohr klingelte schmerzhaft und zuerst begriff sie gar nicht, was geschehen war. Doch dann sank Barringtons massiger Körper wie eine Marionette in sich zusammen, bei der jemand die Fäden aus der Hand hatte gleiten lassen.

Der Schnee unter ihm tränkte sich mit Blut, sog sich damit voll, immer weiter und weiter. Ein verstörender Anblick, zumal in Barringtons dunkler Kleidung gar nicht zu sehen war, wohin genau sie geschossen hatte. Denn das hatte sie. Und zwar ohne zu zögern.

Jäh wurde Megan gepackt und nach hinten gerissen. Sie schrie auf vor Schmerz, griff hinter sich, um sich zu befreien, doch die Pistole, die jetzt gegen ihre Schläfe gepresst wurde, brachte sie schnell zur Raison.

Sie hob den Blick und starrte geradewegs in Grants Gesicht, das vor Wut und Sorge gleichermaßen verzerrt war. Er hielt ebenfalls seine Waffe erhoben und auch, wenn er sie eigentlich auf die Frau richtete, die Megan als Schutzschild benutzte, fühlte es sich verdammt beschissen an, gleich von zwei Pistolen bedroht zu werden.

„Lassen Sie sie … sofort los!"

„Den Teufel werd' ich tun!" Die Blondine machte einen Schritt zurück und Megan hatte keine andere Wahl, als die Bewegung mitzumachen. „Nehmen Sie die Waffe runter, oder ich knalle die Kleine ab!"

„Miss McNeil, seien Sie doch nicht verrückt. Das Haus wird ständig von meinen Kollegen untersucht. Sie bekommen das Gold hier niemals raus, ohne geschnappt zu werden. – Und wenn Sie Miss Fairchild ein Haar krümmen, sind Sie tot. Das ist Ihnen doch klar!"

Hinter Megan war ein eisiges Lachen zu hören, das ihr das Blut in den Adern gefrieren ließ und ihr klarmachte, dass diese Frau zu allem entschlossen war, und absolut nichts verschonte, das ihrem Ziel im Wege stand.

„Sie sind genauso jämmerlich wie Lionell. Charmant wollte er sein, mein Herz gewinnen wollte er. Der Idiot." Sie zog Megan noch ein weiteres Stück zurück. „Er hat von Anfang an nicht kapiert, wie schnell ich seine Bemühungen durchschaut hatte. – War doch klar, dass es hier nicht darum ging, die alten Wasserleitungen zu reparieren und den Garten zu pflegen."

„Und als Sie begriffen haben, wonach er sucht …", keuchte Megan an ihrer Brust und hielt den Arm umklammert, den Elise McNeil um ihre Kehle geschlungen hatte.

„Da habe ich den Preis gezahlt, der nötig war, um eingeweiht zu werden."

„Sie meinen den Preis, den eine Hure bezahlt?"

Sie lachte. „Sehen Sie sich das ganze Zeug doch an. Dafür lasse ich mich gern ein paarmal flachlegen. Ich fühle mich mit all dem Gold mehr als entschädigt. Und da es nicht gestohlen ist, wird es auch nicht gesucht. Ich werde es in vollen Zügen genießen können."

„Das kann der arme Teufel, der es gefunden hat, leider nicht von sich behaupten." Grant nickte Richtung Barrington, während Megan das Gefühl hatte, sich vor Angst jeden Augenblick übergeben zu müssen.

„Er hat es nicht gefunden!", keifte McNeil. „Er hatte *keine* Ahnung. Er hatte sie nie! – Nachdem ich erst einmal verstanden hatte, was für ein Mensch in diesen Mauern gelebt hatte -"

„Wohl eher ein Monster, als ein Mensch."

„Ein Genie. Ein Virtuose, der jeden Ton auf der Klaviatur des Leids beherrschte, wie kein Zweiter."

Plötzlich schlich sich eine irre Leidenschaft in die Stimme ihrer Geiselnehmerin.

„Nichts als ein üppiger, lustvoller Rausch muss sein Leben gewesen sein. Und niemand hat das Genie verstanden, das er gewesen ist."

„Haben Sie dem armen Jason deswegen die Hände abgehakt? Wollten Sie wissen, wie es sich anfühlt?"

Wieder zog sie Megan zurück. „Es war nicht dasselbe",

erklärte McNeil. „Nachdem der arme Teufel wie ein Spanferkel von dem Eiszapfen aufgespießt worden war, war Lionell total aufgelöst.“ Sie gab ein abfälliges Geräusch von sich. „Er war so ein erbärmlicher Feigling.“

„Ich beschloss also das zu bedienen, was die Leute seit jeher auf *Tantallon Hall* fürchteten: die Legende von John Malloy. – Und ich tat, was er getan hatte, nachdem seine Opfer tot waren, auch wenn mir damit die eigentlichen Höhepunkte entgingen.“

„Und haben die Hände in meinem Garten verscharrt?“, keuchte Megan, die durch den Arm, der ihr gegen die Kehle gepresst wurde, nur schwer Luft bekam.

„Lionell meinte, dort würde niemand wohnen. Und wenn man die Hände erst finden würde, und den Rest von Jason, wäre von beidem nicht mehr viel übrig. Außerdem wollten wir dann längst über alle Berge sein. – Nun, das hat zwar nicht geklappt aber am Ende wird es keine Rolle spielen.“

„Sie sind ja völlig krank“, keuchte Megan und wehrte sich vergeblich gegen den unnachgiebigen Würgegriff.

„Ich bin nur eine Genießerin, die auf den Geschmack gekommen ist. – Wenn Sie Ihren Polizisten gesehen hätten, wie er sich nackt in der Kälte gewunden hat. Gefesselt und mit verbundenen Augen …“ Sie seufzte. „Das war ein erregender, berauschender Anblick, den ich fast eine Stunde genießen konnte. Dann hat er bedauerlicherweise wieder das Bewusstsein verloren.“

„Mir wird schlecht“, spie Megan.

„Ja, mir auch“, bestätigte Grant.

McNeil machte eine unwirsche Kopfbewegung. „Das alles spielt nun keine Rolle mehr. – Ich verfüge jetzt über genug Mittel, um meine Leidenschaft in angemessenem

Rahmen und ohne Zwänge auszuleben. Vorzugsweise in einem anderen Land."

Als Megan begriff, dass diese Wahnsinnige davon sprach, Menschen zum Spaß zu quälen und zu töten, hob sie den Blick zu Grant.

Er blickte ihr nur für einen Sekundenbruchteil in die Augen, bevor er wieder McNeil fixierte. Doch er las genau, was Megan mit ihren Augen sagen wollte:

Diese Frau war ein Monster; ein Monster, das kurz davor stand, sich mit einem Vermögen davonzumachen und an einen Ort zu verschwinden, wo sie in Luxus das tun konnte, wonach ihr der geisteskranke Sinn stand: zu quälen und zu töten. Womöglich für Jahrzehnte. Sie konnte hunderten Menschen das Leben nehmen, unzählige Familien zerstören.

Das durften sie unter gar keinen Umständen zulassen.

Plötzlich fiel der größte Teil von Megans Panik von ihr ab. Zurück blieb eine düstere Entschlossenheit, die vor allem bei Grant nicht unbemerkt blieb.

Er legte den Kopf leicht schräg, presste die Lippen aufeinander. Das deutlichste *Nein*, das er ohne Worte in diesem Augenblick zustande bringen konnte. Doch Megan war nicht umzustimmen.

Ihre freie Hand ließ sie vorsichtig an sich hinabgleiten, spreizte drei Finger vor ihrem Schoß und wusste sehr genau, dass Grant begriff.

Drei …

„Miss McNeil", versuchte es Grant. „Ich fordere Sie ein letztes Mal auf, diesen Wahnsinn nicht eskalieren zu lassen."

Megan schloss die Hand zur Faust und öffnete sie wieder mit zwei Fingern.

„Der Wahnsinn und seine Eskalation sind meine Leidenschaft“, hörte sie die Mörderin an ihrem Ohr sagen. „Begreifen Sie das denn nicht?“

Megan fühlte sich mit einem Mal ganz weit weg, als sie zum letzten Mal die Faust schloss und sie mit dem ausgestreckten Zeigefinger wieder öffnete.

Sie sah die Flocken wie in Zeitlupe vor ihrem Gesicht herumwirbeln, hörte ihren Atem, spürte die Kälte in ihren Fingerspitzen, sog den Zweifel in sich auf, der in Grants dunklen Augen leuchtete.

Dann zerriss ein Schuss die eisige Luft. Es fühlte sich an, als würde Megans Gehör sich in einer Explosion auflösen, schmerzhaft genug, dass sie aufschrie.

Dann wurde sie hart nach hinten gerissen. Der Arm um ihre Kehle verkrampfte sich einen ewigen Augenblick lang, nahm ihr die Luft und erschlaffte dann plötzlich.

Sie versuchte sich davon zu befreien, bemerkte jedoch gleichzeitig, wie sie das Gleichgewicht verlor und hintenüber fiel.

Grant sprang nach vorne, versuchte sie zu packen. Megan ruderte mit den Armen, doch der Sturz ließ sich nicht mehr aufhalten. Eine harte Kante bohrte sich in ihren Rücken, während sie zurückkippte und schreiend über das schneebedeckte Dach rutschte.

Panisch krallte sie sich in die vereisten Schneekanten, bis ihre Hände aufgeschürft wurden. Plötzlich bekam sie etwas zu fassen und hielt sich mit aller Kraft daran fest.

Ihr Körper wurde hart abgebremst. Unwillkürlich fiel ihr Blick zurück in die Tiefe, der sich Elise McNeils lebloser Körper in unglaublicher Geschwindigkeit näherte.

Sie riss sich von diesem schrecklichen Bild los und versuchte den Schneehaken mit der zweiten Hand zu erreichen, wobei sie beinah das Gleichgewicht verlor.

„*Megan!*“

Der Schrei des Inspektors kam dumpf an ihr Ohr, im selben Augenblick, da sie den Schneefang mit der zweiten Hand zu fassen bekam. Ihre Füße strampelten hilflos auf der glatten Dachfläche, wo sie partout keinen Halt fanden.

„Ich bin … hier!“, rief sie gegen ihre eigene Taubheit an. Als Grants Gesicht in ihr Sichtfeld kam, schluchzte sie auf vor Erleichterung und Angst.

„Warten Sie!“, rief er hinunter. „Ich … ich hole …“

Dann war er verschwunden und blieb es auch für endlose Sekunden, in denen die Kraft merklich aus Megans Fingern wich.

Sie klammerte sich an den metallenen Haken, biss die Zähne zusammen, verkrampfte ihre Finger und betete, dass sie überleben würde.

Plötzlich war Grant wieder da. Er hatte etwas in der Hand, das wie eine Metallstange aussah.

„Können Sie das greifen?“, rief er hinunter und beugte sich so tief wie möglich.

„Im Leben nicht!“, rief sie verzweifelt. Die Stange war schmal und gerade. Es gab nichts, woran sie sich hätte festhalten können. „Da rutsche ich ab!“

„Verdammt!“

„Grant, holen Sie mich hoch! Egal wie, aber holen Sie -“

Plötzlich knackte es an ihren Händen und der Haken löste sich mitsamt der Dachpfanne, an der er befestigt war.

Megan schrie auf vor Verzweiflung, rutschte am Dach hinab, wurde immer schneller und schneller, der Boden kam immer näher und es gab absolut nichts, das ihr Halt geben konnte.

Sie glitt über die Dachkante und plötzlich … war da nichts mehr.

Mit rudernden Armen und einem gellenden Schrei, der in ihren Lungen zerbarst, fiel sie rücklings in die Tiefe. Der eisige Wind wirbelte ihr Haar empor, das Haus schoss an ihr vorbei und plötzlich … war alles dunkel.

XI

„Miss Fairchild? – Miss Fairchild!“

Megan spürte, dass an ihr herumgerüttelt wurde und ihre Schultern, ihre Hüften, der Nacken … praktisch ihr ganzer Körper dabei schmerzte.

Sie hatte keine Ahnung, wo sie war, aber es fühlte sich unangenehm an. Und kalt.

„Machen Sie … die Heizung an“, murmelte sie und versuchte ein Augenlid zu heben, was ihr vorerst nicht gelang.

Mit einem erleichterten Laut riss sie jemand in seine Arme und presste sie an sich. Sie erkannte an dem angenehmen und bereits vertrauten Geruch, wer es war. Und mit der Erkenntnis, dass Grant sie in einem schraubstockartigen Griff hielt, kam auch die Erinnerung an das zurück, was passiert war.

Sie öffnete blinzelnd die Augen und versuchte sich zu orientieren. Ihre Finger schmerzten und pochten wie offene Wunden.

Grant murmelte etwas in ihr Haar, das sie nicht verstand. Trotzdem klang es gut. Beruhigend und auf eine Art selig.

„Sie wissen, dass man Unfallopfer eigentlich nicht bewegen sollte“, brabbelte sie gegen seine Brust.

Er löste sich langsam von ihr und blickte ihr in die Augen.

Aufgewühlte Erleichterung stand in seinem Blick.

„Um ein Haar hätte ich Sie verloren“, sagte er leise. „Um ein … ganz beschissenes Haar, Miss Fairchild.“

Sie nickte, woraufhin ihr ein stechender Schmerz den Nacken hinabfuhr.

„Gott segne die schottischen Schneemassen“, erklärte sie schwach und blickte auf die weißen Hügel hinab, die den Sturz gedämpft und ihr das Leben gerettet hatten.

Dabei sah sie jedoch noch etwas ganz anderes.

Mit einem Schrei und flink wie eine Sprungfeder hüpfte sie zurück und landete wieder im Schnee.

„Warum sagen Sie mir nicht, dass ich praktisch auf die Irre gefallen bin?“

Grant betrachtete die Leiche von Else McNeil mit angemessener Gleichgültigkeit.

„Ist doch egal“, stellte er dementsprechend fest. „Elise McNeil ist tot. Megan Fairchild lebt. – Genau so soll es sein!“

Er legte den Kopf schräg. Erst als Megans Blick sich wieder schärfte, sah sie, wie abgekämpft er war.

„Darf ich Sie um einen Gefallen bitten?“, fragte sie.

„Jeden!“, kam es wie aus der Pistole geschossen.

„Könnten Sie mich nochmal umarmen. Fest genug, dass es diese … ganze Sache aus mir herausquetscht?“

Er lächelte leise, umrundete im zwei Meter tiefen Schnee umständlich McNeils Leiche und kam zu ihr.

„Ich tue mein Bestes.“

Mit diesen Worten schloss er sie noch einmal in die Arme und hielt sie einfach schweigend fest, bis sich ihr Puls ein wenig beruhigte.

„Wenn wir hiermit fertig sind, also mit der Umarmung, meine ich; wissen Sie, was wir dann machen?“

Megan zog die Stirn kraus. „Was?“

„Wir klettern wieder aufs Dach und hüpfen in den Goldhaufen! Wie Dagobert Duck!“ Er löste sich von ihr und lächelte verschmitzt. „Das wird ein Spaß!“

Megan fühlte, wie ein Großteil der Angst und Anspannung von ihr abfiel. Die Mörderin war tot. Das Rätsel gelöst.

„Grant“, entgegnete sie nicht ohne ein Grinsen. „Sie sind absolut verrückt.“

Epilog

„Es gibt überhaupt keinen Grund nervös zu sein." Grant blickte Megan mit einem aufbauenden Lächeln an und sah dann wieder auf die Straße.

Sie nickte. „Das sagen Sie jetzt schon zum fünften Mal."

„Weil es stimmt. Meine Familie kennt Sie."

„Wie das?"

„Meine Mutter und meine Tochter haben Sie kennengelernt. Das Dorf weiß, dass Sie schon wieder einen Mörder überführt haben und Sie sind die Lehrerin des Ortes. – Ich denke, das dürfte für hinlängliche Bekanntheit sorgen."

Sie schnaufte und balancierte die Salatschüssel und das Geschenk auf ihren Knien, während Grant mit etwas zu viel Schwung um eine Kurve driftete.

„Jemanden vom Hörensagen zu kennen und mit ihm das Weihnachtsfest zu verbringen, sind zwei grundverschiedene Dinge."

„Dass Sie das alles dramatisieren, werden Sie gleich feststellen. Und zwar …" Er parkte den Wagen vor einem großen Haus, vor dem bereits ein halbes Dutzend Wagen standen. „… in weniger als zwei Minuten."

Megan wurde es ganz flau im Magen. „Vielleicht bleibe ich doch lieber sitzen."

„Wir haben fünf Grad Minus. Ich denke, das ist nichts für Sie."

Er stieg aus, umrundete den Wagen und öffnete dann Megans Tür.

„Soll ich Ihnen das abnehmen?“, fragte er, während sie sich freihändig etwas umständlich aus dem Wagen quälte.

Sie hätte einfach kein Kleid anziehen sollen.

Das war der Fehler!

Und die Schuhe, die waren auch ein Fehler.

Die ganze Sache war ein Fehler.

„Das ist mein Schutzschild“, erklärte sie entschlossen und umklammerte den kleinen Stapel. „Das behalte ich.“

„Ganz wie Sie wünschen!“

Grant nahm sie am Arm und half ihr dabei, sich aufzurichten. Was auf der mit Natursteinen bepflasterten Einfahrt gar nicht so einfach war mit den hohen Absätzen.

„Warum tragen Sie keine normalen Schuhe, so wie sonst?“

„Die passen nicht zu meinem Kleid.“

„Warum tragen Sie ein Kleid?“

„Weil ich nicht wie der letzte Trottel auf Ihrem Weihnachtsfest auflaufen will.“

„Sie laufen nie wie ein Trottel auf, und mal davon abgesehen, dass Sie in Ihrem Kleid und den Schuhen absolut hinreißend aussehen, ist das auch *Ihr* Weihnachtsfest. Und jetzt vorwärts, Soldat! Die feindlichen Linien warten.“

Während er sie vor sich her schob, warf sie ihm einen giftigen Blick zu.

„Ich kann über solche Witze gar nicht lachen.“

„Ich schon.“ Er hob die Faust und klopfte lautstark gegen die Tür.

Megan hörte lautes Gelächter und Kindergeschrei hinter der Tür. Nur mit Mühe und Not konnte sie ihre Beine davon abhalten, sie in Sicherheit zu bringen.

„Ich kenne mich mit fröhlichen Familienfesten nicht

aus“, startete sie noch einen letzten Versuch. „Ich bin isoliert von einer emotional gestörten Mutter aufgezogen worden.“

„Das dürfte jetzt ja vorbei sein.“

Bevor sie noch einmal widersprechen konnte, ging die Tür auf.

Grants Mutter stand mit einem breiten Grinsen vor ihnen.

„Fröhliche Weihnachten!“, rief sie mit ausgebreiteten Armen und zog kurzerhand ihren Sohn in eine Umarmung.

„Mum, du erwürgst mich“, erklärte er etwas peinlich berührt und war sichtlich erleichtert, als er wieder losgelassen wurde.

„Miss Fairchild, wie schön, dass Sie hier sind! - Hey, Mairead!“

Das Mädchen kam aus der Küche. Die Wangen rot vom Lachen und Backen. „Miss Fairchild!“

„Nimm Miss Fairchild die Sachen ab, Schätzchen“, wies ihre Großmutter sie an.

„Ich kann ruhig …“

Ihr Widerspruch war zwecklos. Das Mädchen nahm ihr ihren schützenden Stapel ab und ließ sie in einem Kleid, das ihr mittlerweile doch etwas zu knapp und etwas zu anliegend erschien, zurück.

Wenigstens trug sie noch einen Mantel darüber.

„Finley, der Mantel!“, kommandierte seine Mutter.

„Aber -“

Doch da war der Mantel schon weg und hing an der Garderobe.

Grants Mutter gab ein anerkennendes Geräusch von sich. „Großer Gott, was sind Sie für eine Schönheit. – Ist sie nicht eine Schönheit, Finley?“

„Ganz ohne Zweifel!“, antwortete er mit einem leisen Lächeln.

„Hört mal alle her!“, rief seine Mutter und besiegelte damit Megans Untergang.

Mindestens fünfzehn Augenpaare in allen Altersklassen hoben im angrenzenden Wohnzimmer den Kopf und kamen teilweise herüber.

„Das ist Megan. – Ich darf Sie doch Megan nennen, Kindchen?“

Ihre Wangen standen in Flammen. „Natürlich.“

„Wunderbar. - Megan ist eine Freundin von Mairead und Finley. Ihr kennt Sie sicher schon …“

Wie das?, fragte sich Megan noch, bemerkte aber dann überrascht das kollektive Nicken.

Eine dunkelhaarige Frau trat vor. Sie war groß, trug einen dunklen Hosenanzug mit einem kleinen Mistelzweig am Revers. Über ihr strenges Gesicht spannte sich ein fröhliches Lächeln.

„Sie haben Finn den Arsch gerettet, nicht wahr? – Ich bin seine Schwester Fiona. Freut mich!“

Sie streckte Megan die Hand entgegen und diese ergriff sie schnell.

„Nun, ich …“

„Keine falsche Bescheidenheit!“, kam es von hinten. Ein ebenfalls großer Mann trat neben Fiona und legte den Arm um ihre Taille, während er Megan die freie Hand entgegenstreckte. „Ich bin Fionas Mann, Henry.“

„Freut mich.“ Megan schüttelte seine Hand und beglückwünschte sich nun doch zu den hohen Schuhen. Damit sie wenigstens einigermaßen auf Augenhöhe war.

„Nach Ihren Heldentaten kennt Sie das ganze Dorf. Und Mairead spricht von niemand anderem als von Ihnen.“

Megan sah sich überrascht zu dem Mädchen um, das gerade in einen Weihnachtskeks biss.

„Wirklich?", fragte sie verblüfft.

„Ja, absolut." Fiona legte den Arm um sie. „Wir freuen uns sehr, dass Sie hier sind. Sie haben einen guten Einfluss auf meinen dämlichen Bruder, wie es scheint."

Grant gab ein genervtes Geräusch von sich, das sehr geschwisterlich klang.

„Oh, oh!" kam es plötzlich von seiner Schwester.

„Was ist?", fragte Megan und blickte in Fionas Gesicht, über das sich ein Lächeln spannte, das es einfach nicht schaffte, bedauernd zu wirken. „Da steht ihr doch zufällig unter einem Mistelzweig. – Was sagt man dazu!"

Megan hob den Blick. Fiona hatte den Miniaturmistelzweig von ihrem Revers gelöst und hielt ihn über Megans und Grants Kopf.

„Du warst schon immer ein heimtückisches Miststück!", erklärte ihr Bruder grinsend.

„Ich kenne sie zwar erst seit fünf Minuten, kann das aber bestätigten", stimmte Megan zu, was zu lautem Gelächter bei den anwesenden Gästen führte.

„Ihr müsst Euch küssen!", rief Mairead und klatschte in die Hände. „Ihr *müsst*!"

Als Megan zu Grant aufsah, schwieg er, gab dann ein Achselzucken von sich.

„Wollen wir der rasenden Meute geben, wonach sie verlangt?"

Megan befiel eine euphorische Aufregung, die sie sich versuchte, nicht anmerken zu lassen. Dann nickte sie und trat einen Schritt näher zu ihm.

Dank der Absätze stand sie praktisch schon auf den Zehenspitzen und war Grants vollen Lippen nah.

Es war verblüffend, wie sehr plötzlich alles in den Hintergrund trat, wie die sie umgebenden Geräusche an Farbe und Wichtigkeit verloren und es plötzlich nur noch den Mann gab, der vor ihr stand, mit dem sie schon so viel erlebt hatte und dem sie sich so verbunden fühlte.

Als sie seine Hand in ihrem Nacken spürte, schloss sie instinktiv die Augen und legte den Kopf ein wenig schräg, presste eine Hand gegen seine Brust, unter der auch sein Herz schneller schlug.

Ein hitziger Stromschlag fuhr durch ihren Körper, als sie plötzlich seinen Atem auf ihren Lippen spürte, die sie leicht öffnete und seine vorsichtige, fragende Berührung empfing.

Sie hatte ihn schon einmal geküsst, als Alibi und vor fast einem halben Jahr. Damals war es eine hektische Aktion gewesen, um den Schein zu wahren.

Jetzt war es etwas anderes.

Es war etwas Ehrliches, Tiefes.

Auf berauschende Art war es unschuldig und doch gleichzeitig alles andere als das, als Grant ihre Oberlippe zwischen seine Lippen saugte und sie damit zu einem Kuss einlud, dem sie nicht widerstehen konnte.

Sie schlang ihren Arm um seinen Nacken und zog ihn enger an sich, öffnete den Mund, spürte, wie seine Zungenspitze ihren Mundwinkel berührte und Adrenalin und Lust wie eine Lawine durch ihren Körper rauschten.

Grant intensivierte seinen Kuss. Er wurde besitzergreifender, gieriger. Das Herz unter ihrer Hand schlug schneller, die Atmung wurde unregelmäßig, passte sich dem an, was ihre Lippen verlangten.

Megan entglitt ein Laut; beinah ein Seufzen.

„Äh, Leute!“

Die Stimme von Grants Schwester brachte sie ins Hier und Jetzt zurück. Megan löste sich von ihm, etwas atemlos und mit geröteten Wangen lächelte sie zu ihm empor und wagte kaum in die plötzlich mucksmäuschenstille Runde zu blicken.

„Haben wir's … übertrieben?", fragte sie leise an Fiona gewandt, über deren Gesicht sich ein breites Grinsen spannte.

Dann mit einem Mal brandete lauter Applaus auf, gefolgt von männlichem Gröhlen und einigen Pfiffen.

Grants Mutter hatte Mairead die Augen zugehalten und ließ sie jetzt wieder hinsehen.

Megan musste unwillkürlich lachen. Sie blickte zu Grant auf.

„Das ist womöglich ein bisschen aus dem Ruder gelaufen", entschuldigte sie sich.

Er schüttelte den Kopf. „Das stört hier niemanden." Dann blickte er sie fest an. „Stört es Sie?"

Unwillkürlich musste sie wieder lachen. „Nein, mich stört es nicht. – Überhaupt nicht."

„Dann ist ja alles in bester Ordnung." Er hob den Kopf. „Kriegen wir auch was zu essen, jetzt wo die Show vorbei ist?"

„Aber sicher! Sicher!" Seine Mutter klatschte in die Hände. „Alle an den Tisch, Kinder!"

Nachdem Megan sich durch Fionas Mistelzweigaktion bei allen Familienmitgliedern offenbar eingeprägt und beliebt gemacht hatte, saß sie mit allen achtzehn an einer langen Tafel und genoss das herrliche Essen, das mit einem Dessert endete, das aus Pudding mit selbstgemachter Vanillesauce bestand.

Sie befürchtete mittlerweile, dass ihr Kleid jeden Augenblick aus allen Nähten platzen würde.

Wenigstens wurde sie mit jeder Minute, die verstrich, ruhiger und schaffte es, das gemütliche Beisammensein zu genießen, das sie hier miterlebte.

Grants Familie war groß und harmonierte auf beneidenswerte Art und Weise. Manchmal wurde so schnell gesprochen, dass Megan Probleme mit dem schottischen Dialekt hatte, aber meistens verstand sie das Gesagte und musste nicht wenige Male herzhaft lachen.

Von ihrem köstlichen Pudding schaffte sie nicht einmal die Hälfte, so pappsatt war sie. Und als Fionas Mann Henry dann noch zur ersten Runde Whisky aufrief, musste sie aus Sicherheitsgründen passen.

„Sind Sie denn schon fertig?“, fragte Grant, der neben ihr seinen Pudding bis auf den letzten Löffel verputzt hatte.

„Ich platze, wenn ich noch mehr esse.“

„Hat es Ihnen denn geschmeckt?“

„Es war Wahnsinn! Das Beste, was ich seit Jahren gegessen habe.“

Er lächelte und warf einen kurzen Blick auf sein Handy.

„Wollen Sie kurz etwas frische Luft schnappen mit mir?“

Sie hob die Brauen. „Jetzt?“

„Ich möchte Ihnen etwas zeigen.“

Megan warf einen kurzen Blick in die Runde. „Geht das denn, wenn alle noch am Tisch sitzen?“

Anstelle einer Antwort stand er auf und zog sie auf die Beine.

„Ihr entschuldigt uns kurz“, sagte er mit einem verschmitzten Lächeln in die Runde, was mit Lachen und zweideutigem Nicken kommentiert wurde.

Grant nahm Megans Mantel von der Garderobe und half ihr hinein. „Ziehen Sie ihn zu!“

„Wird das ein längerer Ausflug?“, fragte sie, gehorchte aber.

Dann wurde sie durch die Tür geschoben. Als sie zu ihm aufblickte, wirkte er, als würde er sich die Worte zurechtlegen.

„Sie machen mich nervös, Grant!“

„Wir wollten uns ja nichts zu Weihnachten schenken, denke ich“, hob er an.

„Sie denken richtig“, bestätigte Megan. „Ich habe nämlich wirklich nichts für Sie. Und ich meine nichts. Also gar nichts ...“ Sie folgte ihm ein wenig unsicher um das Haus herum. Keine Ahnung, wohin er wollte. „Sie haben doch auch kein Geschenk für mich, oder?“

„Ein Geschenk ist es doch nur, wenn es in Papier gewickelt ist, richtig?“

„Ach, Grant! Verdammt! Wenn Sie mir etwas schenken, dann stehe ich echt doof da!“

„Nicht einmal ansatzweise. Vielmehr lassen Sie mir einmal den Vorzug männlicher Galanterie, der mir von geburts- und geschlechtswegen zusteht.“

Sie blinzelte und war für einen Augenblick sprachlos. Mittlerweile waren sie auf einer Art rückwärtigem Parkplatz angekommen. Offenbar gehörten zum Haus auch Ställe. Und während Megan sich fragte, ob Grants Mutter Pferde hielt, ging er zu einem Kastenwagen, der vermutlich seinem Schwager gehörte.

„Um es kurz zu machen: Ich habe tatsächlich etwas für Sie!“

Megans Schultern sanken herab. „Aber -“

„Sie müssen mir versprechen, es anzunehmen.“

„Wenn ich es tue, muss ich irgendetwas bezahlen oder dabei nackt sein?"

Er gab ein abwägendes Geräusch von sich, während er zu den Hecktüren des Wagens ging. „Nein zum Ersten. Und was das Zweite angeht: das überlasse ich Ihnen, empfehle es aber aufgrund der Außentemperatur nicht."

Sie verschränkte die Arme vor der Brust und war tatsächlich ein bisschen sauer, dass er sie reingelegt hatte. „Gut, ich nehme das Geschenk an. Unter Protest, weil ich Ihnen nichts zurückschenken kann, aber ich nehme es an."

„Zu gütig." Ein breites Grinsen spannte sich über sein Gesicht, als er den Griff herunterdrückte und die Tür öffnete.

Megan zog sich fröstelnd den Reißverschluss des Mantels bis zum Kinn und trat von einem ihrer in den hohen Schuhen schmerzenden Füßen auf den anderen.

„Ich will ja nicht drängeln …", erklärte sie etwas angefressen, „aber -"

Plötzlich polterte es im Wagen, so sehr, dass er sichtbar wackelte. Megan machte einen Schritt zurück.

„Was-?", brachte sie hervor, plante im Geiste schon den Fluchtweg, als plötzlich hysterisches Kläffen losbrach, laut und tief wie bei einem Wolf.

Megan sah, dass Grant alle Hände voll zu tun hatte, nicht hintenüber zu kippen, während ein riesiger Fellball regelrecht in seine Arme sprang und von dort auf den verschneiten Boden.

Er hatte Megan gehört und offenbar keine Geduld mit allem, was sich zwischen ihn und sie stellte.

Mit einem lauten Winseln schoss Othello los und sprang sie mit so viel Enthusiasmus und Kraft an, dass sie erwartungsgemäß und mit Schwung in einen Schneehaufen zurückgeworfen wurde.

Sie wusste gar nicht, wie ihr geschah. Nur dass der Hund, von dem sie sich bereits nach so kurzer Zeit nur schmerzlich hatte trennen können, schwanzwedelnd auf ihr stand und ihr winselnd quer über das Gesicht leckte, bis sie keine Luft mehr bekam.

Oder vielleicht bekam sie auch keine Luft, weil sie wie ein kleines Mädchen heulte und einfach nicht damit aufhören konnte.

„Miss Fairchild?" Grant schaffte es mit Mühe und Not den 60-Kilogramm-Hund von ihr herunter zu zerren und half ihr auf die Beine. „Sind Sie in Ordnung?"

Megan nickte heftig. „Ja", schluchzte sie.

„Aber Sie weinen."

Wieder Nicken. „Ich kann … gar … nicht aufhören."

Othello riss sich aus Grants Griff und schmiegte sich in Megans Schoß. Sie ließ ihre Hände durch sein seidiges Fell gleiten und versuchte die Tränen aus ihren Augen zu blinzeln, um ihm in die braunen Augen zu sehen.

„Ich wollte Ihnen eigentlich eine Freude machen", erklärte Grant unsicher. „Einen Heulkrampf wollte ich nicht auslösen."

„Aber … ich kann doch gar keinen Hund … - Wie soll ich -?"

„Ich habe alles geklärt. In Ihrer Wohnung darf ein Hund gehalten werden, der Garten kann eingezäunt werden. Und während des Unterrichts darf er mit ins Klassenzimmer, wenn er in Ihrer Nähe bleibt. – Was bei diesem Hund außer Zweifel steht", bemerkte er mit seinem Seitenblick auf Othello, der an Megans Hüfte klebte. „Außerdem ist er Polizeihund. Oder er war es."

Megan konnte es nicht fassen. „Ich kann es nicht fassen!

– Wie haben Sie das -?“

„Nun, es gibt die Möglichkeit Polizeihunde nach ihrer Pensionierung, was für gewöhnlich mit acht Jahren stattfindet, auszulösen, wenn ihre Hundeführer sie nicht privat behalten wollen. – Nun ist Othello ja erst fünf Jahre, aber ich konnte die Sache … beschleunigen.“

Megan hob den Blick. Sie zog die Nase hoch und nahm dankend das Taschentuch an, das Grant ihr hinhielt.

„Wie?“, fragte sie, wischte sich die Augen trocken und schnäuzte sich ungeniert.

Er gab ein abwägendes Geräusch von sich. „Durch eine kleine … Spende.“

„Eine … Spende?“ Megan schüttelte den Kopf. „Ich zahle Ihnen das alles zurück, Grant. Jeden Penny!“

„Freuen Sie sich denn?“

Beinah fing sie wieder an, zu heulen. Sie ging in die Hocke und schlang ihre Arme um den Hund, der noch immer völlig außer sich war vor Begeisterung.

„Sehen Sie das denn nicht?“

Grant lächelte und ging ebenfalls in die Hocke. „Jetzt, wo Sie es sagen.“

„Ich weiß gar nicht, wie ich mich bedanken soll. Ich weiß gar nicht -“

„Sie sind in Freudentränen aufgelöst und der Hund flippt ebenfalls völlig aus. – Ich denke, das ist mehr Dank, als ich zu hoffen gewagt hatte.“

Er erhob sich wieder und Megan tat es ihm gleich.

„Um ehrlich zu sein, ich war mir nicht sicher, ob Sie sich freuen würden. – Ich weiß ja, dass man keine Tiere verschenkt. Und dafür bin ich auch eigentlich nicht. Aber da war so eine … Verbindung zwischen Ihnen und ihm. Und da auch in Ihrem Umfeld alles geregelt werden konnte, habe ich es gewagt. – Außerdem passt er auf Sie auf! Er ist immerhin Polizist!“

Megan konnte sich nicht erinnern, wann sie sich das letzte Mal so vollkommen glücklich, ja regelrecht selig gefühlt hatte.

„Sie wissen überhaupt nicht, was mir dieser wundervolle Hund bedeutet.“

Er lächelte milde. „Ich ahne es zumindest.“ Dann beugte er sich vor und klopfte Megan ein wenig Schnee vom Mantel, was von Othello mit aufmerksamem Blick überwacht wurde.

„Ich brauche ein neues Auto“, fiel es Megan plötzlich ein. In dem alten Elefantenschuh konnte sie Othello unmöglich unterbringen.“

„Das bringt mich unmittelbar zu Ihrem zweiten Geschenk.“

Megan stockte.

„Grant?“, fragte sie warnend.

„Hören Sie mich erst einmal an. – Es ist nämlich so, dass durch John Malloys Tod sein gesamtes Vermögen in den Fond überging. Der Fond war gebunden an die Barringtons. Nach über 100 Jahren war Lionell Barrington der letzte seiner Art, wenn Sie so wollen.“

Megan lauschte gespannt, während Grant fortfuhr.

„Jetzt ist Barrington ja dahingeschieden, wie wir beide sehr wohl wissen, und das Vermögen fällt an das Vereinigte Königreich.“

„Na, herzlichen Glückwunsch.“

„Aber!“ Grant hob den Zeigefinger „Aber … die Reichtümer, die auf seinem Dach gefunden wurden, sind offiziell keinem Besitzer zuzuschreiben, noch werden sie irgendwo vermisst, noch erhebt irgendjemand Anspruch

auf sie. Also fallen auch sie an die Krone."

„War ja ein richtig guter Tag für unser Land."

„Nicht nur für unser Land", erklärte Grant und zog plötzlich einen Umschlag aus der Jacke. „Unter den Reichtümern, die wir auf John Malloys Dach gefunden haben, ist nämlich eine nicht unerhebliche Anzahl antiker Schätze, teilweise von enormer kulturgeschichtlicher Bedeutung. Und wenn man solche Dinge findet, ist man verpflichtet, sie dem Land zu überlassen. Das Land wiederum ist jedoch verpflichtet dem Finder einen Lohn zu bezahlen."

Megan erstarrte, als der Sinn seiner Worte in ihr Gehirn sickerte.

„Einen Lohn", echote sie tonlos.

„Ganz genau."

„Was für einen Lohn?"

„Fünf Prozent des Gesamtwertes."

Sie schluckte trocken und hielt Grants Blick fest, während er ihr ein Kuvert entgegenstreckte. „Das macht 2,5 Prozent für jeden von uns. Die Fundstücke werden noch ausgewertet, doch das Landesmuseum hat uns bereits einen Anteil ausgezahlt. Ein kleiner Anteil, wenn Sie mir die Bemerkung erlauben, aber sehen Sie selbst."

Er drückte ihr den Umschlag in die Hand und machte eine auffordernde Kopfbewegung.

„Na los, machen Sie schon auf!"

Megan löste ihre zitternden Finger aus Othellos Fell und riss die Lasche des Umschlags auf. Darin war ein Scheck, den sie nach einem tiefen Atemzug herausholte und gegen die Adventsbeleuchtung hielt, um zu lesen, was darauf stand.

Sie gab ein fassungsloses Keuchen von sich und sah zu Grant auf.

„Ist das … ist das ein … - aber wie …?“

Er unterbrach ihr Stottern mit einem Lächeln und schloss sie in seine Arme.

„Frohe Weihnachten, Miss Fairchild.“

ENDE

Impressum:

Lara Steel
c/o **Papyrus Autoren-Club**
Pettenkoferstr. 16-18
10247 Berlin

Impressum:

Lara Steel
c/o Papyrus Autoren-Club
Pettenkoferstr. 16-18
10247 Berlin

20605666R00155

Printed in Poland
by Amazon Fulfillment
Poland Sp. z o.o., Wrocław